人鳶

李偉涵——著

第四屆金車奇幻小說獎
決選入圍作品

Content

目次

【評審推薦】

這一篇小說，在評審過程一開始就讓我眼睛一亮，後來才知道，因為編號的關係，三位老師都第一眼就看到這一篇，看完時心中有些擔心起來……「如果這一屆每篇都是這樣的水準，要評起來可就傷腦筋了啊……」

不過還好，這種情形並沒有發生，《鳶人》是本屆參賽作品的傑作，最後也在評審們一致的認同下得到首獎。第一篇讀到的參賽作品就是首獎，仍然憑增幾分奇妙的感覺。

《鳶人》最令人讚賞之處，在於作者的寫作技巧很成熟，文字簡潔易懂，但掌握的情節都合節合拍，拿捏合宜，在鋪陳及架構上都稱得上完美，讓人讀來十分輕鬆，卻又能時時感受人物的情感，彷彿那是真實發生的事。

這是個明顯架空的故事，篇幅中鳶人、獸人、空中浮島、巨大的龜類都是虛幻的情節，但是作者的功力著實深厚，讓人不但沒有排斥的存疑，反倒充滿了理所當然，各種奇幻場景躍然紙上，像是高解析的動畫作品，讓人宛若身在現場，分享著故事中的愛、怨、親情、血腥、冷血、殘暴。

《鳶人》的故事內容圖像很鮮明，那只是舞臺布景上的成功。更難得的是篇中人物除了個性鮮明外，更隨著情節推前而出現進化蛻變，我個人也是小說創作者，深知這種人物會隨著故事演進而成長變化的技巧有多困難，這是長篇小說中極為難得的成就。有許多成名的作家也難以部部作品都達到這樣的境界。

讀了幾次《鳶人》之後，我試著將它在腦海中影像化，發現同樣毫無違和之感，相信它同樣可以成為一部很好的電影，如果有哪位導演需要一個好故事，我會毫不猶疑地推薦這部《鳶人》。

蘇逸平（名作家、科幻名家）

記憶

我和羽郎，在結褵之前，就認識了。

認識了多久？整個童年，以及成人前的青春，都是屬於彼此的。

我只有他，他也只有我。因為我們兩個都是從安孤營出來的孤兒。

所以羽郎總是喜歡問我，我對他的印象與記憶是什麼？好像要藉此鞏固他在我心目中的位置。尤其是孩子出世之後，他問得更頻繁。

我會裝著費力思考的模樣，逗弄他一下。有時他急了，便把我揣進懷裡，不給回答就不放人。

我說，我對他的印象與記憶，總是背影。

是那個在安孤營中、會牽著我去食堂討食的背影。

是那個不畏惡霸、挺身護住我、承受拳頭的背影。

或是我走路走累了，會對我彎下腰來、邀我趴上他肩頭的背影。

啊，還有……

當我說，我想去天空看雲時，會因此而生出翅膀的背影。

那蓬鬆的白羽翅膀，天生就是一朵雲，我躺上去，啊，是會呼吸、而且有溫度的雲呢。

然後，我會深深地吸嗅……

嗯，是甜乳花的香氣。

那是羽郎最喜歡的花。

即使在戰況最激烈的時候，他也會在胸羽上配戴一朵，像個彬彬有禮的文紳似的。

我問過他，他一個男人，甚至是一個牡國軍人，為什麼喜歡氣味這麼甜香的花？

他朝我眨了眨眼。

「妳知道的。只是妳忘了。」

他只說了這句，便淡淡地笑著。

懸州

好像在搭乘騾拉的車，行駛在碎石遍布的崎嶇山路一樣，顛顛簸簸的，可以想像那匹騾的吃力。

當然，我現在坐的，並不是騾車，走的，也不是山路。

十分凍寒，我拉緊了出發前由軍隊配給眷屬的毛毯。也不知何故，呼吸有些困難，胸腔總是悶痛著。

是因為這裡的空氣是冰的，還是因為我現在正位處高空？

我嚼起了一種紅色的葉子。牧軍省的人說這種葉子在入冬前會將太陽的養分與風中的氣息收進葉脈中，紅通的顏色代表它的蘊藏充足，即使一年不見天日也能存活下去。若呼吸難過可以咀嚼，紅葉能讓體內補充一些太陽的溫度與風的流動。

我一邊嚼著紅葉，一邊摸了摸毛毯的質地——嗯，是鳶的毛，只有鳶的毛才能輕而耐寒。這應該是鳶在蛻舊毛時蒐羅製成的廉價毛毯。

即使廉價，卻是「他們」身上的毛，曾經與他們一同生息、一同飛翔。

或許，這裡頭也有羽郎蛻下的舊羽。

被這毛毯撫著，讓我更想念羽郎了——我那在戍地服役的丈夫。

座廂又顛震了一番，似乎遇上強風了。

同行的其他婦女很有經驗地說：「颳上這陣強風，就代表附近有『島』，島才會生風。」

「要著陸啦。」也有母親開心地對孩子說：「要見到爹爹嘍。」

我是第一次來到這裡，便問身旁的眷屬——一位攜著三個孩子的母親：「那裡……呃，懸州，是個怎樣的地方？」

「妳就把這裡想像成漂在海上的島——一座零星散布的列島就好啦。」她開朗地說：「雖然我第一次來也嚇了一跳。」

其他來過懸州探望過丈夫的婦女也說：「只是這裡支撐島的不是海水，而是風和雲。」

「妳是第一次來嗎？」有人好奇地問我：「新面孔呢。」

「是的。」

「丈夫是一般地勤兵員，還是？」那人頓了一下，等我回答。

我羞怯地說：「我丈夫官拜『鳶佐』。」

座廂內掀起小小的驚呼。

丈夫是普通兵員的婦女便安靜了，不再搭話，相反的，自己的丈夫也擁有同樣級別的婦人便覺得跟我親近了些：「妳丈夫肯定參與許多前線戰役，年紀輕輕就做上鳶佐，不簡單。」

我尷尬地笑著。其實不論是魚雁往返、還是回陸地歇息，羽郎很少跟我談工作上的事，反而都是他鼓勵我多說些自己的生活給他聽，他往往聽得入神，津津有味地品嘗。唯一和他的工作有所接觸的，僅僅是每個月的軍餉，他都會原封不動寄匯給我。

「作鳶佐的妻子，很辛苦吧。」婦人又說。

「還好，畢竟，我與丈夫還沒有孩子。」

「冒昧問一句，請問妳也是？」

我知道她問的是什麼，便接著答：「不，我是凡人。」

婦人嘆了口氣，心有戚戚：「是了，那更辛苦了，獨自留在陸地上，看著天空，好像永遠接近不了丈夫，那種寂寞不好受吧。」

我抿著唇，答不出話。

因為，是的，真的很寂寞。那是再多的軍餉也彌補不了的。尤其我們從小總是黏乎在一塊，現在一個在天、一個在地，再富裕的生活都不會圓滿的。

我想，羽郎也一定這麼想的。

「一年才回一趟家，孩子都忘了自己的爹長什麼樣子嘍。」婦人又說。

其他人附和：「是啊，尤其他爹如果一緊張就露了『餡兒』，孩子以為看到什麼怪物，哭個沒完呢，傷腦筋。」

有個孩子插嘴道：「爹爹才不是怪物呢，他的翅膀最漂亮了。」

婦人們呵呵地笑了笑，我也挺認同那孩子的話。雖然童言童語，聽了也溫馨。

對啊，羽郎才不是怪物呢，他的翅膀最美麗了——我從小到大一直都是這麼告訴他的。

「不過，這種分離的日子也快結束了。」

我看向說這話的婦人。

「妳們知道嗎？上面有新政令了，準備開放——」

才說到一半，座廂忽然大幅度傾斜，前頭的駕駛兵朝她們喊：「夫人，要降落了，請各位坐穩！」

我的心怦怦地跳。我好期待，期待看到羽郎工作的地方、他生活的模樣，還有真真實實的他——

我們有一年沒見上面了。他過得好嗎——這個問題的答案，已經不是魚雁上的文字可以滿足我了，我要親眼看到。

座廂又震盪了一會兒，接著便穩當地停下了，前方的三名駕駛兵輪流扶著婦人與孩子們走出這間座廂。

我以為當我出了這間座廂，會吹到更冷的風、吸到更稀薄的空氣、照到更刺烈的陽光——但我卻發現自己身在一窟巨大的洞裡，所有的照明都靠一種會發出黃光的石頭，所以視線並不明亮，讓人感到昏暈暈的。離地面有一段距離，我們必須踩著階梯才能下地。

我小心翼翼地下了梯，再回頭看一眼——那隻龐大得像一幢二層樓小屋、載著我們來到懸州的大坪鳶雀，正溫馴地將頭埋在地勤兵為牠準備的暗籠中。這種大雀只要視線一黑，就會安安分分，像石頭一樣。牠的背相當平坦，可以安置座廂、搭人載物，又體態龐重，飛行穩定，因此懸州與陸地州縣之間的聯繫運輸都有賴大坪鳶雀。

而這支由二十隻大坪鳶雀所組成的飛行隊除了載運我們這些眷屬上島之外，還運了大批糧食上來。氣味最濃的，就屬曬乾的蕎麥香氣。我們可以看到成群的輜重兵就像辛勤的工蟻一樣，將一綑綑、有半個人高的麻布袋一一揹運下來、傳送入倉。

旅程中我聽婦人說過，島上不產糧食，主糧端靠內地東陸的川道地區供應支援。大坪鳶雀之後，是一條長而深、高而寬的隧道，隧道的盡頭，可以隱約看到天光與雲影。大坪鳶雀應該是從那方入口將我們載進來的。

我提著行囊，開始在廣場的人群中尋著羽郎的身影。廣場上擠滿了思念妻兒的軍人們，他們的身上都還穿著值勤的戍衣，一聽到大坪鳶雀平安降落，便都急忙忙地趕來與家人相認。他們開心地吶喊、歡愉地揮手，然後那樣知足地抱在一起，緊密得連大風都分不開，都令我戀戀不捨地看著。

「請問……是娊之夫人嗎？」

有一個男人看著我，不確定地問道。

「是的，我是。」

那男人笑了，接過我的行囊。「我叫松閔，是佐大人的副官，奉命來接您的。」

我一愣。「佐大人？」

松閔拍拍頭。「啊，我的意思是指羽郎大人。他正在山頭上值勤，所以由我來接夫人的駕。」

啊，他還在值勤啊，所以沒辦法馬上見到他？我有些失望。

松閔很會看人臉色，趕緊安慰我：「不過佐大人從好幾天前就在惦記著夫人的事，他絕沒忘記。今早他還興奮得吃不下早食呢！您也知道，佐大人一開心，翅膀便闔不攏了，結果把食堂鬧了一片轟隆，掃破了不少碗盤呢。」

我噗嗤一笑。我知道，羽郎的個性早熟，可靠得像我的父兄，大多時候都是我在依賴他，可是他心裡一高興，即使表情不變，他背後那雙翅膀卻先露了先跡，張張揚揚的，像個天真的孩子在笑。以前兩人鬧架，想要求和，只要看到他那雙翅膀搖搖而出，便知道他開心了，不生我的氣了。

我笑了笑。「謝謝您，松兄……讓您操心了。」

「哇，不敢當，夫人叫我阿閔就好。」松閔是個老實人。「來，佐大人的宿舍在『東翼』，這裡請，夫人。啊，也請小心，雖然地面大多鑿得平滑，但視線昏暗，走路還是要留神。」

松閔領著我，走向他所謂的東路。沿途經過了許多縱橫交錯的街道與小巷，簡直就像在一座小城市中行走。

「是的，夫人，懸州的城市確實都建在島嶼的地底下，您能想像的店舖、住家、診院或辦事處都設在這裡，我們稱這種城市叫『窨城』。您就當這裡是一座永遠維持黑夜的城鎮吧！」松閔說：「不過，有空時再帶您詳細參觀介紹，這兒有點大，我們還在北翼，我們得趕點路回東翼才行，讓佐大人一進屋就能見到您。」

看來這座島嶼真的很大，大到光靠走路是到不了目的地的。松閔帶我來到一條清澈的水道旁，水道裡鑲著散發青光的石頭，讓整條水道盈滿透淨的粼粼波光。水道裡棲著一條生物，仔細一看，是一條負著小船艙的無角小蛟龍，松閔稱牠為「蛟舟」，是無法行馬的地底城市中主要的交通工具。

水道跟街道一樣綿密，幾乎處處可達。

我們坐上蛟舟，蛟舟不只載人，也得載物。於是我又跟大批糧食坐在了一起。

「夫人吃慣蕎麥嗎？」松閔隨口問起，並拍了拍掉在肩上的蕎麥碎殼。

「吃得慣，我和羽郎都是川道人士，都是吃蕎麥長大的。」

「那就好，因為這裡除了蕎麥，還是蕎麥。很多吃米的南方或西方人士聽到蕎麥都會做惡夢呢。」

牡國最東陸的川道所在的高原地區氣候惡寒，只有蕎麥能在險劣的環境下生存。而比川道更邊緣的極東之境懸州，卻是連蕎麥都扎不了根，甚至得讓自顧不暇的高原地區支援糧食，可見懸州的生活更是不易。

我看著昏暗模糊的街景，順口問：「懸州是怎樣的地方呢？」

「嗯……就是飄浮在半空中的列島，總共由四十多個小島組成。」

「每個島上都駐有軍團？」

「是的。」

「我們離空國……很近嗎？」

空國，就是牡國近年來積極想要統一的國家，位在牡國東方的……天上。似乎跟懸州一樣，也是由一塊塊飄浮的陸地、島嶼所組列而成，是一個存在於天空中的國度。

松閔想了想，說：「……算吧。」

「有多近呢？」

松閔面露疑惑了。「這個，不一定呢。」

我不懂，為什麼不一定呢？懸州與空國之間的位置，不該是固定的嗎？就像我們與禁國、湯國一樣，應該都能標出確切的距離或腳程。

正想再問，蛟舟已經游到了東翼。

其實我也好奇，為何這座城市的區域是用東西南北「四翼」區分？「翼」代表什麼意思呢？這樣命名，彷彿這座島嶼是一隻有翼的生物似的？

松閔哈哈地說：「夫人問倒我了，不如您問佐大人吧。來，請下船，我們到東翼了。」

羽郎的宿舍是鑿在一面雄偉的石壁上，石壁約有七層樓高，每一層樓口都透著溫黃的樓光，散發著平靜的生活氣息。這裡除了男人們都著戍衣，到目前為止，我都還感受不到前線的緊繃與戰地的肅殺。

「因為這兩年前線已經很穩定了。」松閔說：「懸州與部分空國土地幾乎可以開放平民拓墾了。」

松閔領著我爬階梯。羽郎的宿舍在第六層。

「羽郎也會這樣爬階梯嗎？」我問。

「佐大人都直接飛上去的。」

「我想也是。」

想了想，我又問：「阿閔，你也是……鳶人嗎？」

松閔回頭，笑得落寞。「以前是。」

「那……」

「翅膀沒了，也不能叫鳶人了吧。」

我覺得自己好像觸到人家的傷心事了，於是道了一聲歉。

倒是松閔有一種樂天的豁然。「夫人別在意。經歷這麼一場激烈的仗，死了那麼多人，自己不過少了一雙翅膀，還算可以接受的代價。」

「生活有沒有不便？」

「要說不便，就是平衡感不大好。夫人沒注意到嗎？我走不了直線，哈哈。」

「不，我覺得沒什麼異樣。」我說實話。

「還有反應不如以前快，視力也一落千丈。您知道的，不管階級高低、是鳶佐還是鳶員，只要是身為鳶人，想要在這場對空國的征戰中一展長才，靠的就是這些優勢。失去這些，受到排擠才是理所當然的。」

看來松閔也是經歷過一番刻骨銘心的掙扎與低潮呢。

我想了一下。「這麼說或許對你有些冒昧……」我說得認真：「但，現在的你就跟我這個凡人一樣，不是嗎？凡人也是有凡人能做的事呀。」

松閔回頭，看著我。

我笑。「像現在，我很高興你能陪我爬階梯。」

松閔也露齒笑了。「夫人跟佐大人說的一樣呢。」

「咦？」

「您是一名溫柔的女性，很會鼓勵人。」

「我說的是實話呀。」

「佐大人也說過類似的話。」松閔繼續走。「他說，這裡也有沒有翅膀的人必須做的事。」

「嗯，我相信。」

「其實我差點兒留不住呢。畢竟前線不需要走路搖搖晃晃、做事都慢人半拍的傢伙。所以，也要感謝佐大人指名我擔任他的副官，照顧他的生活起居，最重要的是，大人替我一手擋下了許多冷嘲熱諷，讓我還能繼續留在懸州。即使沒了翅膀，鳶人還是要留在空中才快活呀。」

聽得出來，松閔對羽郎這位長官很有好感。我很開心。

我們終於爬上了六樓，松閔取出鎖匙，開了房。即使屋內無人，他進門前還是煞有介事地喚上一聲：「抱歉，打擾了。」

他將我請到屋內，替我張羅了茶水後，看了看放在角落小几上用來計時的盤香，說：「啊，已經未時末，佐大人要下崗了。我要去『落場』接他。」松閔順便解釋，「落場」是開闢專門讓鳶人降落下地的廣場，鳶佐級別高，落場自然也跟鳶員的區隔開來。

「不好意思，暫時怠慢了夫人，夫人需要什麼請自己來。」

「沒事的，你快去忙吧，別擔心我。」其實我也想與松閔一起去落場，但我想那種場合肯定不方便一個平民出入，便沒開口要求。

松閔走後，我環顧著羽郎的宿舍。

這宿舍簡潔乾淨到——毫無家的感覺，沒有多餘的什物，沒有生活的痕跡，也看不出主人在閒職期間有什麼消遣娛樂。這裡彷彿只是一間暫棲的客房，而主人則是那長年清苦、四方奔波、居無定所的旅人。

我想起羽郎當年自願入役時跟我說的——

「我會讓我們的日子過得更好！」

沒錯，他是做到了，他將軍餉全數交給我，改善了我在陸地的生活。可是他也失約了——他並沒有讓自己的日子過得更好。

他總是這樣，只想到為別人付出，卻從沒想過自己。

我能為他做什麼呢？我一個人安靜地苦思著……

然後，我隱隱約約嗅到一陣甜糯的花香。

當一切靜下後，我才慢慢發現，這間房也不全然是空虛的。

我認真地辨著這熟悉的味道……啊，是——

甜乳花的香氣。這間房滿滿的，都是甜乳花的香氣。

那是羽郎最喜歡的花。

我總是納悶，他一個魁梧男子，怎麼會這麼中意那樣香甜如膏的小花？但久而久之，我反而也利用這股甜香來確認他的存在，沒了這甜香繞身，羽郎似乎也不是羽郎了。

雖然味道有些淡了，但我現在能夠很肯定——是了，這是羽郎居住的地方，是他耗費了六年的歲月鞏固的一方天地。

察覺到自己被這香氣包圍，讓我的心情有些激動，我恨不得此刻就能碰觸到羽郎、擁抱住羽郎——

我來到他的床鋪旁，癡癡地看著那疊得工整如豆腐塊的枕墊被褥。我忍不住抱起那床被褥，將臉深深埋進去，想像那是羽郎的頭髮、羽郎的肌膚，還有他那強健的身體……而他也在擁緊我，緊得我幾乎無法呼吸，只能用醞進他肌膚裡的甜乳花香氣賴以為生……

我好想念他——沿途上一直壓抑的思念，終於像春天的花田一樣，一夕爆開繽紛。

忽然，外頭起了一陣騷動。有驚呼，也有笑聲，啊，我認得，還有松閔盡責而殷勤的聲聲勸喊……

「大人大人大人——翅膀啊翅膀！翅膀要收啊！要打著人啦！啊啊啊，抱歉夫人少爺，沒受驚吧！哇，是齊鳶佐啊，剛下職嗎？抱歉抱歉，有沒有掃到你？一會兒再向您致歉，我先——大人！等等啦——」

那陣騷動越來越近迫，最後終止在一聲砰然巨響——我面前的門扉被彈開了。

我驚訝地看去。

「婗之。」

那個彈開門扉的人，用我思念至極的沉穩嗓音，喚了我一聲。

我瞠著眼，直直地看著眼前的那個「人」。

說得更準確一些，其實那並不純然是人——而是一個有著健全五官的人臉、全身卻長滿了白羽、四肢生了龍鱗與尖銳的鳥爪，以及背後張揚著巨幅、約有三人身長的羽翅的……怪物——如果一般凡人不識「鳶人」這詞，可能會說出這麼失禮的稱呼。

當然，他才不是怪物，一如我從小就告訴他的，他是我看過最美麗雄偉的鳶人！

他是我的丈夫羽郎啊。

我覺得有些暈，腳步有些輕，正想朝他走去時，羽郎不過是輕輕振翅，便已滑到了我咫尺之前。自然，他那幅巨翅又掃下了房裡的物事，惹得松閔再是一陣驚呼。

但是我已經不在乎了，羽郎更是。他張開那雙生滿鱗片的手臂，如我想像的，如此強而有力地將我鎖進了他蓬鬆柔軟而溫熱的懷裡。儘管他的手爪勾得我背上生疼，但我卻是興奮的，那疼帶著些快感，帶著些幸福，再再證實了他想念我、渴望我的程度。

我也緊緊地抓著他背上的羽毛，用力地扭擰著，近乎是虐待地鬧著他，引得他喉頭滾出了沙啞的呻吟，但我知道他會明白的——我也想他，很想很想！想到都要生他的氣了！

被他實實地抱上一陣，卻還不見他鬆手，而同時也聽到了門口慢慢聚集了口哨與笑語。我墊起腳尖、越過羽郎的背後看去，看到了許多可能是羽郎的同袍像是觀好戲似的、津津有味地看著相擁的我們。

「今晚這間房應該會很幸福吧。」有個也是鳶佐裝束的男人對松閔說。

松閔靦腆地笑著。

而同樣來探望自家丈夫的妻子們則紅著臉、抿著笑，拉著孩子與丈夫說：「唉呀，我們在做什麼，別擾人好事啦，走走走。」

我也害羞了，正要撐開羽郎，他那絨毛尚未褪盡、仍如白雪一片的臉卻欺了過來，強勢地凝視著我：「不要，不准推開我。」

然後，他深深地吻了我，臉上軟暖的絨羽隨著他的親吻加深，而時不時地黏著我、蹭著我。啊，好舒服啊。那股甜乳花的香氣也不再隱約，而是如此踏實地充盈在我的感官中。

能被他這樣珍惜地黏著、蹭著、吻著，便覺得這六年來孤身一人、在陸地上打拚的辛苦，都不算什麼了。

如果說，有人覺得一個家庭靠男人一掌撐持乃天經地義，那麼他們肯定認為，作一個軍人的妻子很辛苦。尤其是一名在懸州服役的鳶軍的妻子。

我已經忘記了牡國對空國開戰是什麼時候的事了，只覺得那是自我懂事以來就已明白的一件不容質疑的事實。那些官府的大人總是嚷嚷著，只要我們征服了空國，就再沒有人能在頭頂上威脅我們的安危、奪走我們的太陽。所以要我們勤勉、要我們刻苦，男人要以從軍為榮，女人要以耐勞為樂。

即使是在陸地上，也能感受到前線戰況的緊張，官府不斷送士兵與軍糧上天空作戰，也不斷送冰冷的屍體或殘缺的屍塊下來埋葬。

而在這場戰役中、被視為作戰主力的，就是那些屬於牲人之列、能夠在人與鳶之間變換身分，並結合人的智慧、鳶的敏捷來進行飛航、攻擊、防禦等任務的「鳶軍」。當然，死最多的，也是這些勇往直前的鳶人。

鳶軍妻子的辛苦，並不是得獨自操持家務，而是必須承受那份丈夫長年在外的孤寂，以及不知何時會收到丈夫遺物的恐懼。

起初，羽郎說要加入鳶軍，我是強力反對的。甚至告訴他，他若加入鳶軍，我就不作他的妻子。

他問我，像他這種低出身的牲人，能為國家做什麼？又能為家人付出什麼？什麼樣的身分能讓他隻身扛起我們的家、不被外在的險惡風吹雨打？我們兩人都是從安孤營出來的，知道生活最苦的模樣，明白生命最賤的時候，他不要我或將來出世的孩子再回到那樣灰敗的日子。

「作了鳶軍，有軍餉，就有溫飽；立了功勞、上了軍階，就會被人尊敬，而不再是那人人喊打的過街溝鼠，不是嗎？」他只要回想起以前的破爛日子，口氣便會激動起來：「我只是不要妳再被人欺負，難道不可以嗎?!」

他說的都對，我無從反駁，只好無言地跟他鬧了好幾天的脾氣。

可是，一旦他氣消了，他便會蹲在我面前，溫柔地握上我的手，執著地看著我，說：「妳知道的，我從來沒有扔下過妳，不是嗎？」

他說的，應該是以前在安孤營時、每天都在搶糧食、被打罵的日子，羽郎總是那個代替我掙食與承受拳頭的人。我當然知道。但我冷著臉，不說話。

「別生我的氣了，嗯？」他好聲好氣。

我癟著唇，好像在生氣，其實是想哭。

我沒有生氣，是捨不得，是很害怕。

我不想要失去他，沒有他，我怎麼辦？

「我答應妳，為了妳，我會好好活著。」他牽起我的手，深深地吻著。

他說得如此真懇篤定，好像生死是他可以掌控似的。

沒等到我的答覆，他終究是去了，一去就去了六年。

這六年裡，牡國的戰況屢屢告捷，不但鞏固了懸州列島的勢力，作為前線最強悍的作戰基地，也讓羽郎從一個區區的鳶員拔升到足以統領百人飛行小隊的鳶佐，甚至開放眷屬申請、登上懸州列島探望親人……未來的一切，似乎都漸漸雲開霧散，光明了起來。

而羽郎確實做到了他對我的允諾——他還活著，並活得好好的，活得意氣風發。

我想問羽郎，我能不能就這麼以為，一切會這樣好下去？

然後，我們是不是可以考慮，來生育我們兩個人的孩子？

這六年來，儘管他曾經回過家、陪過我，卻又在我習慣有他存在的日子後離我而去，讓我必須重新適應孤獨與堅強，因而也錯失了許多向他索討答案的機會。

我有好多好多問題，想在此時此地、當面向他確認。

當然，還在陸地時，我確實想了很多，不過真的見到面時，卻又覺得不重要了，因為有好多事情想急著為他做。

包括親自下廚、為他做一頓飯。

在宿舍中自行開伙不是一件輕鬆的事，因為窨城中嚴禁生火，而必須憑「炭票」向官方的炭房領取已悶紅成灰的熱炭，如此在有限的通風下才不會造成大量汙染的煙氣。但每一只炭票能領取的份，充其量只能溫開一杯水，所以軍員為了省事，通常是到集體食堂用飯。

還好羽郎積存了許多炭票，才能為他煮一頓熱菜。

我用蕎麥麵與牛油捏成了粑粑，貼在滾著酸魚湯的鍋壁上煨炕；也用醋、鹽、辣油拌了三款還帶著湖水氣息的海菜讓羽郎開胃；又請松閔張羅了一只平底的鐵鑄鍋，烙上菜油，任炭火將鑄鍋燒到油末奔跳——這可是川道的年節大菜「烙鍋」。在寒冬中，家人們圍坐在一起，在火燙的鐵鑄鍋上放上各式食材煎炒、笑談一年往事，很能凝聚團圓的氛圍。只是懸州不比平地，食材樣式少，我只帶來了新鮮的羊肉片、翠綠的茼蒿與肥嫩的豆腐，希望羽郎還是可以吃出烙鍋熱旺的滋味。

在懸州，會依炭火的使用程度來定義一頓飯菜的豐盛，這一餐用上了這麼多的炭火，對羽郎他們來說肯定是一道大菜。而島上據說都是風乾、醃製的食物，當松閔看到我拿出從內地帶來的菜蔬時，還笑說他都忘了這些菜原來是綠色的，甚至不知道豆腐是如此水嫩，因為島上只看得到乾癟的豆腐乾或耐放的豆皮。

不過松閔婉拒了我們晚飯的邀約，匆匆地離開，非常善解人意地讓我們夫妻獨處。我除了給他包了幾個熱呼的牛油粑粑，仍希望之後能好好補他一頓飯食。

我正在撈湯鍋裡的浮油，聽到更衣的窸窣聲，便說：「聽阿閔說，你都在食堂吃飯，對嗎？」

「嗯。」羽郎應了一聲。

「食堂都吃什麼啊？」

「餿水。」他一言以蔽之。

「怎麼這麼說？」但我也能想像。

我又說：「我還帶了很多東西喔，都是耐放的，伙食真的難以下嚥，就挖一些醃酸菜配粑粑或乳餅吃吧，至少能撐個半年。」

「好。」

「不過聽說你們食堂的蕎麥飯摻了碎石，你吃的時候可要小心啊。」

「知道。」

「你若缺什麼，我回去後再寄給你。」

「謝謝。」

我一愣。奇怪，他的話怎麼答得這麼不熱絡？

我回頭一看，卻是一驚——羽郎整個高偉的身子不知何時已罩在我身後，視線始終緊緊地鎖著我。

看到他那雙專注的眼睛，我臉頰熱著。「你、你換好衣服啦？」

「嗯。」他的手繞過我的腰，牢牢地扣著我。

「你累了一天，不坐著休息一下嗎？」我繞到別的話題。

「不要。」他將頭埋在我的頸項裡，呼著撩撥人心的熱氣。

我一陣悸顫。

我保持理智：「那、那個，我還要做事啦……」

「……好像夢。」

「咦？」

他抬起眼，看著我，呢喃著：「好像夢啊，娩之。」

「什麼啊？」

他的懷抱收得更緊了。「娩之，告訴我這不是夢……」

我鼻頭一酸。「當然不是，我真的上來陪你了喔。我們約定好的啊。」

他的頰再次親密地蹭上我的臉，只是這次我感受到的，是常人光滑的肌膚。

「妳知道我還想吃什麼嗎？」他嘎啞的聲音從喉頭裡滾出。

「你說啊，只要有食材，我都煮給你。」

「我想吃一朵花。」他說：「美麗的……甜乳花。」

我腦筋一時沒轉過來，我天真地說：「我不知道甜乳花可以入菜，沒帶耶……」

他笑了一聲。「傻孩子，妳當然帶來了。」

他輕輕地吐著舌，珍惜地嚐著我的唇。「就是妳啊。」

那晚，我不但沒有機會問上我在陸地上想好的一連串問題，就連那鍋酸魚湯也沒喝上幾口，因為它整夜都被溫火熬著，直到蒸發見底。

羽郎幾乎沒讓我下地，一直愛著我，愛了整夜。

即使他想要忍耐、想要壓抑，但我知道，他只要一高興、一興奮，那雙翅膀就會像個開朗的孩子一樣，張張揚揚地搖曳著。

那雙有著三人身長的翅膀，自然又在這狹小的房裡掃下了不少東西，鏗鏘鏗鏘的，好是一番激烈。

三更過後，我們維持那最後溫存的姿勢，甜甜地入睡著。

半夜，我曾口渴、醒來過一次，卻發現——

那雙美麗雪白的翅膀，像一牀溫暖綿密的被褥，孵著我，帶我睡過一個平安的夜，就在這最肅殺、最寒冷的懸州列島上。

懸空

翌晨，我不是被陽光喚醒的——這座地下城市，陽光是照不進來的。
我是被羽郎吻醒的。
我睜開眼，看到他已經換好戍裝了，臉上精神得很，完全看不出他熬夜做了什麼。
他笑呵呵地揉著我的髮，一邊為我擦去嘴邊的東西。
我這才發現，嘴裡好像喝進了什麼，又苦又澀。
羽郎搖了搖手上的小陶瓶，說：「不這樣餵妳，怕妳不敢喝。」
我皺眉。「那是什麼呀？」
他端了清水給我。「是風乳汁。」他說：「這裡畢竟是高空，空氣稀薄，不喝的話，怕妳撐不下去。」
我定定地看著小陶瓶。「要全部喝完嗎？」
「喝完最好，但我擔心妳不習慣。」
我堅定地說：「我還要。」
他挑眉。
我玩性起了，呶起唇，指著嘴邊，要他像剛才一樣，自己先喝一口。
他慣著我，將小陶瓶的風乳汁都含進了嘴裡。
然後，我抓起他筆挺的衣領，用力地將他拉近我——好讓我含上他的唇。
他有些驚訝，不過之後，他便任著我出擊，甚至刻意傾下身，方便矮小的我對他胡作非為。
抽開身後，我笑嘻嘻地說：「早安。」這幾個月來，我一直很期待在懸州這樣跟他道早，可是卻忍不住苦起臉來。「呃，真難喝。」

雖是鬧著他玩，但我也想讓羽郎知道，我絕對可以順利地適應懸州的生活環境，不會成為他的包袱，不用他操心。

羽郎的表情倒是有些嚴肅。

「怎麼了？」他不高興嗎？

「妳這樣……」他深深地看著我：「要我怎麼上職？嗯？」

我想起昨晚他是如何眷戀地纏著我，就連我想喝口水，都是被他擒在懷裡、走到擱著水壺的小桌旁，任他霸道地以唇灌飲著。

我紅了臉，趕緊攏好衣物下榻，並轉移話題：「你的早食呢？要去食堂吃嗎？」

他拉住我的手，放在他的頰上摩娑。「我好想一直陪著妳，娓之。」

我又何嘗不是呢？真希望這樣的日子可以一直持續下去。

這時，有人敲了門，是松閔的聲音。「佐大人，夫人，早安，打擾了！」

我只好掙開他的手，前去應門。

「昨晚兩位睡得好嗎？」松閔問話時眼神單純，我相信他毫無指涉。

倒是羽郎理了理衣裝，笑得異常開朗。「好極了。」

長官開心，松閔也開心。「太好了，佐大人。那我們也該出發了？」

盤香即將燒到了卯時，也該是晝卯上職的時候了。

兩個男人正要出門，我說：「我也可以去落場嗎？」

兩人回頭看我。

「這次能來到這兒，我也想看我丈夫工作的樣子。」我很堅持。「真的，很想看。」

這次，反而是羽郎紅了臉。

於是，松閔帶我來到一間小巧的候廳，小廳就位在落場旁，並面向落場鑿了一戶窗。由於窗口背風，坐在這裡並不會感受到外頭的寒冷與刺骨。而鳶人專屬的落場跟大坪鳶雀的落場不同，是開在島外的，而非藏在地底下。

這間視野良好的小廳，讓我深刻地意識到了——我現在確實是在高空中無疑。

窗口看出去的島上根本無樹，只有連綿的草原，隨著地勢起伏；隨時都會颳來一陣又一陣的強風，把那片草原當成一匹布，掀起明暗變幻的顏色；又不論是近處的平緩草原，還是遠處突然拔起的獨峰高山，時不時都會被大朵大朵的雲團「路過」。神奇的是，我不會認為那是平地常見的霧或嵐，因為霧嵐不會有那麼扎實的形體，也不會在地上烙下陰影，甚至不會因為碰撞到比它們更堅實的地面、而做出如此活潑的彈躍動作。

「夫人？沒事吧？會冷嗎？」松閔擔心地問。

「不。」我回神。「只是很驚訝，沒想到有一天竟然可以這麼靠近這些雲。」

這些我以往只能仰頭眺望的雲，此刻真實得彷彿可以伸手盈握。

「是啊，所以我們這裡常常陰晴不定，氣候的變化往往是一瞬之間的事。」

正說著，我們看到了一團烏雲途經，帶來了暴躁的雨水。

「看來長官上職得暫緩了。」松閔抓抓頭。「被這種雨雲纏身，不適合鳶人飛行，會濕了羽毛，雲裡也可能藏有雷電。」

廳外果然紛鬧了起來，都在擔心這雨雲會糾纏太久，耽誤他們畫卯的時間。我分神聽了一會兒，也怕羽郎會受到影響。

「啊，走了走了，太陽出來了。」接著，卻又聽到松閔的歡呼。

我回頭一看，那雨雲已出了視線，來了一團潔白無瑕的雲，加上陽光直射，雲團更顯白軟。

從雲團行走的速度可以知道，外頭的風真不是普通的強勁。

必須在這種風中飛行的鳶人，承受得住嗎？

「喂！快輪到你長官飛囉！」有人探頭進來，提醒松閔。

「好！」松閔說：「夫人，我很快回來。」

「去吧，不用掛心我。」

我靠近窗口，再向外傾著身，勉強可以看到一群在落場準備起飛的鳶軍。

要由人身完全變換為牲體，聽說是要花上一段時間的，而且技巧越是不熟練，對體力與精神的負擔便越大，而其中又有人說，禽類牲體的轉換最是艱難，因為那幾乎是將身體的構造重組，才能讓一個原本在地面上行走的人得以輕盈地飛上天。

以前的羽郎也經歷過這番痛苦。他說那種感覺就像抽筋剝骨一樣，不是用劇痛能夠形容的。

所以，我相信，那批訓練有素的鳶軍絕對是經過了非常人所能忍受的鍛鍊，才能夠在一個跨步間就完成了變身，並在足以將樹攔腰折斷的勁風中站穩腳跟、等待指令。指令一達，下一刻就以爆炸般的張力刷開翅膀、像炮竹一般射上天際。

我便這樣驚奇地看著一名名鳶軍完美地完成變身與飛行，然後也等到了羽郎。

羽郎同樣是在一個跨步下就結束了變身，他完整的牲身已看不出他原本的長相，而是一尊有著尖喙、銳眼、長羽的鳶頭，身高與體態也比平時高大，就連動作都像鳶鳥一樣靈敏。

我還看到了行色匆匆的松閔。他站在此刻的羽郎身旁，竟只及他的胸前。他踮起腳尖，似乎在為羽郎別上什麼。

這時，羽郎的頭轉向了小廳的方向。

我以為他會向我揮手，但想想，現在正在執勤，可不能這樣亂來。

而他確實也沒什麼動作，只是靜靜地看著這裡。

他看得到我嗎？是不是連我期待的表情都看得一清二楚。鳶人啊，視力最好了。

我興奮地朝他揮揮手，告訴他，我知道他在看著我。

直到起飛的指令下達，他才收回視線。

他微微蹲俯身子，爆開那足有三人身長的巨幅翅膀，待旗幟揮動，恰好也有一陣風起，只見他腳爪一蹬，就像流星一樣射出，飛升得比其他人又快又高。

我急忙仰頭跟隨，但很快的，羽郎的身影只剩下藍天中的一個白點。

我看得有些暈眩，也有點孤獨。

他總是一下就離我這麼遙遠。

記得小時候我常鬧著他，希望自己也能是鳶人，陪他一塊上天。他為了哄我，願意揹著我在矮小的山谷裡飛，可現在我大了，而他飛得更高更快，遠非我能承受，我還能怎麼陪他呢？

我心情有些低落地等著松閔過來。

「夫人，久等了。」

「不會，別介意。」

我起身，正想迎向他，卻看見他的脖頸和手背都有一絲絲紅通的血痕。

「啊，你流血了！」

松閔一愣，看了看手背，摸了摸脖頸，卻笑得不在意。「沒事，夫人，常有的事。」我連忙遞給他手巾。「是割傷嗎？」

「是風。」

「風？」

「夫人鐵定難以想像，這裡的風就像刀子一樣。我剛剛不過是在站在風口一會兒，就落下這些口子，所以夫人以後也請千萬小心，別站在風頭吹得進來的地方，更不要貿然外出，這島外的風是凡人絕對吹不得的。」

原來如此，除了空氣稀薄之外，還有能讓人皮開肉綻的劣風，因此才有築窨城的必要。

「那羽郎他們沒問題嗎？」

「沒問題，鳶人的羽毛可是很強勁的，頂得了。」

我想到松閔是為了替羽郎佩帶一件物事，才會站在風頭上。

「請問你剛剛在為羽郎別什麼？」

「喔，是甜乳花，佐大人今天忘了佩，我趕緊替他別上去。」

「佩在胸前嗎？」

「是的。」

「他有這習慣？」這有點文紳格調的習慣，讓我稍稍驚訝。羽郎不但喜愛甜乳花成癡，甚至要每日在身上佩帶？

松閔笑：「當所有軍官都搶著跟團部訂購菸草的時候，就只有佐大人一個人握著珍貴的軍票，請人務必將新鮮的甜乳花送上懸州來。他一日沒有甜乳花，就會渾身不帶勁。」

「可是，他今天卻忘了？」

「是啊，倒是不尋常。」

不過，松閔很快就想通了，意味深長地看著我。

我沒注意到他的眼神，卻是看著窗外的天空。我看到盤旋在空中的鳶軍集結編隊後，一齊往北方的一座高峰飛去。

我問：「請問，他們要去哪裡？」

松閔也跟著看去。「喔，北峰上有一座基地，那是全島的制高點，可以隨時監測敵情，有任何狀況也能及時編隊出擊。每三個時辰都要輪守一次，現在輪到佐大人的小隊了。」

「所以待會兒會有另一支小隊回到穹城嘍？」

「是的。」

「他們熬透了整個夜，肯定很累。」我望著那必須仰著頭才能望到頂端的高峰，此時又來了一團雲，將它整個吞吃了進去。「在那兒留守，一定很辛苦。」

「確實，那裡的大風與寒冷，還有對敵的緊繃，不是我們這些安於穹城的人可以想像的。不過，對佐大人來說，那裡是他能夠大展身手的地方。」

我睜大眼，希望松閔再多說一些。雖然我此刻的心境就好像是只看得到孩子的好的盲目母親，但我真的覺得羽郎的飛行比其他鳶人還要優異。

「佐大人很會飛，也可以說他是這支軍團裡優秀的鳶佐之一。」松閔也說得洋洋得意，看得出來他很以他的長官為傲。「他會等風，乘風而升，借風使力，而不是花自己的力氣去飛行，或是去抵抗風，所以佐大人總能飛得比其他人還快、還高，而且耐久力十足。可貴的是，佐大人也不藏私，將這套訣竅貫徹他帶領的小隊……不過是不是每個人都能做得像他一樣好，就看個人的資質嘍。」

我聽了很高興，這時才體會到羽郎何以能這麼年輕就做上鳶佐。

「除了飛行技巧之外，我丈夫在工作上……一切都還好嗎？」我進一步問。

不過，松閔這時卻面露遲疑，並且將話題轉開。

「啊，夫人，下一支小隊一會兒就回來了，不論是鳶員還是鳶佐，都習慣下職後來這候廳吃些菸草，我帶妳去另一個地方，熟悉一下環境吧？」

我答應了，但心上卻留了個疑問。

松閔帶我搭上蛟舟，來到西翼。這裡也設有一座落場，但目前沒有安排任何小隊在此起落，因此人煙稀疏。

松閔先是詢問落場的管事：「外頭的風力如何？」

「現在西翼正是背風面，外頭祥和得很，沒事。」

松閔介紹我的身分後，遞上一根菸捲，再討好地說：「能不能讓夫人到落場開開眼界？」

我拉了拉松閔，要他別費心，但管事只是看了我一眼，便爽快地接下菸捲。「可以啊，現在都能讓平民上來開舖子了，還有哪裡怕人來的？其實西翼的落場以後可能也會開放商家卸貨，上頭正在規劃呢。」

松閔道謝，又問我：「對了，夫人有喝風乳汁嗎？」

我點頭，就是早上羽郎餵我喝的那苦澀的汁液。

「那就沒問題了，不過呼吸的速度還是要放慢，若喘不過氣，就深吸口氣，切記不要急。畢竟外頭的空氣比穹城還要稀薄許多。」

交代完畢，松閔便領著我走入落場。

管事又叮嚀一句。「兩位，雲還是偏多，要小心，別被撞上了。」

我一愣。「撞上？」

松閔笑著說：「懸州與空國地帶的雲就像牛，硬厚得很，人生得這麼單薄，很容易被撞倒。」

「確實無法想像。」

在我的認知中，雲的質地不該像是霧嵐一樣嗎？人只會置身其中，又怎會有被牛撞上的這種形容？

松閔便站到一塊貼著落場飄浮、約有一輛馬車大的碎雲前，為我示範。

果然，他像被牛頂著似的，退了幾步。接著他朝碎雲施力，雲這才像顆皮球一樣，彈到了遠方的草原。

他竟然碰得到雲？真是驚奇。

「這裡，就是能讓島嶼飄在空中的懸州啊。」松閔說：「連雲都生得不一樣。聽幾個去過空國邊境的同僚說，那裡的雲更扎實。」

我恍然。「所以說，如果雲團大到像一座島的話……」

「沒錯。」松閔的表情有些嚴肅了。「如果又因此碰上大風，這些雲就成了殺人武器。前幾年，還有不少地勤員被硬生生地推落。」

「推落？然後……從這半空中墜下去嗎？」

松閔點頭。「所以我們總是會互相提醒，彼此的身後是否有雲。」

我聽了不寒而慄，腳底生麻。

對凡人而言，這是一個多麼險峻的地方？

無怪乎這落場周圍逢牆就貼上「注意身後」、「小心流雲」等標語。

我被松閔慫恿著，正打算去觸摸一塊碎雲時，我們站著的地方忽然大開天光。我仰頭一看，原來是上方如一座島般巨大的雲被風往西邊推攘著，露出了日光、天空……

還有一座座比這個地方懸得更高的島嶼。

我像長期居住在內陸的農夫第一次看到海那樣，連連驚呼著。

「那些是？」

「都是懸州列島的一部分。」

「我記得松閔說過，懸州列島有將近四十多個島嶼。」

「沒錯，雲少的時候，可以看到更多。由於各島都駐有軍團，為了緊密聯繫戰情，各島之間其實都有頻繁的魚雁往返，或是支援移防。我和佐大人便曾駐過敵對空國的最前線。」

正說著，那些島嶼又藏進了沉沉壘壘的雲團當中。高空的氣象果然多變。

「這麼說，也有其他島嶼位在我們下方？」

「沒錯。來，夫人，這裡請。」

松閔帶我站到一處類似瞭望臺的地方，外圍設有木欄，便不用太擔心會被身後的流雲推下島去。

松閔請我往下看。

我不但看到了許多懸空的島嶼環繞在我們下方，還看到了湛藍的大海。

「那是——海？」

「是的，我們現在位在牡國東海的上空。」

現在？我發現了松閔的語病。他會用這種說法，好像是指島嶼會移動，底下的景色也會隨時變換。

不過我想，這裡的雲既能將人硬生生推下海，島嶼懸浮在半空中，多多少少也會受到雲團與大風的影響，而稍微改變位置吧。於是我也僅是將這說法默默地記在心裡，不曾提出疑問。

日光一隱，空氣就有些冷了，松閔眼尖，又瞧見東方有一團積雨雲飄盪過來，便匆匆結束了這趟落場之行，帶我回到東翼。而他也必須上職，代替羽郎這位上司處理一些不好勞駕長官親自出馬的行政雜務。不過我跟他約定好，請他晌午時務必帶我去官兵食堂吃一回「軍糧鍋」。

坐定食堂，松閔又端上一淺盅的風乳汁，請我服用。

我想到那澀味，不免皺眉。

松閔說：「佐大人有交代，要我按時給夫人服用。」

我苦笑地問：「你們說的這風乳汁，到底是從何而來的？」

「其實夫人今天早上曾踩在它們身上。」

「咦？」

「就是那些草。」

「那不是普通的草原嗎？」

「乍看是陸地上常見的草原，但是要在高空中生存，就連植物也不能掉以輕心。這種草為了囤積足夠存活的養分與空氣，因此根部生得又粗又大，所以若要將草株連根拔起，可也不是容易的事。」

「因為它們的根可能就像番薯或榕樹一樣嗎？」

「或許更接近榕樹的模樣。」

「怪不得這風乳汁有一股潮濕生澀的葉根味。那麼這汁液是怎麼取得的呢？」

「採集室一般都鑿在地表土層下，採集員會挖開草株的根部，在根部上開一道口子，從裡頭流出的白色汁液就是風乳汁，並用漏子收集，封裝成罐。」

「我在來懸州的途上，吃過一種紅葉。所以風乳汁的營養與效用，都跟紅葉一樣嘍？」

「沒錯，不論是風乳汁還是紅葉，其實都是植物將空氣凝結為汁的精華，可以讓我們人體吸收足夠的空氣，好對抗這種嚴苛的環境。」

藉由與松閔的一問一答，我似乎對懸州有了些基本概念了。

這時，有一位食堂員端來了兩份餐，粗魯地推到我們面前，松閔不悅地碎念幾句，並遞給他兩張紅色的糧券。後來我才知道紅色糧券是提供葷食的，綠色糧券則只有蔬食，當然，軍官配到紅色糧券是慣常的事，一般兵員只有特別日子才吃得到肉。

「託夫人的福，今天吃到肉了。」松閔跟我道謝，並惜福地說。

其實這份餐只不過是一碗乾澀的蕎麥飯、一窩油拌長豆、醋拌菇——都是風乾後再用水泡發的乾板菜，以及一塊枯癟的豬肉塊，甜點是黏乎乎、用蕎麥粉、黑糖、油酥拌成的甜膏，相貌可說是不怎麼美味。

我看到食堂另一邊正在大排長龍。松閔也跟著看過去，向我解釋：「那是兵員的食堂，要自己端著盤子打菜的。」

我將一塊豬肉挾到松閔的盤上，說：「大家真的都很辛苦呢。」

松閔很感激，大口扒飯，吃得真香。

「我們都習慣了。而且我好命，跟著佐大人。」

與松閔熟悉後，我敢開他一點玩笑了。「你不用哄我，自己的丈夫是什麼人，我會不知道嗎？」

松閔認真地辯：「我是說真的，夫人。佐大人不愛吃肉，常常把葷票分給我！不像某些長官……」他壓低聲音。「會轉賣，賺些私房錢。」

我又學了一個詞，紅色糧券也可以叫葷票。

我笑了笑，不過心裡也對自己的話起了懷疑。我對松閔說——自己的丈夫是什麼人，我會不知道嗎？可是，我真的知道在懸州的羽郎嗎？我甚至不知道羽郎其實不喜歡吃肉……

原來我們都已不是童年時的模樣，加上六年的分離，僅有偶爾短暫的相處，這樣我又有何資格說我了解羽郎？

說不定松閔比我更了解他。

我飲了口溫茶，清了清嗓子，問松閔：「今天早上，我有問過你，關於你的長官……他在這裡工作的狀況，或是交際方面，一切都好嗎？」

果然，不是我多心——松閔的眼神猶疑了。

我心裡一緊。「是不是有什麼難以啟齒？」

松閔挺起背脊，語調微微的激昂。「佐大人是優秀的鳶軍，島上找不到幾個這樣的人才，這點請夫人千萬不要懷疑。」

「你說過，我也看過，我不懷疑。」

「在懸州列島上，只要擁有優異的飛行技術，就很足夠了，所以佐大人也過得很自在。」

我定定地看著松閔。

優異的技術與生活的自在，好像沒有任何關聯。

就連松閔也發覺自己亂了方寸，胡言亂語，尷尬地瞥開了眼。

他越是不敢正視我，我越是覺得事有蹊蹺。

我哄他。「沒關係，都告訴我吧，我不會說出去的。」

松閔還是繃著臉。

我的聲音更軟。「拜託，我想知道所有關於我丈夫的事。因為生活，所以必須忍耐分隔兩地的距離，我可以接受。可是我不想要連這種關懷彼此的行為都必須保持距離，那這樣我何必與他成為夫妻？」

「夫人……」

「羽郎說過，是丈夫，就該承受妻子與家庭的一切。我也想過要回應他，可是還來不及開口，他就出征了。我其實也想告訴他，是妻子，就該承受丈夫的一切。」

松閔的表情鬆動了。

「但是以羽郎的個性，他絕對不會實話實說，他從來都是報喜不報憂的人。所以拜託你，阿閔，只能靠你告訴我實話了。」

最後，禁不住我的拜託，松閔嘆了口氣，然後，放下了筷子……

留下

下職的時間過了約一刻，外頭傳來一陣騷動，騷動中又伴隨著松閔的驚呼。

「佐大人！佐大人！翅膀！翅膀啊——請務必收起來，會掃到人啦！」

我一怔，下意識地揉揉嘴角。

表現得要自然一點，不能讓他察覺自己低落的心情。

羽郎興奮地開門，兜頭就喊：「娊之，我回來了！」

我笑。「你回來啦，今天辛苦了。」

羽郎目不轉睛地看著我。

我有點害怕，他看出我的心事了嗎？我趕緊替他取來衣袍，用忙碌掩飾一下自己。

但羽郎只是喃喃地說：「真好……」

「咦？」

「我一直祈求太一大神，希望有朝一日妳可以在這房裡對我說這句話。」

你回來啦，今天辛苦了。是這句嗎？

他笑得像個孩子。「太好了，真的實現了。」他還轉頭對松閔說：「南翼的太一神座果然很靈，以後咱們要多去參拜。」

松閔笑著點頭。「是，保佑我大牡鳶軍武運昌隆。」然後，對我投來一眼。那眼神裡有著擔心。

我努力地微笑，告訴他我沒事。

松閔向我們道了晚安，便也休息去了。我開始替羽郎更衣。

我能夠來到懸州，似乎讓羽郎興奮過了頭，即使背對著我，他仍繼續和我說話：「妳今天過得如何？阿閔有沒有帶妳四處晃晃？有出去瞧瞧嗎？摸到雲了？那些雲很有趣吧？可是要小心風，妳有被風割傷嗎？我要看看妳，讓我看看嘛，親自檢查了我才放心──好好好，先換衣服。有準時喝風乳汁嗎？呼吸不順嗎？午餐吃什麼？咱們的食堂很糟糕吧！所以我才那麼想念妳的菜……」

我想起早晨在落場觀看他即將起飛的模樣，他是那樣穩重而冷靜地等待起飛的良機，確實是一名鳶佐該把持住的派頭。不過他現在就像個剛從外頭玩回來的小頑童，急著要把探險的經歷跟母親分享，始終無法安分下來，便也覺得這反差很討人喜愛。

這可愛的樣子，只有我能看到，而且獨占一輩子。

可是，我差點兒就看不到這樣的羽郎了……

我想起松閔告訴我的──

佐大人剛來的前三年，非常拚命，拚得連命都不要了。

大人今日能升上鳶佐，許多功績都是當年立下的。

想著，我有點生氣，羽郎當初是怎麼和我約定的？他說他會好好活著。他卻瞞著我，為了鳶佐的位子，拚得連命都不要了？

這時松閔的聲音又響起──

當年，前線戰況很慘烈，每天都有戰友陣亡，佐大人能活，除了是他的飛行技術高超，當然，也多半是運氣。每天飛四個時辰以上是正常勤務，然而一旦又有突襲任務，佐大人總是第一個舉手自願。

那時佐大人的脾氣有些暴躁衝動，老實說，不是很好相處，大夥都說他若是狼，就是一匹獨行狼。脾氣的缺點也反映在佐大人飛行的風格上。總之，不但技術優異，加上敢衝敢撞、膽大心細、腦筋靈活，所以確實沒人比得過他。

後來成為大人的副官，我問過大人，活著不容易，何必這麼拚命？他說，他和夫人都是安孤營出來的，窮過苦過，他必須盡快出頭，才能為夫人擔起一個安穩的家。

我抿著唇，看著羽郎貼身的襯衣，想摸摸他的腰側。但我發現，他不太讓人碰觸那塊地方，就連兩人親密時，他都會巧妙地變換姿勢，防著我的手或視線。

我一定得看看。

「婗之。」羽狼轉過頭來。「想不想吃日壞菜？」

「這裡有日壞菜？」日壞是牡國的國都，在我們這些邊關人眼裡，那裡的土都像是金，因此吃甜膩的日壞菜也等同於奢華的享受。

「西翼闢了一條商街，越來越多店鋪進駐，不是軍團直營，而是民間商人上來開闢的，有一個日壞人就在西翼開了一間日壞餐館——雖然不是現煮的，而是用炭火加熱，不過……我們還是去吃吃看吧，嗯？」

我想了想。會太破費吧？

「走吧，婗之。」他執著地求：「我想讓妳在這裡也吃頓好的，好不好？」

我只好點頭。

羽郎笑開了，牽起我的手。「太好了，那走吧。」

這時，他的視線鎖住我的手指，看得過於專注，竟恍了神。

他露出了難過的表情。

我一窘，想抽開手，但他緊握著我不放。

我埋怨。「別這樣，那是松油調的黑墨，怎麼洗也不洗乾淨，所以……」

「妳羞什麼？」他吻了我的手。「妳的手還是一樣美啊。只是昨晚忙著愛妳的身體，都忽略了妳還有一雙這麼美麗的手。」他頑皮地笑，我搥了他一下。

羽郎看似在說玩笑話，其實我知道，他心裡不好受。

我在陸地上的職業是活字坊裡的檢字員。即是將一顆顆鉛鑄的字粒撿出、依照文本的行文順序排入字版中的工作，所以手指總是黏著松脂油墨與鉛染的黑漬。

檢字員是個耗眼力的活兒，經年做下，我的頸背也落下了陳疾，但我之所以珍惜這份工作，是因為多虧羽郎以前教我識字，我才能勝任這樣的職業。在安孤營時，機會少，只有男孩可以優先習字，女孩幾乎是文盲，但羽郎總是把當日所學的通通教給我，希望我的學識也能和他一樣富裕。

既然我擁有這份學識，便希望學以致用，我並不想一直靠著羽郎那份用出生入死搏來的軍餉過活，我也必須幫他才行。

當然，其實羽郎心底是反對我做檢字員的。

他從不明說，但他總是若有所思地看著我布滿墨漬的手。若是讓他撞見我在揉眼睛、捏臂膀的樣子，他的表情更會露出一絲難言的苦澀。

松閔的話也證實了我的預感——

佐大人知道檢字員是個很耗力的工作，他其實希望夫人可以離開活字坊，不過，佐大人也明白，不該由他開口，因為他知道妳很喜歡這份工作，並以此為豪，這樣剝奪夫人的工作，對夫人太殘忍了。

所以他想，說不定等生活安穩豐足之後，夫人自己便會減輕工作的負擔，那麼他又怎麼可以不賣力呢？

這個傻羽郎。

我自然以此為豪，因為這可是他親自教授給我的謀生能力，我可以不依賴他，也能自立自強啊。

在安孤營的時候，我總覺得自己是他的包袱，那是因為我還弱小。可現在我長大了，同樣也可以為他還有我們的家出份力。我希望他可以明瞭這一點。

並且，依賴我。

我看著羽郎。「我聽松閔提過，商街上有湯屋？」

羽郎一愣。

「我想要我們夫妻倆可以一起入浴的舒適湯屋，有嗎？」

羽郎想了想，說：「是開有一家。」

「去吧，用餐前，我想淨個身。」

羽郎雖然疑惑，但還是順著我，帶我去了西翼。宿舍雖設有公用澡堂，但實施了嚴格的男女分浴，夫妻想待在一塊，還是要去民辦的湯屋。

我們走在路上，除了兩三個住在隔壁的舍友會與羽郎寒暄，之後我便沒再遇到會出聲和羽郎招呼的人了。並非路上不曾遇到相識或共事的人，從他們與羽郎視線交會的樣子來看，他們應該是認識彼此的。但雙方始終靜默，像陌路人一般擦身而過。

我察覺得出那份怪異與尷尬。

正如松閔說的，羽郎在這裡的人際，似乎不怎麼理想——

老實說，就我看來，那些同期的長官們不過是嫉妒佐大人罷了，才會那樣惡意中傷。

當佐大人還充滿幹勁的時候，急著爭功，其實幾乎把同僚都給得罪光了。然後「那件事」發生之後，佐大人知道不能再這樣橫衝直撞了，收斂了許多，但也有人因此背地裡嘲笑佐大人，說他怕死又怕輸，是個懦弱無用的小人。

我想起松閔忿忿不平的表情。

儘管如此，羽郎卻不曾對我吐露這種苦惱，他是真的不在意嗎？還是他不想讓我為此擔心？

但神奇的是，當我們出了軍官專用的宿舍後，沿途遇到的兵員多了，氣氛倒是活絡了起來。許多兵員遠遠地就揚聲向羽郎道好。

「啊，長官，晚上好。」

「晚上好，剛下職嗎？」

「是，要去食堂等開飯。」

「對了，我有請阿閔分一些董券，拿到了嗎？」

「啊，說到這，早該跟長官道謝，太感激了。我們就是選在訓練週結束的今天，要去大快朵頤一番。」

「訓練成績如何？」

「託長官的福，用長官教的那套方法去飛，成績好極了。」

「太好了，保持下去，但一切以安全為要。」

「是，長官。」

「吃好點，多休息。」

「啊，這是長官的夫人嗎？」

「是，這幾天來懸州看我。」

「剛才只顧著跟長官說話，真是失敬。」

說著，那兵員馬上對我深深地鞠了一個禮數十足的躬，弄得我有些手足無措。

羽郎呵呵笑著，拍了拍那人的肩，便催促他快去休息。

我又想起松閔說的……

難得的是，佐大人擁有所有鳶人都嫉妒的天生資質，卻可以不驕傲、不自大，甚至願意紆尊降貴，扶持我這種人。我這種被割去了翅膀、創不了軍功的人，到哪個小隊都會惹人嫌，手不能提、肩不能挑，路甚至走不成直線，就連地勤隊也視我為累贅，總有人在背地說，啊啊，這種失去翅膀的人，為什麼不在前線死一死呢？聽得我也覺得：是啊，為什麼我不直接在前線陣亡呢？我為什麼還要活下來呢？都已經失去翅膀了不是嗎？

可是……佐大人一點也不嫌棄我，知道我的狀況後，馬上就指派我任他的副官，我醜話跟他說在先——我是個沒有翅膀的廢物，我做不成任何事，希望長官到時不要對我太失望。他卻只是笑了笑，說：「懸州也有沒有翅膀的人必須做的事。」而他日後確實也很努力地引導我知道，我是一個可以做好副官工作的人，他甚至誇我腦筋好，若能讀書，必有大用。他讓我找到了自己的價值——即使那價值在旁人眼中是如此微不足道。

除了我之外，佐大人也是這麼與其他兵員相處的。

夫人可能以為佐大人好說話，但其實他是一個很嚴格的長官。雖然外頭的人都覺得他是一個「萬年鳶佐」，再沒有機會往上爬，這種心態也會傳染給一些初來乍到的新兵，以為大人是個軟柿子，好欺負。結果啊，這些人在後續的飛行訓練與演習上可是大大吃了苦頭呢。

可即使吃了苦頭，也沒人敢說二話，因為他們的氣焰與自尊，都被佐大人那完美無缺的飛行技術給扎扎實實地壓下了。想要反抗，可以，那就先飛贏他們的教官吧。因為飛不贏，那就只好閉嘴嘍。後來大家都變成了佐大人的忠實信徒了。

大人並不信打罵那一套，但他訓練的標準近乎苛刻，老實說，比不知棍子何時揮下來的那種管理方法，還要更讓人感到吃力。那種壓力並非來自凶神惡煞的教官，而是來自自己——因為每個人都不希望讓教官失望，每個人都期盼得到像神一樣的教官他發自肺腑的稱讚，那比升級加餉都還要來得吸引人。

每天日夜兼程的訓練，大家體力上難免吃不消，伙食又差。佐大人卻會自掏腰包，或拿出自己的葷券——因為佐大人是不吃肉的——給大家加菜。他總笑說：「懸州島上沒什麼消遣，薪餉八成給妻子，兩成給大家同樂，看大家吃得開開心心，不也是一種生活調劑嗎？」比起那些變賣隊上糧食，來給自己換取酒水和下酒菜的貪官，佐大人根本就像我們的親生母親——我們常有這種感嘆。

不過，因為護兵心切，所以在軍務會議上，常常跟大夥吵架。大家都給佐大人的小隊貼了標籤，說別人有「敢死隊」，我們懸州島上有「怕死隊」。還說什麼我們是最不好合作的小隊，千萬不要跟我們搭上任務。可是被嘲笑的我們並不怨懟大人，因為我們知道大人的心。

他總在會上說：「我嚴格訓練，是要他們在對等的條件中打勝仗，不是要他們去逆轉不可能的劣勢，更不是要大家去當誘餌！」這種話他不會說給我們聽，我們都是輾轉從別的小隊的嘲笑中聽來的。

沒錯，上級要我們這些不受青睞的小隊去當大魚的餌，讓我們連九死一生的機會都沒有，好教敵軍掉入陷阱裡，給他們活著的人搶功去，事後也證實，那些作戰計畫即使成功了，也無助戰線的整體勝利。大人不肯成就他們上級的個人功勳，只好每次都派到最差最苦的勤務，而值完勤，他也沒得輕鬆，得繳上一份又一份的告白書，來證明自己忤逆上司並不是對帝國與大司命陛下不忠云云……

這話就私下說吧，夫人聽聽就好——對整個懸州守軍來說，這當然不是好事，退退縮縮如何打仗。可是毫無顧慮地犧牲兵員，只為了滿足上級的個人輝煌功勳，卻無助整體戰事成敗……這樣的事實，也唯有像佐大人這樣理智又勇敢的人能夠毫不顧忌地去揭發與反抗。

夫人，您的丈夫就是這樣令大家感念、愛戴的人。希望您以他為榮。

我看著羽郎說：「你很受人尊敬。」

羽郎牽著嘴角，沒說什麼，也不向我張揚他在這些兵員們心目中的份量，好像他是個可有可無的人。

我們搭上蛟舟，來到西翼。

西翼的商街燈光與東翼相較，明顯繁榮許多。

「兩年前，我們很難想像燈石能用得這麼張狂，把這裡照得像白晝似的。」羽郎說：「以前太陽一沉，就必須實施宵禁，燈光不得照亮五步之外。」

我點點頭。

「妳不覺得這裡開始適合居住了嗎？」

「居住啊……」

「只要民生物資充足，這裡跟陸地上的城市沒有太大差別。」

羽郎似乎很在乎我對穹城的看法，始終注意著我的反應。

他還這麼問我：「如果讓妳住在這裡，妳願意嗎？」

我沒有太多想法，也不知道如何回答。「我沒想過呢……」

羽郎這才安靜下來。

他為何會這麼問呢？

我們找到了商街上的湯屋，很明顯的，這裡的溫度比其他地方還高，走幾步路，身體就敷了一層薄汗。

羽郎說：「因為這裡最接近全島唯一的熱源。」

「是地熱嗎？」

羽郎想了想。「……應該，可以這麼說。」

原來不只是松閔，就連羽郎也是。我總覺得他們對這座島的一切似乎都有一種不確定感，讓他們欲言又止。

羽郎正在用軍券更換湯票，我在一旁等候。這時，一對夫婦帶著一雙孩子從湯屋裡走了出來。丈夫應該也是駐守懸州的軍人，妻子帶著一雙孩子來探望他。好久不見，因此孩子們才會這麼黏著父親，爭相要坐在父親的肩頭上，吵得父親連連苦笑，卻盡量順著孩子，捨不得動上一句粗言。

我望著這家人離開湯屋，我看得太入神，連羽郎回到我身邊都沒察覺。

他也異常專注地望著我。

「怎麼了嗎？」我問。

他伸手，撫摸著我的頰。想說什麼，卻又止住了。

「沒什麼。」他笑了笑。「來，進去吧。」

私密的湯屋裡，有一方乾燥的木板地供人更衣，及一座鑲在地底、大約四步寬的浴池。

「好像溫泉。」

「其實這並不算是溫泉。」羽郎先伸手，試試水溫，並反問我：「島上的水源除了來自雨水外，妳知道還有什麼嗎？」

「……雲嗎？」但雲要怎麼化成水源，我毫無概念。

「沒錯，這座島，會『吃』雲。」

我瞠著眼，難以想像。

「當然，要怎麼『吃』，我們也沒看過，可是只有這個想像才能解釋，為何懸州各島的水源總能源源不絕地供應我們使用。畢竟這裡沒有河川。」

我想起蛟舟游行、用水量極大的水道，還以為可能是由雨水積累成的豐沛地下水，現在想來，這個想法太過簡單天真而不近常理，反而只有「島會吃雲」、「再將雲消化為水」這樣天馬行空的解釋，才能夠說明島上充足用水的源頭。

「然後這些水經過西翼的地熱區加熱，再配送到各翼使用，所以我們的公用澡堂才能有熱水可用。否則要燒熱這些湯水，需要多少炭火呢？」

說完，羽郎站起身，對我說：「水溫剛剛好，來吧。」

我定定地看著他。

他俏皮地說：「怎麼？要我幫妳脫衣嗎？」

我走上前，卻是伸手、去脫他的衣。

羽郎一怔，下意識撥開我的手，說：「沒事，我自己來。」

我卻很堅持，將他脫得只剩下一件單薄的襯衣。

羽郎果然不喜歡別人去碰觸他的腰側，就連是我，也不對我開放。他抓住我的手，聲音微硬：「婗之。」

我再度對上他的視線，讓他微愕。

他鐵定是看到我紅了眼眶，才軟了態度，任我卸下他的襯衣。

我緊緊地抱著他，帶著他後退，慢慢地下了浴池，

「婗之，衣服……」他驚訝。

但我才不在乎，我只怕我一鬆手，又讓他給逃了。

我開始吻他的身體，吻得他全身酥軟，教他化為一片柳葉，悠悠地盪漾在池裡柔人的溫波中。

在這私密的空間裡，他也放開了，盡情地呻吟、喘息、癱軟、顫慄。

然後，我吻到了他那最禁忌的地帶——胸旁的腰側。

他的胸口掀起了一陣起伏，他激烈地用擁抱桎梏我，禁止我繼續探索下去。

這陣動作讓水池的水費了好一陣子才平復。

我們兩個維持互擁的模樣，如山的靜止。
最後，羽郎先開口：「妳知道了，對嗎？」
我的臉埋在他的胸膛裡，不回話。
「我不是故意瞞妳，只是事情都過去了，我很健康，就沒有必要再讓妳操心，所以並不打算告訴妳。」
羽郎的腰側，有一道從腋下開到大腿骨的裂傷，即使傷口痊癒，仍摸得到令人膽顫心驚的肉疙瘩。
松閔說，那是被敵人的利爪給硬生生扯裂的。
就在三年前，羽郎沒有回家的那次。
我想起那一年，沒能等到休假的他回家，我又氣又怒。
我為他煮的晚餐，成了涼掉的消夜，也成了餿掉的早食。確定這次的假期他不會回來了，我將那餐的豐盛全給倒掉了。
我恨他的不守信，也怨他讓我飽嘗寂寞，甚至連離開他的念頭都有了。我寫了魚雁去埋怨他，他卻沒有回信，也沒有捎來任何解釋。
待我冷靜了以後，才知道自己也傷了人。
可是，兩個月過去後，當羽郎又與我恢復通信時，卻隻字不提我對他的責備，他一如往常地訴說他的生活與對我的思念。好像他從來沒有收到過我毫無理智的怨懟。
直到松閔告訴我，我才知道，他那年不能回家的原因。
他的身體開了那麼大的口子，他要如何回家？
也因為受了這次的創傷，讓羽郎的行事作風有了巨大的轉變。他開始意識到，比起立功升官，他允諾我的約定——「好好地活著」，是必須靠更多努力才能達成的事。

很多人都說羽郎受了那場重傷之後，嚇傻了，個性變得懦弱消極，以至於升上鳶佐後，再也沒有太大的長進，很多人因此看輕他。但松閔說，羽郎毫不在乎，甚至過得比以前自在。

他卻從來不告訴我，獨自承受這種痛苦與輕蔑。

他老是這樣、老是這樣……

「娊之？」羽郎感覺到不對勁，喚著我：「娊之，抬頭，看我，看著我，嗯？」

我搖頭，說：「不要。」

羽郎靜了會兒，才啞著嗓子說：「妳不要哭，好不好？」

對，我哭了，哭得一蹋糊塗，所以才不敢看他。

我真蠢，竟然什麼都不知道。

「妳應該知道，我最害怕妳哭了。」他拍著我的肩膀，像母親哄孩子的韻律。「看到妳的眼淚，我只能投降啊。」

所以我才要埋著頭，不讓他看啊。

「好了，笑一個吧。」

現在嗎？太強人所難了，我不理他。

「待會兒要吃日壞菜，甜滋滋的，想像一下吧。」

他把我當成要糖吃的孩子嗎？

「不然……」他想了想，說：「今晚由妳來『欺負』我，我不反抗，我保證。」

什麼啊？我忍不住噗嗤一聲。

他趁機抬起我的臉，用溫水擦去我的眼淚。

「重要的是，我現在很好，婗之。」他的額頭靠著我，輕輕地說：「我就在妳面前，哪裡也不去。」

他更緊緊地握著我的手，讓我掂量著他的存在感。

「可是我……」我抽了抽鼻子。「真的，好害怕。」

當我意識到我隨時都有可能失去羽郎，全身幾乎沒有溫度。

「我不要，一個人，活在世上……」

羽郎收起了笑，哀傷地看著我。

我們都想起來了，這是我小時候，最常對羽郎說的一句話，也是我心裡的小疙瘩，懂事後，我一直告誡自己別再用這句話向羽郎撒嬌了，可是不知為何，心裡只要一怯弱，就忍不住吐出這句話。

我自己總認為，這句話好像枷鎖一樣，鎖住了羽郎的自由，從一開始他允許我跟隨他在安孤營中討生活，到最後他娶我為妻、與我共築家庭，我都覺得是因為這句話而造成的負擔。羽郎知道我有這種自責的想法，曾經狠狠地斥責我，但我仍止不住想像這種可能——如果我能堅強一點，獨立一點，羽郎的人生是不是有更寬廣的一條路？除了成為軍人之外，他是不是可以選擇更安穩而自在的生活？

明明希望他依賴我，可是到最後，依舊是我依賴他比較多。

羽郎替我整理我的濕髮，並把我抱上岸邊，自己也撐起身子，離開浴池。

「我去外頭問問看，有沒有乾淨的衣服讓妳換。」羽郎背對我，套上衣物，走了出去。

我喪氣地想，我真不該哭的，眼淚其實很讓人心煩的，羽郎大概是想出去透透氣吧。等會兒他回來時，我一定要笑臉迎人才行。

如他所說的，既然他現在活得好好的，我也沒必要再糾結在三年前的惡夢裡。

羽郎回來了，遞給我乾淨的衣袍。

他背對著我坐下，方便我換衣服。

把難得獨處的氣氛弄得這麼僵，我正想跟他道歉，卻是羽郎先開口：「妳剛剛……很羨慕地看著那對夫婦，還有他們的孩子。」

原來他都看在眼裡。

我迴避著，不想給他造成壓力。「沒有啊，只是覺得在這前線島上看到這幅和樂融融的景象，覺得很難得，忍不住多看幾眼。」

羽郎沒有理會我的迴避，逕自說：「懸州……已經很穩定了。」

「咦？」

「今年，他們準備開放第一批眷民的上島申請。」

我停下了動作。

「我想要申請。」他篤定地說。

我匆匆地加快更衣的速度，製造很大的聲響，假裝沒聽到這話。

如果是因為我的懦弱讓羽郎擔心，令他迫不得已想出這種方法安撫我，那我從今以後絕對不會再露出嬌弱或寂寞的模樣。

儘管我希望能早日與他相聚、過著尋常夫妻的生活，但也不會自私到甘願成為他的包袱。這裡可是懸州，對空國戰線的最前線，男人就該專心打仗，怎麼可以為他家人的安危分心呢？

「婗之，妳有聽到嗎？」沒得到我的回應，羽郎回頭。

「我好了，走吧。」

「婗之。」羽郎抓住我的手，態度有些強勢。「留下來，留在懸州。」

「如果你是因為擔心我的話，那大可不必。」我說：「我沒有愚笨到成為你的包袱還為這樣的幸福沾沾自喜，這樣我也太沒用了。」

說完，我就要出去，但羽郎還是定定地坐在原位。

「我以為，」他說：「我都用行動告訴妳了。」

「什麼？」

「妳總是責怪自己，太過依賴我，擔心成為我的包袱。」

「難道不是嗎？難道我沒有給你負擔嗎？你不要再安慰我了。」

羽郎深深地看著我。

「可是妳都不知道……」他低低地說：「我同樣也需要妳，娓之。」

我愣住了，像石頭一樣。

「難道妳都不知道，那句『你回來了』、『你今天辛苦了』……對我來說有多重要嗎？」

我的心一陣緊縮。

羽郎站起來，走近我。「妳害怕失去我的話，就把我鎖住啊。用孩子、用家庭、用妳的愛、妳的執著，把我牢牢鎖住啊。這樣無論我飛得再遠，總還是能飛回家的，不是嗎？」

他在說什麼啊？這是一個嚮往自由的鳶人會說的話嗎？

「行動吧，娓之。」他抱緊我，在我耳邊說：「成為我回家的理由。」

那個當下，我無法判別羽郎說的到底是真心話，或者只是安撫我的權宜之計。

但是，安穩下來的懸州，確實吸引著我。

我真的希望有一個丈夫時常回來、有孩子歡笑的家。對，我看著剛剛從湯屋中走出來的那對夫妻與他們的一雙孩子，心裡確實是滿滿的羨慕。

如果懸州已經準備好迎接這樣的幸福，我何嘗不願意？

但這種事，真的能在懸州——這個戰地最前線，開花結果嗎？

即使上級開放了這樣的政令，商街也越來越熱鬧，然而這能夠真實一輩子嗎？

我很猶豫。

那晚，我沒有馬上給羽郎答案。

今天，是我待在懸州的最後一天了。

羽郎一樣早早起身，更好衣，便坐在榻邊。

我感覺得到，他在看著我。但我仍繼續假寐。

他沒有叫醒我，就出門上職了。

我這才睜開眼，望著他離去的方向。

這幾天，我們早晨的互動，都是這樣。我問過他為何不叫醒我，讓我去落場送他。他說，他不能習慣這種時時刻刻有我陪伴的日子，否則等我離開，那種孤寂的落差，會讓他承受不住。

他走後不久，我也起身開始更衣。

我深吸口氣，跟著出門，往落場行去。

我想起這陣子我在懸州做過的事——

我與鄰居的婦人們詢問了她們對懸州的感想。

我獨自搭著蛟舟，來返東西翼好幾趟，將商街摸得極熟。

我幾乎拜訪了每家商舖，與掌櫃、夥計對話，想知道糧食、貨物從何而來，有無斷炊之虞。

我也找到了一家活字坊，雖然還是由牧軍省掌事，主要刊印命令、軍報等刊物，但他們也開始招募一般民間人士。

還有，聽說，今年底，會有一所專供軍人子弟的義塾在島上誕生。

這一切，都證實了隨著戰線的往前開展，懸州已經退居後勤、逐步安穩的事實。

我得在羽郎上職前，回答之前沒能回覆的答案。

落場旁的候廳很熱鬧，正在等待飛行指令的軍官群聚在那兒聊天、吃菸。

我遇見了松閔，他拿著甜乳花，正要進候廳尋人。

「阿閔。」

「夫人？」松閔很驚訝。「您不是還在休息嗎？」

我看著甜乳花。「你的長官又忘了甜乳花嗎？」

松閔悶悶地應了一聲。

「畢竟夫人今天要離開了，佐大人卻沒辦法送您，這幾天確實……」

我明白松閔沒有道盡的話語。

不過他要我別擔心。「等夫人離開，過不了幾天，佐大人一切都會步入正軌，不必我提醒，自己就會別上甜乳花的。我這個副官要煩惱的，可能是要上哪兒訂購這麼新鮮的甜乳花吧。」他哈哈地乾笑幾聲。

我心裡似乎更篤定了。

我問：「你知道他為什麼這麼依賴這甜乳花嗎？」

但我仍需要一股推促的力量，才能鼓起勇氣，走入那間候廳。

松閔愣了愣，點點頭。

「為什麼？」

他有些顧忌地看著我，好像在掂量著這樣回話是否會失了分際。

我要他直說無妨。

松閔呼了口氣，說：「佐大人他……一直以來，都把甜乳花當成夫人。」

我緊緊握著手。

「所以當夫人真的來到他身邊時，他就不需要甜乳花了。」

我的腦海裡響起了羽郎的話——

我同樣也需要妳，婉之。

「我可以進候廳嗎？」我先徵詢同意。

松閔一怔。「候廳？可以。」

我伸手。「請給我甜乳花。」

我拿著甜乳花，走進了候廳。

許多軍官都停下談話、好奇地看著我，我雖然感到難為情，可是我知道，那個現在正坐在候廳角落、安靜地低著頭、將自己杜絕於熱鬧之外的人，很需要我，我必須過去他身邊才行。

我站在他身邊，站了好一會兒。

他聞到了甜乳花的花香，卻沒有抬起頭，也沒有張開眼睛，只懶懶地說：「擱著就好，我自己會別上，你去忙吧。」

他以為站在他面前的人是松閔。

我耐心地等著，等他自己抬頭。

沒聽到回話，他以為是松閔太擔心他了，只好張開眼、打起精神，說：「沒事，我只是頭有點痛，倒是你的事都忙完了……嗎……」

羽郎看到我了，聲音都被驚訝吃掉了。

我對他笑了笑。「你今天沒有跟我說早安。」

然後，我蹲下身，替他別上甜乳花。

羽郎的視線緊跟著我。

「以後，我每天早上，都會為你別上甜乳花。」我說：「所以，你別就這麼默默地出門，一聲招呼都不打。這樣，我會跟你生氣唷。」

他仍深深地望著我，沒有別的反應。

別好了花，我再替他整理了衣裳。

「我今天，」我又說：「會等你回家。」

他終於出聲了。「……以後呢？」

我笑。「當然，也是。」

羽郎不顧眾人的目光，將我緊緊地擁進了懷裡。

在眾聲譁然中，我好像隱隱聽到他哽咽的聲音。

「謝謝妳，婉之……」

他向我道謝。

眼睛

我撐著日漸攏起的肚子，緩慢地穿梭於成排的鉛字字架中，尋找文稿排版中需要使用的鉛字。

不過來回走了幾趟，便已累得氣喘吁吁。身上攜有一個生命的重量，果然不是輕鬆的事。

我用手巾擦了擦汗，一邊默記文稿的內容，好能夠一氣呵成地拿下所有所需鉛字，而不用頻頻對照著紙本。

我現在正在檢字的這份文稿，其實是由懸州牧軍省發行的百姓報，舉凡牧軍省發布的政令與相關民生的注意事項，都會刊印在家家戶戶都有訂閱的百姓報上，以達到宣傳之效。

其中，有一則文章引起我的注意。

文章的大意是說，近來有人傳言懸州列島的方位正產生巨幅的改變，有民眾指稱，本該位於海洋上方的懸州列島，一日卻讓人目擊到西岸大陸的海岸線，還有每日日出的方位也都略有不同，讓人懷疑懸州列島其實是一組會移動的「空中戰艦」。而牧軍省發布這則消息，便是要駁斥這種無稽之談，並一再重申，日出方位的觀測涉及重要的軍事機密，嚴格禁止有心人士冒然窺探，目前已在晨昏時分下了「戶外禁足令」，若再發生相關情事，將嚴懲不貸。

讀完文章，我開始檢字。

不過，我一直在想，為何牧軍省要這麼嚴厲呢？懸州畢竟已不是敵對空國的第一線了，何必再這樣嚇唬人？如果「島嶼移動」這種說法真的是無稽之談，那麼這種流言久而久之就會不攻自破，根本用不著牧軍省這樣鄭重地說明。

牧軍省總是忽略了欲蓋彌彰的道理。

檢字有個缺點，便是會將讀過的文章，又往心裡刻上一次。待我檢完這份百姓報，我發現我仍在意著「島嶼移動」的流言。

不行，我告訴自己，不能想太多。孩子快要落地了，凡事都得心平氣和，也要堅信孩子生在懸州是幸福而正確的選擇。

於是我繼續檢下一份文稿，是義塾要發送的入學通知。

等我們的孩子長大，也會在這間義塾上課呢。我想。檢起字來便順心許多。

我檢字檢得太過入神，沒留意字房門口傳來的動靜。

等我將檢好的字用棉繩與油紙包好，好讓人明天準時送去給排版師傅套入版型，我才發現工作桌上烙了一抹人影。

我回頭，就看到安靜而專注地望著我的羽郎。他身上還著有戌衣，看來是剛下職就直接來這裡接我回家。

我看了看香盤上的灰燼，原來已經黃昏了。

「你回來了。」我脫了袖套，笑道：「抱歉，我沒注意時間。」

「沒關係。」他走上前，撫了撫我額邊的頭髮。「只是我不希望妳太累。」

「但孕婦也是需要適當的走動，身體才會健康。」

「我知道。」他看著我的手，說：「我幫妳洗手。」

「咦？今天沒有很髒，就……」

「我洗比較乾淨。」他堅持。

自從我懷孕……不，應該是更早之前，我決定留在懸州、並在島上的活字坊工作後，羽郎只要沒有勤務在身，總是親自到作坊接我回家，並且堅持由他來為我洗手。

他扶著我來到盆架旁，為我打上皂角，然後用溫水細細地搓揉我的手，連指甲間的縫隙都不願馬虎放過。託羽郎的福，我的手確實不再像以前那樣，黑汙汙的。而他也樂在其中，搓著揉著，有時還會聽他在我耳邊輕哼起小時候我倆一同唱和的小歌。

我曾告訴他，下了職，就直接回家休息。

他則告訴我，來活字坊接妻子、替妻子洗手，是他的夢想。

如今實現了，不准我剝奪。

我還能說什麼？

與我共事的幾名檢字員早已見怪不怪，也與羽郎混熟了，調戲了羽郎幾句，便熱絡地與我們道別。

他拿來了乾巾，為我抿乾了手，問我：「我們今天到外面吃晚餐，如何？」

「商街嗎？好啊。」

「不是，是『外面』。」他強調。

羽郎說，現在正值仲夏，是一年當中，氣候與風向最穩定的時候，大約會維持七到十天。以前，是懸州官兵們最期待的「放風日」——不論是鳶人還是凡人，長久關在不見天日的窨城裡，仍是希望曬曬溫暖的太陽、吹吹柔和的風。

不過，我心裡懸著那篇百姓報的文章。

「可是，現在不是在晨昏的時辰下了戶外禁足令嗎？因為有人在傳『島嶼移動』的流言？」

羽郎微訝地看著我。

我告訴他，我替百姓報檢字的時候看來的。

然後，我順口問道：「懸州列島真的會移動嗎？」

他牽著嘴角。「無稽之談，所以牧軍省才要發文駁斥。」

羽郎這麼說，但眼睛卻看著別的地方。

大多數時候，這都代表羽郎說的不是真心話。

當然，這只是隨口問問，我並沒有想太多，比較在意的是，戶外禁足令的時間過了嗎？我們真的可以到西翼的落場晃晃嗎？自從懸州開放商人與軍眷居住，背風面的西翼便成了民用的落場，以及在仲夏時節供軍民歇息遊樂的公共草苑。

羽郎說沒問題，便帶我往西翼的落場去。

「如果今天晴朗，可以看到滿天的銀河。」羽郎很期待讓我看到這一切。

只是沒想到，西翼落場封閉。

「為什麼？」羽郎不悅地問。

「報告長官，因為今夜太晴朗了，看得到星辰，上級認為……不太妥當。」守衛人員為難地說。

看得到星辰，就能透知島嶼的方位。

因為晴朗，才想去戶外，結果也因為太晴朗，而被禁止出戶外。

「您應該也知道，最近，快要發動甲級勤務了……不是很方便。」

羽郎沉下臉，悶悶不樂。

我在一旁聽著，很好奇這是怎樣的「不方便」。

不過我還是安撫羽郎：「沒關係，回家也好，雖是仲夏，但夜裡涼，我也怕讓孩子受寒。我們回家吧。」

於是，我們回家後，我簡單地炕了用酸乳製成的乳餅，包了酸辣的酸醃菜，加上難得今天島上來了一批新鮮的海韭菜與湖菱角，便醋拌了一鍋，適合夏日的開胃。

羽郎仍有些受氣的樣子，臉色沉重，好像在思考很嚴重的問題。

也是，他是那麼期待讓我認識他生活了六年的一切，結果最近總是處處禁令、絆手絆腳的。

當然，我想，也可能是工作日益繁重的問題。我從松閔那兒聽來，過了仲夏，即將進入甲級勤務。我雖不知道甲級勤務是做什麼，但明白會有好些天等不到羽郎回家和我一起用晚餐。至於為何要發動並非常態的甲級勤務，也不是我們這種普通軍眷能知曉的，我僅聽得松閔解釋，即使退居後方，懸州列島仍會年年進行軍事演練。

「即使是軍事演練，也不要太累喔。」我為羽郎端來乳餅捲，邊說。

「什麼？」羽郎一愣。

「我聽阿閔說，你們因為要展開軍事演練，所以勤務才升為甲級，不是嗎？」

「對，確實。」羽郎敷衍地答。

我捏捏他的臂膀。「好啦，不要想工作，吃飯吧。」

見我又要折回灶房端菜，羽郎趕緊起身幫忙。

「我本來想讓妳看看銀河湍急的樣子。」羽郎說：「這畢竟是妳在懸州的第一個仲夏。」

我笑。「你真奇怪，難道我不會有第二個、第三個仲夏嗎？以後都能看啊。」

他很認真。「這意義不一樣。」

我忍不住戳著他的臉頰，他才苦笑了一下。

「對了，什麼叫『銀河湍急』？」

羽郎說，由於風在高空流速的關係，會影響星辰的明滅與亮度，所以在懸州戶外觀賞銀河，會因為這種明滅的錯覺，而覺得銀河也在流動。高空的風如果又強又硬，那銀河流動的幅度也會加快，就像春季上游剛融雪的河川一樣，因此人稱這種現象為「銀河湍急」。某些方位的銀河若有高低落差，據說還會產生瀑布的效果。

我哇一聲，摸摸肚子。「那太好了，明年，我們就可以跟我們的孩子一起看了。三個人一起看，意義更不同，不是嗎？」

羽郎有些釋懷了。「……也是。不過跟妳獨享，又是另一種滋味。」

我開他玩笑。「怎麼？孩子還沒出世，你已經在吃醋了？」

羽郎咳了一聲，臉頰微紅。「我當然還是愛孩子的，妳別懷疑。」

「我不懷疑。可是……」我若有所思。

「嗯？」

「我可以當好母親嗎？」

羽郎怔怔地看著我。

我歪著頭，說出這幾日的不安。「我……沒有母親，不知道孩子需要什麼樣的母愛，我能做個稱職的母親嗎？」

羽郎放下了碗筷，正襟危坐。

「這麼一說，我也要擔心了。」

「擔心什麼？」

「我沒有父親，不知道孩子需要什麼樣的父愛，我能做個稱職的父親嗎？」

我一愣，他學我的話？

「你、你當然可以啊！」我說：「小時候我是怎麼被你照顧的？你就憑著那股勁去做啊，沒問題的！」

「那妳不是也可以嗎？」他握著我的手，說：「我現在是怎麼被妳照顧的？而這個家又是怎麼被妳守候的？妳不覺得憑這股勁去做，妳也可以做得很好嗎？沒問題的。」

「哎唷，不要學我說話。」

換他戳我的臉頰。

「我們都可以，知道嗎？」

「嗯……」

「不要再說這種對自己沒信心的話了。」

「好啦。」

羽郎拿起筷子，替我捻菜。「倒是……妳覺得，孩子也會是個鳶人嗎？」

我想了想。「孩子一出生，不會馬上知道，對吧？」

像羽郎，直到十多歲、快成年時才開始蛻化。

羽郎沒回答，繼續問：「妳希望……他是嗎？」

羽郎表情有些緊繃，等著我回答。

我答得率直。「希望啊。」

他呼了口氣。

「啊，可是——」

「什麼？」羽郎的表情又繃了。

「要是像你一樣，徵招入伍怎麼辦？」

羽郎笑了。「那他父親會盡快替他結束這場戰爭，讓他長大以後可以陪著他娘長長久久。何況……」他輕彈我的額頭。「說不定是個可愛的女兒啊。」

我甜甜地笑。

羽郎的心情也不再這麼沉重。

他似乎一直擔心，生下來的孩子是個鳶人。

鳶人在陸地上所受到的歧視與汙辱，他一樣沒少擔過。他自然不希望孩子遇到跟他相同的遭遇。

牡國雖然崇尚力量，但只要是人，就是會鄙夷那些和自己不一樣的人，不論是想法還是身體上的不同。

但我也想讓他知道，身為鳶人，不是什麼可恥或羞於見人的事。

不管孩子將來長成什麼樣的人，都是這個家的一份子，無庸置疑。

身體越來越重了，但我覺得自己還能夠動，即使羽郎已替我在活字坊請了一段產期，我還是希望可以親自上商街採買，而不需勞煩也有勤務在身的松閔或其他兵員。何況對於即將臨盆這件事，松閔比羽郎還要緊張，像個老嬤嬤似地碎唸不停，總覺得讓他來照料我也是在折磨他。

甲級勤務期間，羽郎已有好幾個晚上沒有回到穹城了，不過聽松閔說，今晚正逢輪職，羽郎有一個晚上可以回家休息。工作上的事，我幫不了他，只能為他準備一桌他愛吃的豐盛，讓他知道這裡永遠有一個溫暖的家等著他回來。

羽郎不愛吃肉，卻嗜吃豆腐，所以這一餐一定得有豆腐。我相信北峰上的基地也找不到新鮮的豆腐，肯定饞死了他。

可是，新鮮的豆腐在懸州上是珍物，必須靠三日一班的大坪鳶雀運上懸州，西翼的糧店早已售罄，我不希望羽郎難得回家還得啃硬梆無味的豆腐乾，只好特地去北翼的小糧店買。北翼眷戶少，應該還有剩。

一路上都有好心的兵員扶持我，所以上下蛟舟一切順利。

這裡與暖和的西翼不一樣，每一條巷道都颳著呼呼的冷風。

拐個彎，我找到了那家小糧店，就在巷子的盡頭。

但我沒有馬上過去，而是被另一條巷子盡頭的景象給引去。

我懷疑自己看錯了——我竟然看得到天光？

我走進那條巷子。這裡的風更大，大得彷彿要將我吸過去。

到了盡頭，我低呼一聲，原本設在這裡的通風口塌落了，露出一窟比人還大的洞，洞外當然是令人雙腿發軟的萬丈深淵。

可能這裡的石壁本就薄脆，又處於迎風口，因此風化得特別厲害。

這得通報才行，萬一有人摔下去怎麼辦？

正要離開，又有一股大風灌進，我回頭一看，洞外的雲團快速地往北方爬去。

然後，竟露出了一座島——和我們現在身處的島嶼一模一樣的懸空島。

我看得恍神。

……不可能啊。

松閔帶我到西翼的落場看過，當雲開霧散之後，離我們這座島最近的島嶼，應該是位在我們的上方才對。

在這裡住了將近一年，從沒聽說過北翼附近也有島嶼。

有人說過，有時會因風與雲的關係，而導致島嶼位置略為飄動，但會產生這麼劇烈的改變嗎？

忽然，「島嶼移動」這個流言從腦海中晃過。
我繼續觀察著這座可疑的島嶼。
我想起在陸地上，人們會因著山岩的形狀而為之命名，比如像馬首的，就被稱為馬峰，像虎身的，就叫虎山。若是這樣，我覺得眼前的島嶼應該稱為「龜島」——因為它的形狀確實就像負著重殼、有著四翼、在海中優游的海龜。尤其是它凸出向北的那段崖壁，更像伸著長長脖子的龜頭。
不知我們所在的島嶼，是不是也生得這副模樣。
此時，風又大了起來，並伴隨著像是什麼生物在深洞中鳴叫的聲音。我一直以為可能是風聲。
我的脖子感到一陣刺疼，伸手一摸，是血。被割傷了。
我正要後退，強風卻突然拉住我，要把我往外攘，我嚇壞了，趕緊倒下身體、穩住重心。
就在這時，我看到了——
眼睛。
那段生得像龜頭的崖壁上，有一隻圓圓的眼睛，正在開闔。
我還想再瞧清楚，可是一陣尖銳的痛楚貫穿我的全身。
我痛苦地呼喊求救，巷弄附近的人們聞聲趕來，看到石壁上塌破的大洞，還有我身下的那灘血，每個都嚇壞了。大夥合力將我架離現場，並召來產婆替我看診。
一團混亂中，無人注意洞外的狀況，當有人留神看去時，只看到一團團積雲，一如他們想像的景緻，毫無特殊之處。
當天下午，產婆替我接生了孩子，是一名男嬰。
雖然時辰早了點，但產婆說兒子生得很健康。

羽郎一下職，聽松閔沒頭沒尾的報告，不待羽毛、翅膀尚未褪盡，就慌慌張張地來到我身邊，將我擁進他溫暖的羽身中。

「對不起……」我虛弱地說：「今晚，沒買到水豆腐。」

「傻瓜！」他紅著眼睛罵我：「有兒子了，我要豆腐做什麼？」

我的身子康復之後，便一直為兒子的事情忙著。我和羽郎決定以「夏和」為他命名，不但因為他是夏天出生，也希望他能對生命兼具熱情與和氣。

當我再次來到北翼的那條巷子後，已是夏和滿月，可以讓我揹出來的時候。我同樣是為羽郎尋豆腐，來到北翼的糧店。

那口塌毀的牆，已修補了八成，上方還留了一方洞，應該是預留要安裝風箱的空間。這方洞暫且用木條板遮著。

我透過木條板的間隙，往外望……

外頭的天氣很好，不過風大，雲幾乎被吹開了。

我卻沒有看到那座生得很像海龜的島嶼。

怪物

在懸州生活，沒有想像中的容易。

由於懸州不事生產，所有糧食與物資都來自陸地，島上的糧店、作坊能做的，也只是將批發來的糧食分裝，或將原料加工而已。因此即使已有軍眷補貼，懸州的物價仍是高得駭人，想讓羽郎十天有一餐新鮮的蔬食可吃，跟想讓夏和嚐一次柔軟的肉乳是一樣困難的事。

而且，本以為，既然都搬來懸州了，離丈夫這麼近，應該可以天天與他相見。但我想得太天真了。定期與不定期的甲級或特甲級勤務，一年中占用了所有婦女的丈夫將近七成的時間。

羽郎沒有回家吃晚飯，或留在基地外宿，是很正常的事。

我已經習慣了，但我有些擔心夏和，孩子不常看見父親會怎麼想呢？因此我常常跟夏和說他父親以前的故事，包括他是鳶人的事，並試著畫出羽郎那雙美麗雄壯的翅膀，讓夏和熟悉。

多虧如此，夏和和羽郎仍算親近的。

兩歲的夏和總鬧著羽郎：「我要，爹爹的，翅、翅、翅。」

羽郎親著他溫香的脖頸說：「好，以後，以後讓你看。」

羽郎總說，以後。但我知道，他還沒準備好讓兒子看到他的樣子。

雖然在懸州的生活不比陸地上輕鬆，然而好歹是一家人聚在同一座島上，沒有天地相隔，我多少還是感激這樣的日子。偶爾會與羽郎拌嘴或爭執，但這幾十年來的摩擦，我們何曾少受過？這不過是以往相守的生活的另一種延續，何況，摩擦後，只會讓我們更契合，而且珍惜。

但是，別人似乎就沒有我們這麼平和了。

一日，羽郎又在基地留守，夜裡，我與夏和被隔壁的聲音驚醒，先是吵罵叫囂，再是東西摔落的聲響，夏和嚇哭了，我趕緊起身安撫他，並一邊關注著衝突的內容。

原來是我們家隔鄰的夫妻在吵架，聲音只有一牆之隔，聽得很清楚。那位男主人也是一名鳶佐，不過是在南峰的基地上服役的，與羽郎隸屬不同單位。

「妳就不能再為這個家忍一下嗎？」

「每次、每次、每次，都要我們忍，我們要忍到什麼時候？」

「只要我們征服空國，我們這些鳶軍就可以分配到空國的土地，不必再回陸地跟那些自恃甚高的凡人擠在一塊，我們可以擁有自己的家，不是很好嗎——」

「很抱歉，你的妻子和你的孩子就是一個個自恃甚高的凡人。」

「妳明知道我不是這個意思。總之，給我留下來，不准再說。」

「你怎麼可以這麼自私?!」

「我自私？我都是為了這個家、為了你們，我到底哪裡自私？」

「你不自私嗎？一年當中你幾天在家了？孩子出生、生病，有高興的事要跟你分享，你在哪裡？你都在那該死的南峰基地上！」

「那是工作，妳以為我願意嗎？」

「那你當初怎麼跟我說的？你說我們搬上來後，就可以每天見面，不用再忍受相隔兩地的痛苦。所以，好，我們搬上來了。可是呢？你有做到你說的嗎？你沒做到，那我們何必留在這鳥地方苦守一個不知何時回家的丈夫或父親？這裡冷得像隆冬，看不到太陽，空氣稀薄，糧食貴得要命，整天一堆禁令，不准我們這樣，不准我們那樣，那我們倒不如回到從前的日子，留在陸地上等你大人偶爾從天而降，賜給我們可貴的天倫之樂，然後你再瀟灑離去，我和孩子或許過得還比較逍遙。」
「妳不要這樣挖苦人。說來說去，妳就是嫌棄懸州！」
「我是嫌棄它！你說我沒理由嫌棄它嗎？你說等我們登上空國，就可以發配到新的土地，所以我們軍眷必須隨時留在懸州預備等候，好啊，我等，但我等了快兩年了，你為這場戰爭付出了將近八年的心血，請問空國呢？這個鬼國家到底在哪裡？你甚至無法回答我，這個國家對於我們的侵略到底還有沒有能力還擊，搞得我們每天都心驚膽顫，就怕——」
「妳不要這麼大聲，這話不要亂講！」
「有什麼好不敢講？為什麼就沒有人挑明講？你們男人是不是太好勝了，都沒想過人家也是一個堂堂的國家，何苦平白挨你們的打？一旦他們反擊怎麼辦？你們有想過嗎？我們都是手無寸鐵的軍眷，你趕得回來保護你的孩子嗎？你一直要我們留在這裡，豈不是要我們送死？你需要家人，難道我們就不需要你嗎？你什麼都想到你自己，你說你不自私嗎？啊?!」
忽然，戛然無聲。良久，才有妻子的聲音。
「很好，你動手了，我就等你動手打我。我現在就帶孩子走。」
「妳不要這樣。」
「放開我，再碰我就大叫。」
我聽到收拾的窸窣聲。
「拜託，妳不要這樣，我不該打妳，好不好？妳不要這樣，不要走，不要帶孩子走……」
門打開了，孩子哭著喊爹爹，可是腳步聲還是決絕地遠去。
我有點擔心情況，忍不住出去看看。

只見那名男主人頹喪的背影，正無助地看著巷子盡頭。巷子盡頭早沒了他妻子、孩子的身影，但他仍癡癡地看著。

聽到聲響，他回頭看我，眼眶紅腫。

我感到難為情，正想問他沒事吧、需要幫忙嗎，男主人僵硬地笑了笑：「抱歉，吵到你們了。」

說完，他默默地回屋。

我哄夏和入睡的時候，腦海裡一直轉著那對夫妻的爭執對話。

我能了解妻子的怨懟，因為那也是偶爾會浮上我心頭的聲音。

可是，我覺得她太殘忍了。

沒有一個丈夫會坐視自己的家人受到危險的，我相信懸州若遭到反擊，那位男主人即使違抗軍令，也會從南峰趕回來保護他的家人。

他們或許是自私的，但他們的自私也僅僅起於對家人的渴望而已——希望不論自己何時回家，都有家人的陪伴。如同我們也期盼他們能留在我們身旁一樣。

這樣是錯的嗎？

我重新將夏和安回床上時，心裡下了篤定。

我告誡自己，再怎麼不滿，再怎麼絕望，都不要這樣傷害羽郎。

懸州鎮日寒冷，隨時都有風在窨城流竄，雖然不似外頭那般駭人，但讓不常接觸太陽的孩子染上風邪也是輕而易舉的事。

夏和勉強吞下幾口麥麩後，就開始發高燒，全身癱軟像過稀的麵糰，甚至昏睡不醒。

我急慌了，偏偏羽郎正在執行甲級勤務，已經有好幾個晚上沒有回來。除了請衛生營的助營士前來家中看診，我也請松閔盡快聯繫上羽郎，請他回家一趟。松閔儘管面有難色，但他還是什麼都沒說，替我處理。

後來我才發現他的沉默是一種體貼，因為一旦我知道羽郎離開崗位，不論是已告知還是擅自行動，都會留下申誡的紀錄，那麼我絕不會讓他回來的。但松閔很清楚，這種時候一家之主若不出面鎮守，誰還能守護這個家呢？

羽郎很快就到家了。他還是老樣子，只要急過頭，身上的羽衣便無法褪盡，張張揚揚的翅膀又引來不少驚呼，也因為擦上岩石、受了點皮肉傷。

他不在乎，只巴望著趕緊爬到兒子身邊。

「他沒事吧？」羽郎熬過夜的眼睛布滿血絲。「他會沒事的，對吧？」他一再問助營士。

助營士嘆口氣。「這病是傷寒引發的急症。」

「那該如何是好？」

「得用沃雪湯來治。可是這帖湯藥的藥材，本島缺太多了，無法配全。」

「什麼意思？」羽郎瞠著眼。

「這病在島上發得太頻繁，你們家的兒子不是第一個，用藥已經告罄，從內地補貨，要三天後。」

「三天？那我兒子會怎麼樣？」

「如不在病發當下根治，恐讓幼兒長成後四肢神經脈絡失調，落下殘疾。重者甚至致使肺器腫大，讓患者窒息而死。」

我背過身，忍著不哭出聲來。

羽郎軟下身段求：「大夫，還有別的方法嗎？你儘管說，我一定盡力而為，大夫，拜託你！」

助營士遞給羽郎藥方。「去鄰島調藥，這是唯一快速又可行的方式。」

當然，助營士也知道，即使是鳶佐，為了私途而擅離本島，已不是記一支申誡可以了事的，甚至可能影響羽郎日後的升遷。

我不敢說話，我甚至不敢選擇。

羽郎卻很快地鎮定下來，接過藥方，說：「明白，就缺這些嗎？」他向助營士再對一遍藥單：當歸、川芎、白芍藥、葛根……

「沒錯。」

「我一個時辰後回來。」

「羽郎……」我害怕地叫他。

他握住我的手。「沒事，妳替我守住夏和，我很快回來。」

我只能點頭。

「別怕。」他替我抹去眼淚。「我在啊。」

就在這時，夏和的床上傳來啜泣的聲音，我們回頭，都很驚喜夏和清醒了。

可是，卻見夏和用恐懼的眼神瞪著羽郎。

這是夏和第一次，看到鳶人模樣的父親。

「怪……怪物。」

被我抱在懷中的夏和擠出了這個詞。

像刀一樣，刺在羽郎心中的詞。

「不是喔，夏和。那是爹爹啊，是爹爹啊……」我安撫夏和。「你病了，所以才會亂說話，沒事的，爹爹要替你去拿藥了，不哭不哭……」

我本想替羽郎遮掩的，但夏和越哭越烈，像發惡夢一般無法抑止。

「怪物」的喊聲，沒有停過。

羽郎聽得一清二楚。助營士與松閔都面露尷尬。

羽郎面無表情，轉身，出了屋。

不管下場如何，他還是堅持要去鄰島為兒子取藥。

夏和的命，是羽郎救回來的。雖然常人會認為，這是理所當然的父愛，但我知道，這份父愛的展現，一點也不容易。

代價不小。

由於擅離職守，羽郎被下令停職一個月，前十日幾乎是住在禁閉室裡，吃喝都在裡頭，且不斷被上層質詢他的忠誠度，一天睡不到兩個時辰，精疲力竭。被釋放後，每日都需上繳一份悔過書，全力自清自澄。

當然，薪俸與糧票被扣，我們的生活也陷入拮据，只能吃粑粑配沉在甕底的陳年醬菜果腹。

不過，最讓我感到難過的，還是那個自願與兒子保持距離的羽郎。

夏和還不能下榻出房，羽郎沒有看過他一次——至少在孩子還清醒的時候。

我餵完夏和麥麩出來，羽郎會靠過來，問：「吃得好嗎？」

「很好。」

「身體好多了，對嗎？」

「沒錯，狀況越來越好了，不用擔心。」

「太好了。」

「你進去看看他吧。」

「他睡了嗎？」

「不，他在玩。」

「……沒關係，讓他玩吧，我一會兒再進去。」

說完，他回到桌前，繼續寫悔過書，直至深夜。

他並不怪兒子，他只是不敢接近他，怕大病初癒的孩子又會想起什麼不好的記憶，影響健康。

等到夏和睡了，他才躡手躡腳地進房，為他備好飲用的溫水、擦汗的濕巾，以防孩子隨時所需。然後替他蓋好被子後，默默地望著他，良久。

只有兒子熟睡的時候，羽郎才敢待在他身邊。

一日，夜上三更，我發現羽郎還沒睡，仍在飯桌上寫悔過書。

羽郎是名軍人，不是文人，要他寫這種文書，比拿著鐵鍬、不眠不休地挖戰備坑還要難受。

家裡還剩一些餌塊乾，那是用蕎麥麵糰捏成像麵疙瘩的食品，風乾成塊後可以儲存許久。我用積在缸底的醃汁　了些水，以剩餘的炭火星替他做了一頓餌塊湯做消夜。

「妳記得嗎？婗之。」他把玩著湯匙，幽幽地說。「小時候，在安孤營，一個叫門甲的大塊頭。」

「記得，是個討厭的傢伙，老是欺負我，有一回還剪我頭髮拿去和麥桿一起燒。」我從醬缸撿著所剩無幾的醃菜，一邊說。

「我沒告訴過妳……」

「嗯？」

羽郎苦笑著：「他折過我的翅膀。」

我停下手，回頭看他。

「那一次，翅膀……又忍不住，打開了，就在這門甲還有許多人的面前打開了。一堆人把我架住，門甲騎在我身上，像掰雞翅一樣，折了我的翅膀。」

對，羽郎從沒有告訴過我這件事。一直以來，都是我被欺負、而他替我報仇，在我眼裡，他一直都是個強壯的孩子王，我從沒想過，他也會有被欺負的時候。

他摸摸肩膀。「還好，那時翅膀骨還生得不成熟，或許多虧他這一折，才讓我的身體勵精圖治，長出比其他鳶人還大的翅膀。」他一頓，笑了笑，好像覺得自己說了個無傷大雅的笑話。

但是，一點也不好笑，尤其是羽郎此刻無論怎麼笑、都掩飾不過的苦澀表情。

「妳一定會問我，很痛嗎？」他說：「對，確實很痛，但是再痛，都不及胸腔的痛。」

胸腔？我一愣。

「我還記得那時候的感覺，胸腔裡好像一直被人灌水、塞棉花，呼不過氣來，沉甸甸的，不但要忍受即將爆開的痛苦，還得承受溺水一樣的恐懼。」

「羽郎……」你到底在說什麼啊？我想這麼問，但我繼續等。

「為什麼會有這種感覺呢？」羽郎抬頭，正眼看我，眼中有笑。「因為，他們笑我，是醜陋的怪物。」

還有，一層薄薄的淚光。

「是人，怎麼會有翅膀？他們問我是不是人，我說，我是，他們便說是人就不能有翅膀，有翅膀就不是人，是怪物。我如果想當人的話，他們可以替我拆了翅膀，這樣我就可以做人，可以吃安孤營的糧食，可以留在安孤營學習，繼續留在娓之身邊，然後、然後，才能擁有現在的一切……」羽郎越說越快，似乎在跟誰比賽。後來我才知道，他在跟即將崩潰的情緒比速度。

我放下手邊的東西，趕緊來到他身邊。

「我以為我忍過那次之後，就再沒有什麼可以傷到我了。」他深吸口氣，努力地對我笑。

我抱住他，他也抱住我。

我就知道，儘管這幾日他始終堅強，沒有表現出來，他也不可能不把那句如刀的話當成風。尤其那是他兒子說出口的話。

「我為什麼是鳶人呢？娓之……」他悶在我的懷裡，哽咽地說。

我千思百轉，想了好多，卻覺得什麼話都不適合安慰羽郎。

最後，我只能說……

「不論你是什麼人，我都會愛你啊，羽郎。」

他沒回話，只是像個孩子一樣，靜靜地讓我抱著。

度過了痛苦的一個月，羽郎終於復職，只是每逢甲級勤務，他仍舊無法參與。但羽郎只是輕鬆地對我說：「這樣不是很好嗎？每天都可以回家吃晚飯，多陪陪你們。」

一日，我在灶房忙乎，羽郎獨自靜靜地讀百姓報，打發開飯前的時間。氣色日漸紅潤的夏和走過來，跟我要一顆糖。

「你不是才吃過嗎？」

「不是我要吃。」

我疑惑，不過還是從糖罐裡拿了一顆給他。

只見夏和朝羽郎走去。

羽郎的餘光看見夏和過來，忽然坐立難安，本想假裝繼續讀報，但夏和越走越近，他終於忍不住站起身來，揚聲問我：「有沒有什麼要我幫忙的？」

這時夏和說：「爹爹，手。」

羽郎和我都是一怔。

「手。」夏和更明確地指示。

羽郎只好畏畏地伸出手。

「給你。」夏和將那顆糖遞到他手上。

然後，他張開手臂，朝羽郎靠過去。

羽郎瞠著眼，僵得像個聽見轟然雷聲的小動物。

「謝謝你。」夏和必須墊著腳尖，才能勉強抱住羽郎的手臂，但他還是努力地說：「娘說，是爹爹救我的。而且還說，沒有翅膀，就辦不到。」

羽郎的眼睛看向我。

「娘又說，爹爹很偉大，不要很多東西，只要我喔。」

我趕緊埋首灶台，假裝什麼也沒聽到。

「所以，謝謝爹爹。」夏和下了結論。「讓我還可以玩毛猴大兵。娘說，我病沒好，就玩不到。」毛猴大兵，是用蕙辛與蟬殼做成猴子形狀的小玩意兒，夏和很寶貝，一日沒碰，就會無精打采。

他這樣一提，我便想起自己曾經告訴過他，如果不是父親救了他，他一輩子都碰不到他心愛的毛猴大兵。

雖然這結論令人哭笑不得，但羽郎終究顫顫地伸出手，擁住了他的孩子。

「不客氣。」羽郎貼著孩子的頰，沙啞地說：「因為爹需要你。」

「嗯，就像我需要毛猴大兵一樣嘛。」

羽郎嗤了一聲，笑出了清澈的聲音。

鷲人

又發現了鷲人的屍體。

我正在檢字的百姓報上說，東翼與北翼處，都被民眾舉報過——出現鷲人的屍體。

據說屍體死狀悽慘，全身焦黑，宛如被火焚過。

牧軍省則發表聲明，說是我大牡英勇的鳶軍所消滅的敵軍殘骸，要民眾為我大牡的壯舉慶賀歡呼，而不是妄自揣測、惴惴不安。

鷲人，是空國的主力軍，和我國的鳶人一樣，都屬牲人。聽松閔說，鷲人的翅膀比鳶人大上一倍，長途或高空飛行都較鳶人來得技高一籌。

此時，外頭雷聲大響。這個時期的懸州，四周都聚滿了陰沉的雷雲，很少看見白雲與太陽。

我一邊檢字，一邊為這陣不曾停歇過的雷聲而忐忑。

這時，活字坊外有人大喊：「又掉下來了！」

「咦？什麼掉下來？」其他檢字員探頭問。

「鷲人屍體，燒焦的鷲人屍體啊！掉在西翼的落場上呢！這次更詭異，有三具之多喔！」

「這麼多？」

「牧軍省的人都過去處理了。」

「是說空國終於要集結反擊了嗎？」

活字坊裡一片浮躁。

「問題是，我們大牡占領了他們空國邊境的土地，他們老早就夾著尾巴逃到離懸州將近百里的內地，想要偷偷摸摸飛到這兒來，是瞧不起咱們的鳶軍嗎？我大牡鳶軍才不會放任他們胡來哩！」有愛國派的人痛斥反擊說。

「可以靠雷雲呀。」也有人多心地猜測：「這段時日幾乎是雷雲滿布，他們或許可以靠雷雲掩護。即使我們大牡鳶軍驍勇善戰，也拿雷雲沒轍，說不定防衛鬆懈了……」

「胡說！這話可不能亂說——」

「拜託，那是雷雲呀，雷雲！是一旦陷進去、就會讓人粉身碎骨的雷雲！」

「瞧，那些屍體只是一碰，就碎成一塊塊的黑炭了，這就是雷雲的威力。」

「他們再怎麼耐飛，也不可能穿梭雷雲、安然無事，除非他們都不要命了。這些百姓報上不是說得很清楚嗎？」

「他們靠近不來的。」

「好啦好啦，不要做無謂的猜測，擾亂人心。」

我沒有加入討論，只是默默地聽著，一邊檢完手上的文稿。

他們都說要對懸州的安全與防守有信心，但還是沒有人來解釋這些屍體為何會出現在懸州？就像他們說的，空國主力在這幾年已被逼退到距離懸州將近百里的東方，這些鷲人再能飛，又如何悄然靠近而不打草驚蛇？

一次，我在晚膳的時候，盡量平靜地與羽郎談起這件事。

「最近，百姓報上說，發現了許多鷲人焦黑的屍體，你知道這件事吧？」

「嗯，知道。」羽郎替夏和捻菜，並鼓勵不愛吃風乾菜的他要多吃，雖然乾柴無味，但那是島上唯一的蔬菜來源，吃了才能健健康康。相形之下，他答我的話就顯得有些敷衍了事。

「你有什麼看法？」我繼續問。

「沒什麼看法。」他淡淡地說。

「你不覺得很不對勁嗎？」

「以前也常發生這種事，我們處理慣了。」

羽郎有問必答，但他的眼睛就是不看我。

他越是這樣，潛伏在我心中的慌憂就越真實。

「要是……真的有鷲軍在懸州附近集結，怎麼辦？」

從眉宇間，我看出羽郎不耐煩了。「我們隨時監測，不會有這種事。」不過他還是盡量安撫我。「而且有我在，妳不要擔心。」

但他不知道，這句話從來安撫不了我，反而會加重我的愧疚。

我當然知道羽郎不會丟下我們，可是我最怕的是，我們會成為他的包袱。

「問題是，如果真的發生事情了，牧軍省也一定自顧不暇，不是嗎？」

羽郎瞪了我一眼，似乎是我碰著了他的忌諱。

他替夏和擦了嘴，將他抱下餐桌，讓他和毛猴大兵玩去，然後，他壓低聲音，嚴肅地告誡我：「不要在孩子面前說這種事。」

好吧，我認錯，我確實設想不周。那現在孩子去玩了，我總能試著了解真相了？

「我們很安全。」羽郎卻還是這麼說：「妳想太多了。」

「我知道我們很安全，我都知道！」我有些激動：「但我要知道的是，一旦發生狀況，懸州還是很危險的，不是嗎？而我們手無寸鐵，我們能為懸州做什麼？」

「你們不用做什麼，我會保護你們。」羽郎說得認真，不容轉圜。
我嘖了一聲，羽郎怎麼偏在這種時候這麼固執？他根本沒聽懂我的話——不，是他故意選擇聽不懂的。
「羽郎，你聽我說，」我試著說得緩慢柔聲：「我現在想知道的是，我們如何在不拖累你的情況下，也能保護自身的安全。」
羽郎皺眉。「你們沒有拖累我。」
羽郎還是拒絕承認，我急了：「你要看清事實，一旦發生狀況，我和夏和都會是你的包袱——」
「你們不是我的包袱！」
羽郎忽然的大吼，驚得夏和猛地一怔，瞪大眼看了過來。
而我更從羽郎憤怒的眼中看到了……驚疑。
我確信，他是知情什麼的——但是他不敢告訴我們。
羽郎起身，眼睛看著別處。
他警告我：「以後，不要再讓我聽到這種話。」
我討厭他這種命令專制的口氣。「我住在這個島上，想知道真相有什麼不對？」
我更想說——想要自己保護自己、不要成為你的負擔，又有什麼不對？
「為什麼島上要有百姓報？就是為了消除這些不必要的揣測，妳身為檢字員，應該要選擇相信，否則妳要別人如何信服？」
我一時啞口。
「如果文字安定不了妳，反而讓妳更質疑事實，」羽郎又說：「那早知道當初就不該讓妳識字。」
遠方，又有雷雲在怒吼。

就像我心中的憤怒一樣。

他怎麼可以說這種話？他寧可我不識字嗎？他寧可我像個愚婦一樣，只能處處依賴他嗎？

太過分了！

羽郎看我的眼眶紅了，也知道自己說得過火了，但他拉不下臉和我道歉。

此時，松閔敲門，提醒羽郎要值夜勤。

羽郎沒有對我說任何一句話，頭也不回地離開。

就連松閔也知道，我們吵架了。

日子就在雷雲的轟隆聲慢慢地爬過。

打雷的日子，不怎麼有風，因此窨城裡的空氣又悶又黏。

夜裡，我難受地翻身，在偌大的床榻上。

本該躺著羽郎的地方，空虛一片。

自從我們吵架後，這陣子他都在值夜勤，不曾留在家裡用膳或過夜，僅在上職前回家抱抱夏和、和他道晚安。

我就像被冷落的孤兒一樣，幽幽地在一旁看著他。

其實，我們可以和好的，只要我願意跟他道歉，主動欺上去、抱住他，以孩子氣的調子命令他不准不理我，我知道羽郎就會軟下心來。而他似乎也在等我這麼做。

夏和總會在羽郎離開後，跑過來跟我說：「爹爹剛剛偷偷問我，娘今天心情如何？」

「你怎麼回答？」

「我說，還是像雷雲一樣。」

我雖然沒有遷怒夏和，但就連孩子都感受得到我又黏又悶的情緒。

因為我的腦海中始終殘留著那些焦黑屍體的陰影。

懸州，真的不會有事嗎？

一旦出事了，我們軍眷能夠保護自己嗎？

我們能不成為軍隊的負擔嗎？

這時，我耳邊又響起了羽郎的怒吼——

你們不是我的包袱！

我的心被這句話揪著。

冷靜後，我明白為何羽郎會這麼激動。

他很害怕，怕我下一句就說：我們決定離開懸州。

然後，他又要備嚐孤獨了——在他習慣有家人的陪伴之後。

我感到口渴，於是坐起身，來到灶房旁的水缸。

不過，水缸是空的。每天入睡前去井房打水，一直都是羽郎自願擔起的工作。

男主人沒有回家，水缸自然沒有水。

我落寞地嘆氣，拿著湯瓶，出門去井房。

開了門，我卻忽然感到不對勁。

我僵住了，不敢輕舉妄動，門也不敢大剌剌地全開。

透過微開的門縫，我尋找那股讓我感到不對勁的源頭——

太暗了，外頭。暗得令人不安。

穹城由於沒有天光照拂，因此鎮日都亮著燈石，即使入夜，巷弄裡也光明如白晝。

此時，外頭卻像燈石全滅了似的，陷入黏稠的幽暗。

好在十數步外的遠處，還勉強閃爍著一盞燈石，但它時明時暗的節奏彷彿是個命在旦夕的病人越來越急促的呼吸，讓人不由得跟著加快心跳。

然後，我以為，是我眼花了。

我眨了眼，定睛再看。

不斷明滅的光影中，好像有一個蠕動的影子。

是人影嗎？我問自己，但很快就被否決了。

光滅的時候，那影子看起來像是一株根幹極細、樹冠極大的樹，給人一種頭重腳輕的詭異感。

光亮的時候，那影子的輪廓就清晰了——

那是一個人，沒錯，一個骨瘦嶙峋的人。

他的背後，卻是一雙巨大、蓬雜、拖地、幾乎要壓垮他背脊的羽翅。

我很確定，那不是鳶人，鳶人絕沒有如此醜陋又痀僂的身型。

沙，沙沙，沙沙沙……

那個人的腳下，似乎正拖著什麼東西，一直發出聲響。

這時，燈石像用盡最後氣力掙扎一樣，亮了許久——

我看清了那人腳下的東西，差點兒叫出聲來。

是一個喉頭被勾爪貫穿的鳶人！

地上被拖行得血跡斑斑。
最後，那盞燈石滅了，我眼前真正陷入了一片化不開的黑。
然而卻也看到了更多，原本就藏在黑暗中的——
眼睛。
圓亮、陰森的眼睛。
將近十雙，像鬼火一樣靜悄而快速地晃著。
每眨一下眼，他們就越來越靠近我。
我屏著氣息，趕緊鎖上門，去房裡抱起夏和，滅了家裡所有的燈石，躲在灶房旁的一間儲物小室，小室的牆上鑿有一口風箱，用作換氣。
我不知道那是什麼，但我知道他們既然可以置鳶人於死地，也同樣不會放過我們。
「娘？怎麼了？」夏和揉著眼睛問。
我要他別出聲，孩子也機警地察覺到什麼，緊抓著我，安靜下來。
黑暗中，除了眼睛失去了能力，其他感官反而比平日更加俐索。
我聽到那沙沙聲越來越接近——
聽到隔壁屋的房門被輕輕地打開了——
聽到那勾爪在我背後的房裡拖行——
然後，咕咚一聲——
我甚至感覺到有什麼東西撞在我背後的牆上——
接著，無力地滑落在地上……

我摀著嘴，努力不發出任何聲音。

我發現我錯了，我應該要敲鐘的——每條巷弄口，都設有一座銅鐘，一旦有緊急變故，就要敲鐘通知周遭鄰居。

我怎麼可以不敲鐘呢？反而任著這些鄰居在睡夢中不明不白地被怪物一一殺害！

我後悔得快要哭出來。

問題是，那口鐘離我太遠，我貿然出去，也只是落入怪物的爪牙下。

這時，咚地一聲——家門被輕輕地撞了一下。

我屏息，緊緊地抱著夏和。

我聽到怪物在聞著門縫上的氣味，呼嗤呼嗤的。

門又被撞了幾下，最後，怪物放棄了，繼續往前走……

我鬆了口氣。

夏和這時卻哽咽地叫住我：「娘……」

夏和肯定也嚇壞了，我啞著聲安撫他：「沒事了，乖，沒事了……」

夏和的聲音卻更害怕：「我一直聞到，燒焦的味道。」

我一愣，嗅了嗅……我也聞到了。

燒焦的腐臭味。

而且那味道離我們很近，就在我們身旁的風箱口裡。

我顫顫地看過去——

一雙圓亮的眼睛也在盯著我們。

我抱著夏和，拚了命地逃出小室。

那隻怪物衝破了風箱口緊追在後。但牠搞不清方向，在原地打轉了好一會兒，我們才有機會逃離家裡。

怪物似乎都鑽進了屋子裡，廊道空蕩，我直奔巷子口，無人攔阻，順利地拉響了銅鐘，驚醒整條熟睡的巷子。

鐘聲很快地就傳遍了整座窨城。

我想要逃到西翼，和一些死裡逃生的人們一起奔向蛟舟。

但蛟舟的水道慘不忍睹，道裡滿滿都是被斬了首的蛟屍，整條原本清澈的水道全給染得鮮紅。

只見怪物們靈巧地用帶鉤的繩索，將蛟屍一條一條地拖上岸——他們癱瘓了窨城的運輸，讓我們無處可逃。

瞧著牠們的動作，宛如是看著一具具黏著皮的骷髏在活動，令人作嘔。

「——那是鶩人嗎?!」有人驚恐地反問道。

鶩人？空國的主力軍鶩人？

我聽過羽郎形容他們的樣子，說他們生得就像禿鶩一樣，頭頂無毛、雙眼凸出、羽毛雜亂，很不討喜。

可再不討喜，我也無法將眼前的怪物與鶩人聯想在一起。我終於明白方才那隻鶩人為何可以鑽進窄小的風箱口了，因為他們每個都餓瘦得像皮包骨。

這些怪物彷彿是把自己逼到絕境，舉手投足間都沾著嗜血的瘋狂。

鶩人發現了我們，扔下蛟屍，四肢著地，像蜘蛛一般地快速朝我們爬來，我們驚慌四散。

我揹著夏和盲目地逃——

我聽到痛苦的慘叫。

我沾到熱燙的鮮血。
我撞到殘破的肉肢。
可是我還是咬著牙逃，沒有停留！
我很自私，把那些地獄的光景全拋在後頭，我知道只要一停，我和夏和也都是那地獄裡的一景。
——我不是羽郎的包袱，我和夏和都要好好為他活著！
我一邊逃，一邊在心裡大喊。
忽然，前方射出一串黑影，我驚叫著閃開，那東西砸在我跟前的牆上，汁液噴得我們滿身。夏和最先看清那東西，嚇得哇哇大哭。
是一顆表情猙獰的頭顱。
我腳軟了，竟爬不起來。
而方才頭顱射出的地方，傳來了熟悉的沙沙聲，下一刻那像蜘蛛一樣匍匐前進的鷙人便拖著沉重潮濕的翅膀朝我們爬來。
他的翅膀所經之處，都是血痕，原來他的羽毛吸飽了血，只是羽色黑，看不出來而已。
他那圓凸的眼睛森森地瞪著我，嘴喙上殘留的毛髮還顫顫地滴著血。
「拜、拜託……」我好不容易擠出聲音：「饒、饒了我們，拜託你……」
他的眼睛咕嚕地轉了一圈，又瞪回我們身上。
「可是，」他開口了，聲音嘶啞得像砂子磨在樹皮上一般：「你們，沒有，饒過，我們……」
我一怔，渾身冰冷，無法思考。
他張開血盆大口，就要朝我咬來，我只能用自己的身體護住夏和——

可那大口還沒咬下我們，就先發出淒慘的尖叫。

夏和緊張又興奮地叫醒我：「娘！娘！娘——」

我回頭一看，只見一隻鳶人正用他尖利的下肢勾爪與鷲人搏擊，他時上時下快速移動，在鷲人的皮包骨上開了好幾口血洞。

鷲人一氣，翅膀狂亂地張闔拍打，意圖打亂鳶人的陣腳，腥臭的羽毛像雜亂的落葉散布四處。

這樣一看才知道，鳶人的身型竟如此幼小，加上鷲人一蓬起羽翅反擊，鳶人更渺如犬狗。那隻鳶人簡直就像陷入暴風雨中的一方晴天，稍一不慎鐵定會被吞滅！

可是，那隻鳶人很執著，甚至是不顧自己的安危，也要擊斃鷲人。

夏和眼巴巴地看著眼前的戰鬥，竟情不自禁地喊著：「加油啊爹——」

我恍然大悟，也跟著叫起來：「羽郎——」

是了！誰會豁出性命也要保我們平安，就只有羽郎啊——

最後，鳶人的喙勾上了鷲人的頸子，一施勁，終於斷了那鷲人的頭。我趕緊摀著夏和的眼，不讓他看。

鳶人停下了動作，喘息著打量我們，似乎在檢查我們是否無恙。他看起來很想跟我們說話，可是一旦完全變型為鳶身，喉頭根本使不出發聲的力。

我告訴他：「我們很好，我們沒事，你——」

不料話才說到一半，兩隻不知從何降落的鷲人竟揪住了鳶人，硬生生地拿他往石壁砸，又趁著鳶人被砸得昏頭、不及逃脫，其中一隻鷲人鼓起氣，身體像是被灌氣的皮球一樣膨脹得巨大，然後再朝鳶人狠狠撞去！

那隻鳶人根本無力掙脫，就像被踩在鞋底下的蝴蝶一樣，羽翅碎散得不成形。

另一隻鷲人則鎖定了我們，要殺了我們替他的同伴血祭。

我抱起夏和要逃，卻不是如蜘蛛一般敏捷的鷲人的對手，很快就被擒在他的爪下。

鳶人看到了，淒厲地啼叫，好像在哀求，那隻力大無窮的鷲人玩出了興味，便一手抓著鳶人的頭、一手反剪他的上爪，讓鳶人面向我們，好眼睜睜看清楚我們被凌遲的過程。

我們終究是羽郎的包袱——那個時候，我只想到這句話。我甚至還想，如果我們還能夠活著，我一定要離開這裡，不做羽郎的負擔。可是，太一神還願意給我機會嗎？

我閉上眼，什麼都不敢看。

又是一記尖銳至極的嗚啼——幾乎要震破我的耳膜。

然後，有東西壓在我身上，嚇得我無法呼吸。

我睜開眼一看，竟是那隻要殺我們的鷲人屍體，他的喉頭被穿了個血洞，表情訝然無措地凝結著。我趕緊抱著夏和從他身下掙脫出來。

那隻鳶人滿身都是飛濺的血跡，並吃力地拖著身子來到我們身邊。

我不知道他做了什麼，竟也把那隻像皮球一樣鼓大的鷲人擊斃了。

鳶人焦急地摸著我和夏和，讓我更確信他就是羽郎。

但我發現他站不起來，也無法擁抱我們，因為他的手被折斷，腳也跛了。唯有如此撕裂自己，他才能從鷲人的手中掙脫，拯救我們……

我的心淌著血，劇痛無比。

這時，巷子另一頭傳來火炮聲，不久，以火銃為武器的兵員隊伍找到了我們。松閔也在其列。

他看到羽郎傷成那樣，急得說不出話，羽郎則是以頭攘他，將他推到我們身邊——意思很明確，他要松閔帶我們去安全的地方避難。

「可是，佐大人你……」但松閔很擔心他的傷。

羽郎卻瞠著眼，兇急地衝他啼了一聲，不准他違抗。

松閔只好領著我們往西翼去，羽郎則被其他地勤員扶持，退下這前線戰場。

直到我們在巷子盡頭轉彎，羽郎仍憂心忡忡地看著我們。

蛟舟被毀，我們只能步行前往西翼。

沿路上，都是屍體。有鷲人、鳶人、蛟、兵員，更多的是像我們一樣的平民百姓。一片狼藉。

還有許多工兵模樣的兵員，正在努力以一種黏稠的灰泥，填補著地表。地表坑坑洞洞，似乎是被鷲人故意用火藥炸開的。有些炸開的洞口仍是地殼的內裡，但有些地方卻開始湧出烏黑又腥臭的液體。

那味道，聞起來有點像靜止發臭的海水，但更像血。

工兵們四處吆喝，要更多更多的灰泥——他們稱這種灰泥叫，「肉」。

「肉！」

「我這兒還要肉！」

「快啊！這兒的洞越破越大！」

是啊，地表的洞越來越大，湧出的液體都滿到了我們的腳邊，我們踩下去，再抬起來，鞋子都紅了。

我想知道到底發生了什麼事，但我說不出話，松閔也沉默無聲，臉色慘白。

我頭暈，想吐，但為了夏和，我不能停下來。

我們花了比平常更久的時間，才曲折地來到西翼的落場，落場有鳶軍與地勤員進駐，似乎已控制住情勢。

一旦確認安全，雙腳便不聽使喚了，我癱倒下來，好像一輩子再也走不了路似的。

松閔替我接過夏和，安撫著受驚的孩子，也鼓勵著我：「夫人，撐著點，落場邊挖了個遮風的地坑，到那裡就真的安全了，加油，再走幾步路吧，夫人……」

我知道，我會努力，我可不想成為羽郎和松閔的包袱啊。我咬著牙，撫著被狂風吹亂的頭髮、割傷的皮膚，撐起身體，正要跨出步子……

這時，漆黑的夜空閃現一道光。

應該是雷電吧。

這陣雷電來得又急又猛，連連打了好幾道，雷聲震耳欲聾。

夏和又哭了，松閔趕緊為孩子摀起耳朵。

我也駭得無法動彈。

但讓我震驚的，並不是狂怒的雷電。

而是雷電的閃光照映出的景象。

松閔察覺我的怪異，循著我的視線往天上看去——

他也目瞪口呆了。

一座島，正在我們面前下墜、崩解……

松閔抓著頭髮，不敢置信：「不，怎麼會……玄龜……」

崩潰的島嶼漸漸逼近，並與我們的島擦身而過，山崩的巨響越滾越大，襲捲而來的雲氣也搖撼了山石與在場所有人。每個人都必須俯低身子，才不會被吹走。

此時，好像下起了一陣雨，淋得我們一身狼狽。

但這陣雨的味道腥得令每個人作嘔。

而且這氣味如此熟悉——像靜止發臭的海水，但更像是血。

有人用隨身攜帶的小顆燈石一照，發現這根本不是雨……
而是近乎烏黑、異常黏稠的鮮血。
從那座下沉的島嶼灑出的。
這時，雷聲又傳來了，奇怪的是，這陣轟隆雷聲並沒有閃電作為前導，它來得毫無預警。
後來我們才意識到，這並不是雷聲。
而是一種動物即將死絕的哀鳴。
這陣哀鳴來自於那座下墜的島嶼。

相絆

直到這一刻，我才知道，我們這些年來所居住的島嶼是什麼。

為什麼島嶼會有地熱？

為什麼島嶼內部含有足供人類生存的空氣？

為什麼島嶼沒有河川、卻有充沛的地下水源？

為什麼島嶼用「翼」來區分方位？

為什麼島嶼與空國的距離無法計算？

為什麼島嶼底下的景色會變？

……

有許多的為什麼，本來一直困擾著我們。

但答案出來後，便也覺得一切沒這麼難以理解。

只是，我們從來沒有想過，我們居住的島嶼會是一種生物。

一種名叫「玄龜」的生物。

更正確地說，是我們這些平民百姓從沒想過。至於駐紮島上的軍員是否知情……看羽郎和松閔的反應，就知道了。

他們必須為國家隱瞞我們，我們才能繼續安穩地居住在一個我們無從想像的空間。

玄龜的存在雖然超出我們的理解，但牠輕易地為我們解釋了一切疑問。

為什麼島嶼會有地熱？

地熱來自於玄龜的心臟與體溫。

為什麼島嶼內部含有足供人類生存的空氣？

空氣來自於玄龜自身的呼吸。

為什麼島嶼沒有河川、卻有充沛的地下水源？

玄龜的糧食是天空中享用不盡的雲朵，食雲之後，便會轉化為水分，在體內循環。

為什麼島嶼用「翼」來區分方位？

玄龜共生有四翼，以控制航行方向。人們便以東西南北四翼來區分自己所在的方位。

為什麼島嶼與空國的距離無法計算？為什麼島嶼底下的景色會變？

因為，玄龜始終在前進，始終因應戰略而變換方位。

懸州列島，根本不是一個地理概念，而是一座龐大的空中艦隊。

我們就像寄生的蟲虫一樣，生存在玄龜逐漸硬化的組織裡——山殼與體肉之間的空虛地帶。玄龜的體肉年年新生，也年年向上石化為山殼的一部分，體肉與山殼之間的過渡地帶，有許多蜂窩似的結構，那就是窨城得以建立的所有架構與基礎。

我與羽郎從小夢寐以求、長大後仍不懈追求的家，就實現在玄龜的殼縫裡。如今想來，還是感到不可思議。

而為了給空國致命一擊，打從兩年前開始，懸州便大舉移動布局——兩年前，正是羽郎他們頻繁參與甲級勤務的時候。

但我不懂的是，既然懸州仍有軍事用途，為何要派軍眷入駐？是為了安撫軍員的思鄉之情，提振士氣嗎？

松閔回答我：「是的，夫人，大家都厭惡打仗了，不知道為何而打。」

戰爭打了將近十年，官兵感到無所適從也是正常的。

「所以他們……讓家屬進駐，除了是拉拔士氣之外，」松閔一頓，有些難以啟齒：「也想為士兵們創造誘因。」

誘因？我一怔，忙追問——什麼誘因？

「犧牲自我、也要保全玄龜的誘因。」松閔別開眼睛。「他們相信有軍眷居住的玄龜，士兵們說什麼，都不會讓玄龜遭遇危險的。」

原來，我們都是誘餌，是為了讓羽郎發狂、一瞬間殺死三隻比他還巨大的鷲人的誘餌。

為這一切都在默默進行的陰謀，我感到不寒而慄。

然而，即使牧軍省如此處心積慮為我國士兵「設想」，他們卻忽略了，空國人為了保護祖國，也有犧牲自己生命的決心。

這批攻擊懸州的鷲人，是特別改造過的。據說擁有巨幅羽翅的鷲人原本就十分擅長在高空滑翔，不需耗力振翅，即可單靠風力飛行近百里之遠。而這次奇襲為了掩過鳶人耳目，他們更特意減輕自身重量，減少飛行阻力，因此每一名鷲人都餓瘦得如皮包骨。

他們甚至大膽地利用雷雲來作為奇襲的掩護，明知雷雲中繁如雨絲的閃電眨眼就能把人化為焦炭，他們仍奮不顧身地飛入漆黑的雷雲中。那些在懸州各地發現的焦屍，就是這個奇襲行動必須付出的代價。

連羽郎也不得不承認，他們成功了。

這次的奇襲重創懸州。

聽松閔說，那座下墜的玄龜，便是被鷲人以火藥攻破心臟，血脈倒衝，失血窒息而死。

玄龜這一死，也帶著島上數千名軍員與百姓陪葬。

而以此法殲滅的玄龜，共計六座，十餘座負傷。傷亡慘重。

如果當時沒有那些工兵以糯米與石灰調和成的「肉」修補地表的傷口，我們所在的那座島嶼，也會是這種「死法」。

懸州列島只好暫時撤退，與空國拉開了距離。

羽郎被列為傷兵，雖然鳶佐的位階被保留，但職務全數解除，我們全家被安置到同為傷號的新島嶼居住。島上原本就有駐軍，但羽郎從未與本島駐軍來往，彼此陌生，而牡國崇尚多數與力量，一向鄙夷少數與老弱傷殘，即使是全體受到這麼大的災害，還是放不下狹隘的偏見。加上壞流言總比褒獎的傳聞更有茶餘飯後、道聽塗說的魅力，所以我們不只受到被視為傷號的冷眼對待，羽郎「怕死隊」的傳說也被他們嗤之以鼻。過去他在舊島上被兵員擁戴、我們受鳶員們不求回報的幫助與照顧的風光，就這麼黯淡成一道道冷漠、嘲笑的眼光。

新生活充滿無奈，本來以為一家人經歷大劫後仍能安然無恙、平安團聚，這樣就足夠了，可是……

我的心中卻遲遲放不下一個念頭。

而夏和在這裡也過得不快樂。

他食慾不好，食物吃到一半就推開了，獨自窩在角落跟他的毛猴大兵玩。

我現在才想到，自從搬到這裡後，夏和很少出去玩，更別說有什麼朋友。

羽郎單手挪開椅子，起身走向他。他的手骨被撕裂，腳也微跛，行動很不方便。

「羽郎，我來吧。」我握住他的手。「你好好吃飯。」

他輕輕地拉住我。「沒關係，我可以。」
他一頓，又說：「而且，如果真如我們所想，那麼，是我的錯。」
「羽郎……」我責備地看著他。
他笑得落寞。
他以為，是他之前與鷲人纏鬥的模樣嚇壞了夏和，所以再度隔開了彼此。
但是他很勇敢，他並不想逃避他與兒子的間隙。
我感到不忍，也對一直冒出心頭的想法心生愧疚。
他扶著牆，艱難地蹲下身，陪著夏和玩毛猴大兵。
他先問：「我可以玩嗎？」
「可以。」夏和小聲地說。
「今年，爹會再替你添幾隻大兵，好不好？」
「嗯。」
「最近還好嗎？」
「嗯。」
「可是爹看你不怎麼好，有什麼不快樂的事嗎？」
夏和本來搖頭，但想了想，又點頭。
羽郎咳了一聲。「是不是……爹害你作惡夢了？」
夏和抬起眼，疑惑地看著他。「什麼？我沒作惡夢。」
我和羽郎都鬆了口氣。看夏和願意與羽郎親近的樣子，也不像害怕羽郎。

羽郎心疼地摸著夏和的額髮。「那你為什麼悶悶不樂呢？」

夏和垂下頭，半晌不語。羽郎也不摧，慢慢陪他玩。

「爹爹……」然後，夏和問：「我會跟你一樣嗎？」

「咦？」

「我以後，也會有翅膀嗎？」

羽郎變了臉色。羽郎跟我談過，他當然不希望夏和會是鳶人，鳶人無論對這個國家是否有用處，都過得太苦了。

羽郎還答不上話，夏和卻堅定地說：「我想要翅膀。」

羽郎一怔。

夏和又說一次。「我想要翅膀。」

我也停下手邊的事，愣愣地看著夏和。這孩子還這麼小，什麼時候開始如此堅持自己的主張？

羽郎良久才找回自己的聲音。「……為什麼？」

夏和嘟著嘴囁嚅著：「這樣就不會被欺負……」

「夏和……」羽郎緊張地將他擁進懷裡，問：「誰欺負你了？嗯？」

一開始夏和什麼都不說，羽郎單手將他抱起來，像哄嬰兒一樣哄誘著他，一邊貼著他的耳說著悄悄話。

最後，夏和抽抽答答地哭了起來，哭得我和羽郎肝腸寸斷。

「他們說……我沒有翅膀，才會和爹爹一起被扔到這裡。」夏和哽咽地說：「他們說……他們不跟沒翅膀的傢伙玩。」

他們，應該是指那些鄰居的孩子。沒想到就連孩子都沾染上了大人的勢利和跋扈。

我緊緊握著手，感到憤怒，也感到難過。為什麼羽郎和他的孩子到哪兒都要遭受這種欺壓和鄙夷？

「有翅膀的話，我就可以、就可以……打贏他們……」夏和咬著牙齒說。

「夏和，不要這樣，翅膀不是用來打贏誰的，知道嗎？」羽郎殷殷地開導他：「爹雖有翅膀，也從沒想過要打贏誰啊。」

「而且無論你有沒有翅膀，」他更慎重地說：「你都是爹最愛的兒子，知道嗎？就跟娘一樣，她雖然沒有翅膀，爹是不是也很愛娘呢？對吧？爹就是這麼愛你，記住，無論你是誰，都不要對自己自卑，爹無論如何都是愛你的，嗯？」

「我有翅膀，就可以幫助爹爹了，不是嗎？」

「什麼？」

「這樣爹爹那天就不會一直被挨打了，不是嗎？」

羽郎說不出話來。

夏和說的話很天真，可是話裡的內容卻不該是他這年紀的孩子該有的煩憂。

「夏和，沒事的，爹沒事的，你看……」羽郎忍痛，舉起那隻仍無力的斷手來。「你看，爹的手快好了，沒有那麼嚴重，好嗎？」

夏和並沒有笑逐顏開。

「你千萬不要自責，爹為了保護你和娘，受多重的傷都甘願。」羽郎忙著解釋，我發現他眼角餘光也在注意我的反應：「只要你和娘平安無事，爹怎麼樣都無所謂。瞧，夏和還可以蹦蹦跳跳，娘還能煮爹喜歡吃的菜，爹覺得一切都很值得，爹從來都不覺得苦啊！所以夏和也不要為爹喊苦，否則爹不是更苦了嗎？……好不好？為爹笑一個吧，嗯？」

「爹爹……」夏和還是沒笑。

「夏和，笑一個吧，嗯？」羽郎近乎哀求。

夏和淚眼汪汪地看著他，問：「爹爹會死嗎？」

我聽得呼吸一滯。

羽郎表情很僵。

「爹爹會不會因為保護我們過頭……」夏和問得又直又白：「然後，就死了？」

「夏和……」羽郎瞠目結舌。

夏和抱住羽郎的頸子，哇地大哭出來：「爹爹不要死哇——」

羽郎無措地看向我。

我馬上逃避他的視線，背過身忙著家務。

我害怕讓羽郎看到我此刻的眼神，他只要一對上我的眼神，就會知道我在想什麼。從小相處以來，一直如此。

然而，我也不得不想，這就是母子連心嗎？夏和那麼小，我不可能對他說出這麼殘忍的不安，可是為什麼——夏和會和我恐懼一樣的事？

這是不是代表這份恐懼已經到了無可閃躲、不得不正視的地步？

我真的必須向羽郎開口嗎？

我開得了口嗎？

羽郎願意讓我開口嗎？

羽郎會答應我開口請求的事嗎？

我思緒慌亂，幾乎不知道自己在做什麼。

當我擦著手，恍恍然地回到羽郎他們身邊時，羽郎竟化成了半人半鳶之身，將自己暖和柔軟的羽身做成夏和的床鋪，讓哭累的孩子枕在他胸前睡覺，並用身後的羽翅輕輕地為他搧風。

他朝我看來。

我下意識迴避他的眼神。

「娊之……」他伸手，想要觸碰我。

我連他的手都不敢碰。因為我覺得我心中的念頭正在背叛他。

「我把夏和抱上床吧。」我說。

「沒關係。讓我抱他睡覺吧。」

「我去拿毯子來。」

「娊之，」羽郎喚著我：「過來，好嗎？」他的手仍執意地向我伸著。

我沒有過去。

「娊之。」羽郎臉色一沉，聲音低啞。「和我說話。」

我深吸口氣，眼睛還是不敢對上他。

我說：「晚點再說吧。」

然後，我藉口去井房打水，逃走了。

夜晚，打理好了夏和，我回到和羽郎共臥的寢室。

羽郎沒有褪去鳶身，一看我進房，就將我擁進他蓬鬆的羽毛身裡。

他用他頰上的絨毛蹭著我，濕潤的嘴唇吻著我。

我推拒他。「今天，不要。」

他懷抱的力道沒有鬆，迷醉地說：「我好久沒有愛妳了，婗之……」

我深呼吸，提起勇氣，直視他。「我有話跟你說。」

羽郎將頭埋在我的頸項裡，繼續用吻與呼息挑逗我。

「不要，羽郎。」我很認真：「我必須跟你說——」

羽郎的動作不停。

我奮力地抽著身，他更勇猛了，不斷對我喘息與呻吟，希望我也能感染上他的慾望渴求。即使他的手臂正傷著，我還是難以掙脫他迫人的力氣。

「羽郎！住手——」我不得不喊，不得不粗魯地扯住他的頭羽。

他的頭往後一仰，眼睛受傷地看著我。

「今天，不要。」我穩著聲說：「我真的，有很重要的事，要跟你說。」

「不要說。」羽郎馬上回我。

「什麼？」

「什麼都不要說。」羽郎咬著牙，哼著。

「羽郎——」

「不要說！」他縮緊臂彎，怎麼也不肯放開我。「我知道妳要說什麼，但我要妳想清楚，想清楚我的感受。妳想清楚前，什麼都不要告訴我。」

「我想得很清楚了。」我努力冷靜。

「妳沒有！」羽郎吼得我一震。

但他隨即緩下口氣，試著好好告訴我：「聽著，娓之，懸州不會再有下一次的挫敗，我不會再讓這種事發生了，我一定會保護我們的家，保護妳，保護夏和，你們絕對不會有危險，我對妳發誓，妳對我有信心好不好？我不會再讓你們擔驚受怕了好不好？妳不要再胡思亂想了好不好？娓之……好不好、好不好……」每一句反問都在逼著我。

羽郎想的，都是我們的事。

可是，他從沒想過，我們也想保護他啊！

而我們又能怎麼做？我們唯一能保護他的方式，就是不要成為他的負擔啊！

就連小小的夏和，都哭著喊爹爹不要死，羽郎為什麼就是拒絕理解我們的心情？

「你的發誓沒有用。」他的哀求沒能讓我心軟：「就像夏和說的，我們終究會害死你。」

「你們不會，不會的，娓之。」他握住我的手，嘗試對我笑，想笑得自信又光彩。「我會變強，不會再受傷了，列為傷號只是暫時的，我很快就能痊癒，帶你們離開這座島，到更好的島去發展，妳知道我的能耐的不是嗎？痊癒後再上前線我萬萬不會再給空國人任何機會——」

「你不要逞強。」

「我沒有逞強。」

「懸州都已經這副模樣了……」我真的難以理解。「你為什麼始終不願意承認，我們在這裡，就是你的包袱。」

笑容瞬間消失。

「我告訴過妳，不准再說這句話。」

羽郎狠狠地瞪著我。

「你們是我的家人，我最珍惜、最寶貴的家人，」他冷冷地說：「不要用這種話來汙辱自己。」

我覺得我們的對話依舊沒有交集。

「羽郎。」

我只好直說。

「我要和夏和，離開懸州。」

這句話終於讓羽郎失了理智。

他瘋狂地吮住我的嘴，吃掉了我的聲音，並專制地卸我的衣。

我打他、扯他、推他，他都不為所動。

直到我把他咬疼了，他才不得不放手。

我拉著衣物逃到角落，對他哭喊著：「我是瘋了！瘋了！我真是個瘋子——」

羽郎愣愣地望著我，任嘴裡的血流到唇邊。

「瘋子才會答應你到這前線成家，逼得丈夫必須犧牲自己才能保護我們！如果你真的死的話，我和夏和都是兇手！一輩子都還不了你的債！」

羽郎深深地望著我，良久。

「我遲早會殺了你啊，羽郎——我不想殺你啊——我不想失去你啊——」我嚎哭著，把這陣子受到的恐慌全部哭訴出來。

反倒是羽郎，靜了下來。

「對不起，我不該強迫妳。」他說。

我以為他讓步了。

「我到外面睡吧。」他走向門口。

真的嗎？他讓步了嗎？他真的願意讓我和夏和離開懸州嗎？

但是，出房前，他又回過身，對我說：「我愛妳，娓之。」

我一怔。

「很愛，很愛。妳一定知道的，對吧？我從小就是這麼愛著妳。而我也是這麼愛著夏和，我們的兒子。」

我呼吸急促，心頭沉重。

「所以，我一刻都不能沒有妳和夏和。」他篤定地說：「懸州，是妳的家，沒有其他。」

「我不准你們離開，不准你們離開我的視線，不准你們在我看不到的地方，受著我所無法坐視的汙辱欺負。」他的聲音下得更重，好像在警告什麼。「不准，知道嗎？」

說完，他離開了。

我卻差點兒喘不過氣來。

我現在才知道，羽郎給我的愛，是多麼沉重，沉重得幾乎要讓我窒息。

逃離

我和羽郎之間的對話，完全沒有交集。

那晚之後，相處起來也很尷尬。

羽郎下職回來後，總是默默地盯著我好半晌，好像在顧忌著我的情緒，卻也更像細嗅著我是否還心生想要離開懸州的念頭。

我選擇漠然以對，用沉默對抗他。

他也盡量不說話，就怕又點燃了那禁忌的話題。

但我感覺得到，我無論走到哪裡，他的視線總是緊緊地追著我，似乎就是怕我去做了收拾行囊的動作。

就連夏和都察覺到我們之間的異樣，一次趁羽郎上職的時候問我：「妳和爹爹吵架嗎？」

「不，沒有。」我們雖然沒有吵架，但我仍覺得自己說了一個心虛的謊。

我知道再這樣下去，只是無謂的拖延，對彼此都沒有好處。

誰能預料懸州就此安然無事呢？牠畢竟是一座座移動的島嶼。在我知道了懸州的真相之後，不可能這樣甘願留著。

而該說羽郎是與我心有靈犀，還是有點傻氣？他確實察覺到我想離家的意圖，可是我也不會當著他的面收拾行囊啊。

我要走，也會是背著他走——而我正在計畫著。

對羽郎來說，我殘忍地傷害了他。

但有時，我會無端想起當年，我在夜裡聽到的那場爭執。

——你怎麼可以這麼自私?!

當時，那個寂寞的妻子這麼控訴丈夫。我覺得這句話說得太過火了，他們或許是自私的，但他們的自私也僅僅起於對家人的渴望而已——希望不論自己何時回家，都有家人的陪伴。如同我們也期盼他們能留在我們身旁一樣。

我還告誡自己，再怎麼不滿，再怎麼絕望，都不要這樣傷害羽郎。

因為沒有丈夫會坐視家人受到危害的。

可是現在，我沒有把握。

對我來說，如果哪一天我忍無可忍，辱罵了羽郎什麼，那樣才是對羽郎真正的傷害。

我和夏和非走不可。

為此，我讓松閔做了壞人。

即使羽郎列為傷號，松閔還是不離不棄地照顧著我們全家。我要離開懸州，一定得先過他這關監視——不用懷疑，他當然會是羽郎的眼線。

「請你一定要幫我，阿閔。」

我對他坦白了，但松閔不說話。

「你自己想想，你長官這次會受這麼重的傷，是為了誰?」我只要想到這個事實，口氣就不免激動：「就是為了我們母子！我們留在懸州到底能做什麼?我們只不過在拖累你們啊！」

「夫人，不要這麼說……」

「你們再怎麼不承認，事實就是如此，我們的感受就是如此，你們再怎麼辯駁，這些都不會改變！」

松閔抿著嘴。

「阿閔，我真的很害怕，我會殺了羽郎。」我抑不住哽咽。「如果我丈夫因我而死，我也無法獨活。一定要把場面變成這樣嗎？我們不能在悲劇發生之前，阻止這一切嗎？」

「但是，夫人，」松閔為難地問：「您為什麼就不能相信佐大人呢？」

「我不是不相信他。」我冷冷地說：「我不相信的是主導這場戰爭的人。誰知道他們又想利用我們，逼我們的親人做出什麼事。」

松閔不安地垂下眼。

他想了許久。

最後，答應了。

「我明白了，夫人。」他低聲說：「或許，您才是對的。」

然後，他苦笑：「只是，你們走了以後，佐大人可能會就此一蹶不振。你們是他熱愛懸州的原因啊。他一直相信懸州會是讓你們過得自由自在的家，只有這裡，才不會歧視你們是鳶人的家人。」

我無語。

「夫人可能不相信，就連我也不相信。」松閔說：「其實佐大人的自卑一直都在，所以他才會這麼強勢，害怕你們在他看不到的地方受到欺負。」

「我知道。」我看著別的地方，眼淚才能不掉下來。「他從以前就是這樣，一直都是。」

這些，我當然都知道。我和羽郎從小就在一起，怎會不清楚他怎麼想。

可是，這都不是留在這裡的理由。

於是，松閔替我瞞著羽郎，張羅了回到陸地的航班。

我們選在後日離開。

離開的前一晚，我為羽郎準備了他愛吃的大菜——一罈用汽鍋燉煮的藥味雞。葫蘆狀的汽鍋中心有管孔，蒸汽貫穿管孔後，即可蒸熟鍋中食材與湯水，是用極少的炭火也能做出的熱騰佳餚。因為雞肉都吃進了百草的香氣，沒有肉腥，是羽郎少數願意沾食的肉品。而這些月以來，羽郎因為手傷，氣血一直不順，因此我也添入了活血化瘀的丹蔘、紅花，以及補血的龍眼肉，希望可以暢通他的血脈。另外也用大棗與核桃仁蒸煨了一條在島上難得買到的新鮮山藥，讓羽郎補足氣脈。

我很努力表現尋常，好像這只是偶爾的心血來潮，不讓他看出異狀。

「今天，」他很開心，又有些不可置信。「是什麼大日子嗎？」

「沒有啊，只是覺得好像很久沒做好吃的東西給你吃了。」我笑，笑得有些抖。

他和夏和吃得眉開眼笑。現在這樣一看，他們果然是父子，笑起來真像。

「你的手，好多了嗎？」我忍不住問——事實上，我一直警告自己，今晚不該問他太多問題，或是說太多話，不要把這一晚弄得像是最後一次的相處，可是就是忍俊不住。

羽郎看著我。「沒事了。」他抬起手臂、轉一圈給我看。「妳看。」

「都有給大夫檢查嗎？」

「當然。」他對夏和說：「夏和最近變重了，為了好好抱夏和，爹可是很努力復健呢。」

「你要好好照顧自己。」我脫口而出：「不要再受傷，讓我擔心了。」

剛說完，羽郎的眼睛忽然像精明的狼似地，深深地看著我。

我心一驚，擔心自己表現得太露骨了。

但羽郎很快就笑了。「我知道，我會好好珍重，不再讓妳和夏和操心。」彷彿他方才那股深沉是一晃而逝的錯覺。

夏和也開起羽郎玩笑：「爹爹再受傷，就打你屁股！」

「哦，夏和要打爹屁股嗎？來啊，試試看啊……」父子倆玩了起來。

這一晚的餐桌，和樂融融，彌足珍貴。

隔日，羽郎上職了，我趕緊整理幾件必要的行囊，很快就打理好了。

我為夏和更衣，夏和問我：「我們要去哪裡？」

我不敢對夏和說實話。「出去一下，買東西。」

「那為什麼要帶那麼多衣服？」

「因為我們可能要住個幾天。」

「爹爹也會來跟我們住嗎？」

「爹爹工作忙，他沒辦法來。」

「喔。」

「毛猴大兵都帶了嗎？」

「嗯，帶了。可是為什麼要帶？」

「怕你路途無聊啊。」

夏和歪著頭。「那這樣爹爹回家後也會無聊耶。爹爹最近迷上了毛猴大兵。」

那是因為羽郎想趁這段養傷的清閒時間，好好陪他的兒子。

我聽了鼻酸，假裝沒聽清。

松閔準時來家裡接我們，替我們提行囊，來到地下落場。

大坪鳶雀已經準備就緒。

夏和第一次看到，開了眼界。「好大！我們要坐這個嗎？是嗎？是嗎？」小身子興奮地蹦跳。

登上座廂前，我鄭重地向松閔道謝，不但謝謝他願意幫助我，也感激他這些年對我們母子的照顧。

松閔紅了眼眶，別過臉揉著眼。

「夫人保重就好。」他說：「希望我們還能再見。」

我們登上了座廂，等待大坪鳶雀起飛。

不過，座廂闔上艙門後，外頭掀起了騷動。

座廂的同行者也都感到好奇，頻頻問為何還不出發。

「怎麼啦？時間到了，還不起飛？」

「是不是有人趕不上……」

「不是……」有人特地貼著艙門聽外頭的動靜。「好像在找人。」

我聽得一陣忐忑。

此時，艙門打開了。

落場的管事很不悅地領著一個人上來，朝那人衝喊著：「好啦！軍官，來啊，把你要找的人找出來。」

那人進了座廂。

我臉色一下刷白。

夏和很開心：「爹爹——」

身上還著戍衣的羽郎，看來是從崗位上直接過來的。

他面無表情地朝我們走過來。

夏和跑過去抱住他，他勉強微笑地抱起夏和。

「我們要去買東西，爹爹也要跟我們一起去嗎？」夏和問。

「沒有。」羽郎笑答，但眼睛直直地勾著我。「是娘糊塗，搞錯了，東西在島上也能買得到，不用出去。」

我冒著冷汗。

「可是我想坐大坪鳶雀。」夏和撒嬌。

羽郎異常溫柔而有耐心地哄：「下次吧，嗯？下次爹一定帶你坐，再帶你去找人訂製新的毛猴大兵，但不是今天。」

羽郎一手抱著夏和，另一手向我伸來。

「過來。」他的聲音一樣柔，卻柔得讓人心驚膽顫。

廂裡的乘客都看著我們。

羽郎跨前一步，握住我的手。「不要造成別人困擾，過來。」

他的力道執著。

所有人都在看，我知道反抗不得，反抗就成了鬧劇了。我只好起身，羽郎一把擒住我的手臂，怕我逃掉似的，手勁的力道始終牢固。

離開前，羽郎回身，對所有人鞠躬道歉，才下了座廂。

羽郎一手抱著夏和，一手提著我們的行囊，走出落場。松閔垂著頭，在道旁候著。

真是尷尬，我們才剛剛道過別，沒想到這麼快就相見了。

松閔怯怯地抬頭，看我一眼。

我一怔。他的臉頰腫了起來。

我明白，羽郎把氣出在他身上。

我拉住羽郎。「你打了阿閔嗎？」

羽郎斜眼睨著松閔。「他做錯事了，就該受到懲罰。」

「是我硬要拜託他的，他沒有錯。」

羽郎靜靜地看著我。

「那他應該要有明辨是非的能力。但他沒有做到。」

羽郎寒冷的語氣，讓人顫抖。

在他知道我想要背著他離開懸州後，他會怎麼對我？

他會對我失望嗎？他會從此厭惡我嗎？

因為我一直以為走得成，也以為時間和距離可以化解我們對彼此的不諒解，以後魚雁往返仍可平淡溫情，一如一般正常的家庭……

現在，我要怎麼面對他？

回到家後，羽郎將夏和的毛猴大兵搜出來，讓孩子在自己的房間玩。

「爹爹今天不工作嗎？」夏和天真地問。

「嗯，休息一下。」

「那爹爹可以陪我玩嗎？」他遞出一隻毛猴大兵。

「爹和娘要談點事情。」他摸著夏和的頭，心平氣和地說：「你先自己玩，好嗎？待會兒爹就來加入你的戰局。嗯？」

「好哇。」

羽郎將我和他關在寢室裡。

我站在房門口，他坐在榻上，垂著肩膀，好像筋疲力竭似的，方才在落場表現的那副鎮定已經消失了。

我決定先發制人。

「我背叛你，」我說：「你可以恨我。」

他垂著頭，沒有反應。

「因為無論我們怎麼談，都不會有交集，所以我只能這麼做。我完全不顧你的感受，我就是這種人。」

他還是不說話。

「我背叛了你，你知道嗎？我帶走你的兒子，恨不得離開你，你為什麼要過來找我們！」我急了，一直詆毀自己，想要他罵我、打我，好突破現在這種讓人窒息的僵局。「我迫不及待想要離開懸州——」

羽郎用力地舉起手，緊緊地握著拳。

他無聲卻強悍地要我停止。

我看到他的背脊因劇烈的呼息而起伏著。

他在忍耐。

但我不要他忍耐，他忍耐只會增加我的愧疚感。

他撐著膝，站起來，朝我走來。

我以為他要打我。

打吧。我閉上眼，害怕又期待著。

可是，我被他緊緊地擁在懷裡。

我掙扎著，卻是被箍得更緊，幾乎讓我無法喘息。

他的臉蹭著我的髮，唇尋到了我的耳畔，向我吐著他的氣息與話語：「我每天都在努力地活下去，娓之。」

他的聲音溫柔卻壓抑。

「可是努力過頭後，總會想，為了活著，那麼辛苦，到底是為了什麼。有時候怎麼都想不起來。」

他一頓，語氣像突然湧出的泉水般湍急起來：「你們留在懸州後，就什麼都不一樣了。」

他深吸口氣，再說：「我知道我為什麼要努力，我為什麼要平安，即使別人笑我懦弱，笑我膽小，在隊上排擠我，我也覺得我甘之如飴。」

「因為，你們在這裡。」他擁抱的力量又加重了，想要確定我的存在。「你們是我活下去的目標，永遠提醒我為什麼要活。」

他咬著牙。「我到底要怎麼讓妳知道，你們就是這麼重要，重要到我甘願犧牲自己的生命去保護。」

啊……我無力地嘆息。終究又回到原點了。

我也想問羽郎，我到底要怎麼讓他知道，他就是這麼重要，重要到我也甘願犧牲和他相聚的時光，去保護他的性命。

我甚至希望這次的出走可以激怒他，讓他毅然決然推開我，好為彼此留些冷靜和喘息的空間。

「拜託妳，不要走……」他的話越來越低、越來越喘，像在哭，又像在忍著什麼。「不要扔下我。」

沒想到，卻只是讓他更離不開我，而我也更不能離開他。

真是奸詐。

小時候，羽郎常說，我和他是一體的，我就像他心腹上的一塊軟肉，總能馬上體會到他的感受和想法。

而他也一樣。

所以這次，他才會即時出現在落場上，將我們攔截下來。

而他永遠知道，要怎麼牽絆住我，讓我留在他身邊，無論甘不甘心……

他吻上我的時候，臉頰是濕的，像個小孩似的，讓人心疼。他強悍又卑微地向我求歡，與我合而為一，甚至刻意取悅我，並且始終不安地在確認彼此的契合度。只要稍有間隙，他便急慌地矮下自己的身段追逐我、配合我，然而一旦融化得再也分不出彼此的分際，他便開心又放蕩了起來，並張開那雙飛揚的翅膀包住我，護著我飛向他的領地。

羽郎和我，果然是一體的，一輩子都分不開。

我不禁絕望地想，如果有一方消失了，另一個人又要如何獨活呢？

之後，羽郎很少值夜勤，他每天準時下職，回來陪我們吃晚飯，伴夏和一塊玩、一塊泡湯屋。

然後入夜，便愛著我，好像我們才剛新婚不久，對彼此的身體都充滿了好奇與期待。直到我累得闔上眼，他才讓我枕在他身上入睡。每天起床，都是從他炙熱的體溫中醒過來的。

他努力地在做一名好父親、好丈夫，不能不說，他做到了，而且無可挑剔。

然而聽松閔說，他在崗位上的表現，越來越保守消極了，引得更多人看不起他，對他頗有微詞，不只是鳶佐同僚，還有他麾下的兵員，認為待在他的隊上毫無作為可言，以前受兵員愛戴稱頌的過去已成如煙往事。不過羽郎行事也更加謹慎，從不出錯，讓人抓不了把柄對付他。

懸州退居後方，與空國拉開了距離，島上的駐軍與軍眷無不勤勤勉勉，志在恢復戰後環境，一切都有復甦的景象。

可是，我卻始終不安，而且日漸加劇。

我無法揮開這個念頭——懸州既然是可移動的空中要塞，待一切步上軌道，牧軍省難道不會再重回與空國的戰場嗎？上頭的人鐵定是想變本加厲向空國討回這次戰敗的損失。

所以，惡夢又要上演一次了嗎？

我變得很焦慮，每天都認真地讀著百姓報，不放過任何字句中可能透露的蛛絲馬跡，一察覺什麼風吹草動，就馬上向松閔、羽郎求證。

松閔老是被我纏得萬分為難。自從上次幫了我、被羽郎冷落後，他對我的態度保留許多，並非怪罪我，只是我也明白，他不希望再受到長官質疑了。

羽郎卻是很有耐心地安撫我，有時我甚至也嫌棄起自己——簡直像個無理取鬧的小孩似的。羽郎好像早有準備，要與我長期抗戰，無論如何他都要成為一座深不見底的潭，好包容我不斷湧出的不安與恐慌。

而且，我發現了羽郎的企圖。

他積極地愛我，無非是想再生下第二個孩子。

為這個家再扎下更根深蒂固的牽絆，讓我再也走不了。

有了這念頭之後，我開始做惡夢。我夢到我帶著兩個孩子躲在逼仄的小庫房裡，外頭有嗜血的鶩人在搜尋著我們的味道。最後他們找到我們了，一直衝撞著房門，要進來把我們生吞活剝。接著夏和說，娘，好臭。我們循著臭味往風箱口看去，發現那裡老早就棲著一隻乾癟的鶩人虎視眈眈著我們，我只好扛起兩個孩子，往門口衝去。

然後我看見了——羽郎為了保護我們，和不斷來襲的鶩人打成一團，他想靠近我們，將我們帶到安全的地方去，可他每靠近一步，就有一隻鶩人扒下他的肉、扯下他的骨，當他擁抱住我們時，只剩下一片血淋淋的骨骸——

這時鷲人又同時搶去了我那兩個孩子，兩個孩子都哭著叫我，叫我救他們。我決定先救小的，再救夏和——然而這個念頭不過一瞬，夏和就已被那群怪物吃得只剩下手指頭了……

我放聲尖叫——

羽郎不知是第幾次被我驚醒了。

「娓之，別怕，娓之——」不論我如何推拒，他只是緊緊地擁緊我，在我耳邊哄：「妳做惡夢了，別怕，是惡夢。醒了就沒事了，嗯？」

「夏和！夏和！」我急著要看到夏和。

「夏和在睡覺，沒事的。」他抱著我、搖晃起身子，把自己當成搖籃。「沒事的，好嗎？」

我又悲傷地喚起羽郎的名字。

「我在這裡啊。」他告訴我。

「我殺了你……」我說。

他一怔，溫柔地反駁：「胡說，娓之，妳沒有，那是惡夢。」

「我們殺了你啊，羽郎……你被吃掉了，吃掉了……我殺了你啊！」

「我就在這裡啊，娓之，什麼事也沒有，不要怕，娓之……不怕。」

「我殺了你啊——我真的殺了你啊——」

當我清醒時，回想起來，總覺得這段夢囈不可思議——為什麼即使人醒過來了，卻還拒絕從夢裡抽離呢？

後來，我發現，我想要折磨羽郎。

我想要逼他。當他受不了發狂的我後，他就不會想把這樣的我留在身邊了。

可是，我小看了羽郎的能耐，或者說，我看輕了他對寂寞的恐懼。他寧可被我折磨，也不要被孤寂給凌遲。

他甚至可以笑著說：「小時候，我們還在安孤營，妳也常常發惡夢，我得偎著妳睡呢，一刻都不能離開。」那口吻還有點懷念。「現在只是又回到那段妳需要我的時候而已。」他聳聳肩，輕輕地說：「沒什麼的，娩之。」

他沒有任何厭煩或無奈。

從小開始，他就已經決定要包容我的一生了，這一小段需要安撫的變故又算什麼呢？

他甚至希望我恢復之前的習慣——每天替他別上甜乳花。然而在鷲軍事變後，目睹與經歷過這麼多殘忍，誰還能有閒情逸致做這種事？

倒是松閔，不變的習慣反而成了一種忠誠。他每天早上都趕第一班運補船進島，向鮮花的盤商買新鮮的甜乳花。

「長官，這是今天的甜乳花。」他進了屋，站在門旁，用一只瓷盤托著甜乳花，像是怕自己的手髒、玷汙了長官心中的珍寶。老樣子。

羽郎剛穿好衣，正在整著綁得有些緊的立領，看著那甜乳花。

然後，抬頭，看向我。

「娩之。」

我正要為他穿上風衣。

他微笑：「為我別上。好嗎？」

我面無表情地看著他從松閔手上拿來了甜乳花，朝我遞來……

潔白的甜乳花，上面還沾著晶瑩的早露。

被羽郎受到戰爭磨礪的粗糙大手如此珍惜著，好像握著一顆易碎的心臟——在戰場上可以毫不遲疑地捏碎敵人心臟的手，卻如此珍視著這麼薄弱的生命。

但是——

這麼脆弱的東西，如此毫無用處的東西，只因為假裝著聖潔，就可以被人疼愛著、守護著——憑什麼？

就跟我一樣！

我繞過羽郎，將披風交給松閔。

「我好像聽到夏和在哭，」我淡淡地說：「他起床了。」

松閔愣愣地接過風衣，眼睛不安地朝我和羽郎的背影轉著。

「你們先走吧，我不送了。」

我逃入了房裡，守著根本沒醒的夏和，直到聽到大門闔上的聲音。

從頭到尾，我不去看羽郎的表情。

他的表情一定很落寞。

但只要沒有甜乳花、只要他不再配戴甜乳花，他就不會想要留下我的！我天真地認為著。

即使如此……

我不但逃不了我所想要逃避的，反而一直往羽郎所期望的方向行去。

我有了第二個孩子。

食肉

大概也是從這個時候起，羽郎開始吃肉。

以前，羽郎是厭惡吃肉的，向來為他準備餐食的我，很清楚。

起初，他帶回一批像是豬肋骨的肉。

「今天，拿這肉入菜。就做砣砣肉吧。」砣砣肉是一道豪爽的菜，將切成大塊的肉用豆油煨燉，的確很適合料理這突如其來的一塊大肉。

「哪來的肉？」我問。

他背對我更衣，說：「隊上配給的。」

「不是都會發肉券嗎？」而且羽郎都會私下將肉券換成糧票，一張肉券可換三份糧票，是很划算的買賣。

「我也不知道。」他淡淡地說：「但總不能因為我不吃，就不讓你們吃肉？夏和正在發育，讓他多吃一點吧。妳也要好好補補身子，不是嗎？」

我遲疑。「那……要不要為你準備一些單純的蔬食？不沾任何肉味的……」羽郎確實挑嘴，蔬菜沾到一些肉腥味，他入口時都會皺起眉頭。

羽郎靜了一會兒，似乎在想什麼。

「羽郎？」

「沒關係。」他揚了揚嘴角。「我吃一點吧。」

我以為他只是口味改變了，也或是因為工作累，需要更多營養。

但幾天下來，我發現他仍舊厭惡吃肉——儘管他的臉色強忍著，眉峰還是輕輕地泛著皺褶。

他那勉強自己的樣子，就好像一個放學後還要努力練字帖的學童似的。

也因為我下手變重了，飯食變得油膩，反而讓我發現自己的身體起了變化。

聞到肉味，就讓我想吐，盡想找梅子、棗子一類酸澀的東西吃。

我當然沒讓羽郎發現，也沒有告訴羽郎。

大概過了幾天，羽郎又帶回了一批肉。

這不是一般的豬肉或雞肉。

他一樣面無表情地說：「是馬肉。」

我聽了一顫。

「要入菜嗎？」

他搖頭。「妳替我生切一份。」

「什麼？」

「我要生吃。」他的話說得無起無伏，好像只是在轉述一道命令似的。

「生吃？真的不用煮嗎？不會有問題嗎？」

他苦笑一下。「沒問題的，大家都這麼吃。」

太奇怪了，大家都這麼吃，他就會跟著吃嗎？羽郎從來不是這種人云亦云的人啊。

我追問：「你為什麼突然要吃？」

他的眼睛又不看我了。「聽說對鳶人的身體很好。」

我不是鳶人，所以也無從得知真假。

我在晚餐時，照羽郎吩咐的，生切一份，血淋淋的，上桌。

夏和不可置信地睜著眼。「那真的能吃嗎？爹爹……」

「應該吧。」羽郎笑著，連他自己也不太確定。

我忐忑地看著。老實說，處理這道生肉的時候，那股生腥就一直攪著我的胃。

羽郎深吸一口氣，夾了一口，放入口中。

他吃的動作很生疏，含在嘴裡，一時不知是該咬還是該吞，結果躊躇間，馬肉的殘血沾到唇邊，流到他的下頷……

那模樣好噁心，好像他正在嚼一個活生生的生物似的——

我忍不住，摀著嘴，衝到灶台去，開始嘔吐。

那晚，羽郎太擔心我的身體，所以沒有吃完那盤生馬肉。我想，即使我沒有異樣，他也不可能吃完的。

一個從來厭惡吃肉的人，怎麼可能吃起生肉？我無法想像。

替我清理好一切後，羽郎靜靜地看了我一會兒。

「看來，」他微笑。「我得更努力了，才能把我們第二個孩子養得和夏和一樣好。」

我一怔，忙著否認：「不，不是，是因為那生肉的味道……」

羽郎不聽，而是抱起夏和開心地說：「明天爹帶你去果子舖吧。要什麼糖，爹都買給你。」

夏和眼一亮。「咦？真的嗎？為什麼？」

「因為爹也要替娘買很多酸酸的果子啊，公平起見，夏和也有。」

夏和歡呼。

我只覺得背上冒著冷汗。

當夜，我果然又做了那恐怖的惡夢，羽郎一樣將我擁在懷裡，一夜不眠地安撫我。

這個孩子不能生下來。

發現自己有了身孕後的第二天，我就意識到這個念頭。

因為這一天，牧軍省又頒布了一道奇怪的命令，使我心生了這個歹毒殘忍的想法，即使我事後拚命抹除，但還是否定不了它曾經存在過我腦海中的事實。

牧軍省說，凡是鳶人，今後都要以食生肉為本。即使那肉是人肉，也要照吞不誤。

連糧食的配給都貫徹了這道命令，一批批宰殺好的馬肉代替了蕎麥紛紛送上懸州來。據說為配合這個政策，川道興起了繁殖食用馬的產業。而高原地帶氣候嚴寒、空氣稀薄，反而更能生養出符合鳶人所需營養的優質肉馬。

當晚，松閔送他的長官回來時，憂心忡忡地覷著我。

我也發現羽郎的臉色很慘白。

「怎麼了？身體不舒服？」

羽郎笑著。「沒事，特訓了幾個俯衝，身體有點承受不住，休息一晚就好。」

「爹爹——」夏和這時衝了過來，撲在羽郎身上。「娘今天炕了蕎酥，還釀了酸果湯，快來吃！」

「哦！真的嗎？爹好期待。快帶爹去！」蹲下身的羽郎用臉蹭著夏和，並彎著腰任著兒子將他牽到灶房裡。

這段日子，夏和越來越不能沒有爹爹這個大玩伴。

我知道松閔有話，便趁著夏和纏著羽郎時，藉口要去井房打水，到角落處聽松閔說。

「佐大人今天吐了。」

「怎麼了？特訓這麼辛苦嗎？可是以前都不會這樣啊！」我急著問：「會不會是鷲軍事變的後遺症？」

畢竟羽郎的傷才痊癒不久，加上前陣子的表現過於消極，績效極差，上級就急著將他安排回到前線候補的崗位了。

「不，是因為……」

松閔頓了一下，有點難以啟齒。

他似乎還顧忌著之前羽郎懲罰他的事，不知可不可以對我坦白。

我只好板起臉。「阿閔，他是我丈夫，我有權知道，你不是也這麼認為嗎？不然你為何願意對我露出破綻？」

松閔嘆了口氣。「佐大人今天吃完了生肉。」

我一愣。「吃完？」

羽郎昨晚也吃了生肉，但他並沒有吃完。

「所以才吐嗎？」

松閔點頭。

「為什麼要勉強自己?!」

「夫人知道嗎？」松閔憂愁地說：「食肉令頒布下來了。」

我皺眉。食肉令？那是什麼？牧軍省又頒了什麼奇怪的令？

「以後，鳶員的伙食一律改為生馬肉。」松閔拿出配給券：「夫人明天可以拿這些配給券去食堂領取。記得，在家中每一餐都必須吃。」

我不敢接，因為根本聽不懂。

生馬肉？就是我昨天端上餐桌、那盤鮮血淋淋、更像是屍體的斷肢而根本稱不上是食物的東西嗎？那種東西怎麼可以直接給人吃?!

「夫人，」松閔艱困地說：「這是上級的命令，請務必收下。」

我還是不動。

「就因為是命令，所以佐大人才不得不在大家的面前吞下去啊！」

是啊，都用「食肉令」這個詞彙頒布了……

我只好伸手接過。

「可、可是……」我還想反抗：「你知道的，他根本不喜歡吃肉。」更何況是屍體斷肢一般的生肉。

松閔臉色更黯。「對，我知道……」說得很小聲。「佐大人吐得好像肺腑都要嘔出來似的。」

才不是什麼俯衝訓練，而是這批噁心的生馬肉害的！羽郎又對我隱瞞了。

我不太高興。「他不吃，我不會勉強他。」

我更想說的是——上級怎麼可以把鳶人看成野獸？鳶人是人啊！食肉令是在看不起鳶人嗎？太過分了！

「可是不吃，佐大人被孤立的狀況，會更嚴重。」

我一愣。

對了，羽郎為了我們，在同僚與屬下眼中幾乎是個廢物。

「我也必須告訴夫人實話，」松閔痛苦地說：「食肉令一旦頒布啟用，牧軍省就會嚴加監視，不論是蕎麥的糧票還是煮食的炭票都會減量，他們也會加緊檢查各戶的食物殘餘，請夫人務必注意。每個月生肉的配給券撥下，也一定要如期領取，不得延誤。」

我難以置信。「……為什麼？」

好像有人在背後看著我似的，我感到呼吸困難。

「『不得煮熟，不得丟棄，不得拒領，上述情事一旦發現，本部必將嚴懲，連坐親人。』這是食肉令的條文，夫人……」他無力地說：「逃不了的。」

逃不了的。

是我，是夏和，讓羽郎逃不了的。我不得不這麼想。

我看著松閔，想像當他照顧著因生肉而痛苦的羽郎時，所遭受到的斥責與嘲諷。

因此他只能這樣懇求我：「請夫人幫助佐大人。」

松閔一定不知道，他這樣求我，讓我很痛苦。

我用緊握著生肉配給券的手，用力地抵著剛懷了第二個孩子的肚腹。

——不能生下來！

——不能再讓羽郎陷入困境了！

——我們，根本就是他的包袱！

這些念頭，就這樣悄悄滋生，用力壓住了，表面也有藏不住的裂痕。

「娊之……娊之……」井房外傳來羽郎呼喚我的聲音，我沒回答松閔，逃也似地出去了。

一出井房，就看到羽郎蒼白的臉色硬是堆著笑。

抱在他懷裡的夏和也嗤嗤地笑。「娘，快過來看，有驚喜！」

這對父子，越來越像了。

羽郎牽著我。「娊之，快過來。妳一定會喜歡。」

我被他牽回了家，家中有人，這人自稱是商街上的布商，專門進口日壤的上好絲布的買賣。

那人有一貫商人諂媚討好的笑臉。「夫人好福氣，小的特地來送前陣子鳶佐大人向敝號訂購的牡丹綢布。」

說著，他掀開桌上的紙包，一朵朵紅豔的牡丹就這麼被綠葉簇著，綻開在這個空氣稀薄的懸州空中。

羽郎來到我身後，擁著我，在我耳邊親密地問。

「喜歡嗎？」

我啞口無言。

來自日壞的東西，總是看起來那麼華貴，令人收受不起。

「拿這批布來做妳和兩個孩子的衣服，一定很美，不是嗎？尤其如果那孩子是個女孩的話。」

夏和抬頭，眼睛都亮了。「咦？我要有妹妹了嗎？」

羽郎笑著。「是啊，一定是跟娘一樣漂亮的妹妹。」

我事不關己地聽著。

裝做事不關己，眼淚才不會掉下來。

羽郎見我沒有意見，便收下了這批牡丹綢布，付了錢，將布商打發走。

外人一走，他抖開了布。布匹飛揚，好像是羽郎的另一雙翅膀。

他用布把我包著，在布下悄悄卻激情地吻著我。

夏和則笑著尖叫，在我們的雙腳間穿梭玩耍。

「妳要什麼，我都會給妳，只要妳快樂。」他的臉緊緊地蹭著我，情慾在他緊繃的喘息與嗓音中壓抑。

「我愛妳，娩之，我很愛妳……答應我，永遠在一起，好嗎？」

羽郎總是毫不保留的，對我傾訴愛意。

可是這次，我沒有回應他，我推開他，冷靜地將布匹用羊皮紙包好，收進櫃子裡。

「夏和，去洗手，要開飯嘍。」我背對著他，打理著上桌的菜餚。

我不敢回頭看羽郎，不敢看他被我推拒在外的落魄模樣。

我也不打算向他道謝，為他送了我這麼貴重的日壤綢布——雖然我曾經在幾年前跟他說過，好希望可以買到一批日壤的織布來做一件體面的衣裳。

那是一種賄賂，不是嗎？我故意骯髒地想——賄賂我繼續留在這個恐怖的地方，生下他的孩子。

我甚至很殘忍地，將松閔方才帶來的小份生馬肉，切上桌。

「你的晚餐。」我面無表情地告訴羽郎。

夏和擺出噁心的樣子。「又是生馬肉！好討厭！」

「夏和別這樣。」我說：「牧軍省說爹一定要吃，不吃，我們都會受到懲罰。」

我想要折磨羽郎。

折磨他，直到他願意放我走，不讓我成為他的包袱。

羽郎抬頭，無聲地看著我。

我勇敢地迎上去。

我以為我終於可以看到厭惡。

可是，沒有。

羽郎對我笑了。很熟悉的微笑，以前我在安孤營大病，以為他會棄我而去的時候，他都會對我露出這種耐心又包容的微笑。

「生馬肉，」他輕輕地說：「其實也滿好吃的。」

他拿起筷子，夾了生馬肉，吞入口。他支著額，一口接著一口，不讓我看到他一直緊蹙的眉心。

我面無表情地走進灶房，才敢讓眼淚掉下來。

如果羽郎以後真的變成了野獸……

我就是兇手。

最近，我越來越常想起幾年前那一晚，聽到的那對夫妻的爭執。

我們都是手無寸鐵的軍眷，你趕得回來保護你的孩子嗎？

你一直要我們留在這裡，豈不是要我們送死？

你需要家人，難道我們就不需要你嗎？

你什麼都想到你自己，你說你不自私嗎？

那妻子所說的每一句話，如今都是我和羽郎之間的應證。

我知道，羽郎不會讓我們送死。但是，他卻會因我們而死。

他頑固，抓著我和夏和，緊緊不放，因為他需要家人——難道我們就不需要你嗎？那妻子的聲音又瘋狂地迴盪在我腦中。

每次，那妻子這樣在我腦中喊著時，我的手根本做不了事，彷彿我正被懸州島上堅硬的浮雲推到了懸崖邊，若不緊緊攀著手邊的東西，就會從萬丈高空墜下，然後粉身碎骨。

對，那句話，足以讓我、讓羽郎，都粉身碎骨——

你什麼都想到你自己，你說你不自私嗎？

我用力咬牙。

不可以！

絕對不可以對羽郎說這種話！這句話可以跟世上任何人說，就是不能對那個從小對我不離不棄的羽郎說！

我的良知死命告訴自己。

可是，每當深夜，羽郎因慾望而熱燙的身軀，以及綿密、索求著確定與安慰的唇吻不斷朝我襲來時，這句話便像孕吐似的，不由自主地湧到嘴邊。

即使我可以感受到，羽郎不是為了自己的歡愉而與我求愛，而是為了討好我、讓我因他而快樂，才這樣一而再、再而三地深入我。

但我為何要領情？都懷了第二個孩子了，你到底還想怎麼樣？羽郎……當他深情地吻著我時，我卻是望著他背後的黑暗，甚至遙想著可能又在懸州周圍的雷雲中伺機而動的鷲人，然後疲憊驚懼地想：還要第三個、第四個孩子，好把我死死地綁在這裡，眼睜睜看著你送死嗎？

讓我忍受失去你的痛苦，你自不自私啊？羽郎。

自私！你好自私——

羽郎停了下來，悶悶地喘著息，靜靜地凝望著我。

當然，他對我的心，就像他化身為鳶後的那雙眼一樣敏銳，他怎會不知道我對他的排拒？

他伸手，用他手掌的硬繭輕輕地揉著我的臉。

「婉之……」他的聲音有點沙啞。「我到底……做錯了什麼？」

我呼吸一窒。

當他真正認錯的時候，我反而說不出來，他到底做錯了什麼。

他低下身子，甜膩地舔著我的唇，如同每一晚熱情的夜，我總會從他身上聞到那股甜乳花的清香氣息。

這味道已成為我辨認自己丈夫的標記，如果一日聞不到，都會覺得自己不是被自己的丈夫擁抱著。

「不要……」他邊用他的花香舔吃著我，邊呢喃著：「不要不理我，娖之……」

他把我抱起，讓我坐在他腿間，繼續愛我。

這激烈的動作讓他的話語喘著焦慮。「不要，對我生氣……我如果，真讓妳生氣了，我跟妳，道歉好嗎？娖之，嗯？娖之，回，回答我……我，我愛妳啊……」

我知道，我知道他愛我。

我也愛他。

可是我看不到前方的路。

感覺激情就要淹沒自己，他情不自禁地湊上前，又要吻我，我卻出奇冷靜，用連自己都不認識的聲音說：「你習慣吃生肉了，對嗎？」

羽郎一愣。

「你今晚就這麼配著蕎麥粑粑，把那盤生肉都吃完了。」

羽郎深吸口氣，淡淡地說：「是。吃完了。」

我挑眉。「好吃嗎？」

羽郎擁抱我的手結實地一震。

「好吃嗎？」我又問一次。

他努力地勾著唇角，讓自己答得雲淡風輕：「沒什麼好吃不好吃的……就是一頓填肚子的飯吧。」

「你一定非常習慣。」

「……娖之，不要說這個，好嗎？」他有點受不住。

「你非常習慣，我很肯定。」我卻執意，執意到甚至說謊：「因為你自己都不知道，你全身都是生馬肉的腥味。」

這個謊，真是令人厭惡至極。

我都恨起說這種謊的自己了。

這和指責對方自私有何不同？一樣是在重重地傷害著羽郎。

羽郎安靜地望著我。

看著他的眼睛，有那麼一刻，我知道我成功地傷害他了。

可是，那道傷痕又被他微笑帶過了。

「對不起，我不知道。」他溫和地說：「我去喝水。妳也渴了吧？嗯？」

他輕輕地離開我，就這麼裸著身，要到灶房的水甕取水。

我的挫敗和憤怒來得澎湃洶湧，可一想到他可能是想狼狽逃走，心裡又樂了。我又怒又喜，好像瘋了似地，朝他咆哮：「『即使是人肉也要照吞不誤』！」

他停下了腳步。

這句話，是食肉令的條文之一。

即使是人肉，也要照吞不誤。

羽郎曾經為我解釋過，那是牧軍省希望在糧食短缺的情況下，前線的作戰部隊也可以自行解決軍糧的問題，好支撐到後援到來為止。

拙劣至極的謊言！

「你難道不知道嗎？牧軍省想用食肉令把你們訓練成野獸！」

他沒有轉身。

「你明明恨透了肉，可你為什麼要屈服?!你為什麼不反抗?!因為是我們逼你屈服的！你不得不吃，你一定要變成野獸，你不變成野獸，我和夏和都會受到懲罰！所以你一定要變成吃生肉的野獸！我和夏和就是害你成為野獸的兇手！」

他回過身，我知道他在看我，可是他的臉被陰影擋住了，我看不到他的表情。

「都說出來了，是嗎？」他的聲音很平靜。「妳到現在還這麼想嗎？覺得妳和夏和都是拖累我的罪人嗎？」

可惡！為什麼羽郎你不生氣?!

你快生氣啊！混帳！

氣得把我和夏和轟出懸州啊！

趁你還沒變成野獸之前，把我們這些罪魁禍首轟離你身邊啊！

生氣啊！羽郎——

於是，我喊出了這句話：「你現在就吃了我們算了——」

聲音還沒落，忽然，一陣風朝我襲來，將我捲入了床底深處。

我還分不清方向，整個人就被陷在蓬鬆的羽毛中。一股碩大炙燙的力量貫穿了我體內，疼得我喊不出聲來。

羽郎突然化成了鳶身，就這麼與我歡愛，而人體在鳶人的身上是如何渺小，小巧輕盈到一隻手臂就能將我扛舉，一隻健腿便能禁錮我或翻轉我，好方便他做出各式各樣刺激的體位，挑起無止盡地交織重疊的快感與痛楚來懲罰我。

當我以為這就是被鳶人視作獵物一般玩弄、折騰的感覺，而這都是我咎由自取時，羽郎充滿惱怒、卻交雜著不捨的表情從羽毛中顯露了出來。

「我知道妳在折磨我，娓之。」他深深地看著我。眼眶濕潤。「那不是妳的真心話，所以我不怪妳。但不准妳再這樣汙辱自己和夏和。」

他深吸口氣，即使嗓子被自己激動的情緒弄得異常吃力，他還是堅持說完他的告白：「妳是我的愛人，夏和是我的寶貝，你們都是我最深愛的家人，即使我成了會吃肉的鳶人，我也不可能去吃自己家人的肉。你們是肉，沒錯，但你們不是獵物，你們是我身上的肉，野獸會去吃自己的肉嗎？嗯？」

我無助地哭出來——不是因為身體的痛，而是我又失敗了。

看見我的眼淚，聽到我的哭聲，羽郎一驚，懊惱又心疼地抹去我臉上的眼淚，卻是越抹越多。

「算我拜託妳好嗎？」他的額頭靠著我的，喉頭哽咽了。「不要再逼我這樣對待妳好嗎？娓之……答應我，答應我好不好？」

不對，我不是因為被傷害而痛哭。那是我胡亂說話應得的懲罰。

我哭，是因為我心中的怪物，又被包容了。

這樣，我心中的怪物到底會茁壯成什麼樣子呢？

誰來阻止我呢？

而這時的我也相信，這就是人和野獸的不同。羽郎永遠不會變成野獸，會這樣為自己的家人擦拭眼淚、並為自己帶來傷害感到歉疚的人，永遠不會成為野獸的。

所以，一旦讓這樣的好人變成野獸，我死也不會原諒我自己。

由於方才的爭吵太激烈了，待我們冷靜下來，才聽到夏和的哭聲。羽郎慌手慌腳地蛻回人身、穿好衣物，去房裡哄他。而我也下床替夏和煮些蜂蜜水壓驚。

我看到羽郎緊緊地偎著夏和的小臉，在他耳畔唱著低低柔柔的眠曲。夏和不知說了什麼，引得羽郎輕笑，笑聲騷動了夏和的癢處，父子倆終於開心地笑成一團。

看著他們笑著，又想起方才羽郎說的話……

你們不是獵物，你們是我身上的肉，野獸會去吃自己的肉嗎？

我無話可說。

當羽郎微笑著朝我伸出手，像是放低姿態、為剛剛的爭執與粗暴要求和好似的，我也只能任他牽著，將我和夏和鎖進他溫暖卻強壯的懷抱裡。

這懷抱彷彿永遠都可以讓我們的家庭風雨不侵。

真的，可以嗎？

我暫時相信，可以。

那夜，我們一家三口就這麼擁抱著，沉湎在這樣平安的幻想中，久久。

隔日，松閔照樣準時送來了甜乳花。

羽郎一樣不厭其煩地說：「婗之，幫我配上好嗎？」

我看著甜乳花，還有捧著花的那隻手，許久。

那隻手明明如此有力量，可以自由地去追尋他所想要得到的。可是瞧瞧他如何捧著甜乳花？那種怕它受傷害、被弄髒的感覺，多麼懦弱畏怯的樣子，不是很窩囊嗎？就跟那些瞧不起他的人們在背地裡笑他的那樣。

為什麼要這麼執著於這種脆弱的花呢？

它的潔白，是因為它沒有經歷過痛苦。這種神聖根本沒有意義，禁不起考驗。

否定到最後，我終究殘忍起來。

我直視松閔：「阿閔，以後別再買甜乳花了。」

松閔倒吸一口氣。「咦？」

我咬牙。「我們的家計也是很吃緊的。只是羽郎不知道而已。」

說完，我將他們送出去。

羽郎一直看著我，傷心地看著我，看著我依舊留在原地打轉。

昨夜那個風雨不侵的幻象，並沒有把我拉出泥淖。

勇氣

我終究是忍不住去探聽各種偏方——關於打胎的。

其中一種，是將名為「胎蠶」的軟蟲所吐出的絲沖溫水服用，每日兩回，持續旬月，可以打胎。

這是懸州的婦女們私下傳說的，最不易被揭發糾舉的方式。畢竟打胎在牡國是嚴厲禁止的。殺害幼兒，等於毀損牡國的財產，重者甚至可判母親死罪。

即使如此，懸州島上關於打胎秘方的耳語並沒有因此噤聲。

可見，有多少婦女懷著跟我一樣的心思。

於是，我帶著夏和，來到那家盛傳在耳語中的藥舖。

我先買了一些甘草糖，讓夏和坐在門檻上等我，自己進到舖裡問夥計。

那是一個配藥的學徒，我讓他借一步說話。我告訴他，我要打胎的配方。

只見學徒先是疑惑地看著我。

我不讓他看出我心中的羞窘，盡可能說得理直氣壯：「是隔鄰的太太讓我來問的。你們有沒有？沒有的話，我到別家去。」

「有配方，但島上沒這類藥材，要特別向內陸訂購，而且入關的法令手續非常麻煩。」

「是嗎？我知道了。」很一般的官腔，我作勢要走。

但學徒又意有所指地說：「不過建議夫人可以試試『那個』。」

我盡可能平靜地轉過身。「『那個』是什麼？」

學徒的眼睛晃了一下四周，又低下去，用唇語說：「胎蠶。」

來了。

我假裝問：「那是什麼？」

學徒手上切著藥材，面上淡然，卻壓低著聲音說：「胎蠶非藥，牧軍省沒有禁令，可以運上來。」接著，他小心翼翼地說明如何將胎蠶養足，讓它吐絲，以及如何服用。絲在體內會化為一種蠶食胎兒的物質藥性，將原本具有生命的胎兒一點一滴地銷融為肉球，化為人體的一部分，對母體沒什麼傷害。比打胎鬧血崩還要安全。

不知道是學徒刻意沙啞低沉的聲音讓人聽得頭腦暈沉，還是我心中的恐懼作祟，總之聽完他的說明，我覺得腦杓好像被重擊了一下。

學徒再低低地說：「如果夫人需要，得替我填一份切結。」

「什麼切結？」我一愣。

「如果牧軍省追究下來，妳得自行扛責。妳知道牧軍省規定，打胎是不允許的，胎蠶雖非用藥，但我們不能保證牧軍省不會發現妳想用來打胎。而且懸州天冷、空氣稀薄，胎蠶不好生養，總會死個幾隻。」

我嚥了嚥唾沫。

我其實想問……如果被發現了，自己受罪就算了，但是否會影響到丈夫的職務？我卻不敢問，因為答案是肯定的，我只不過是想尋求安慰。

學徒的眼睛終於看我了，音量恢復正常：「如何？要來一份嗎？」口氣跟詢問客人要不要來上一份他強力推薦的補身藥方如出一轍。

我的手抵著肚子，咬著唇，說：「抱歉……再讓我想想看。」

我趕緊低頭走開，去門檻接夏和。

甘草糖吃完了，但夏和仍乖乖地在原地等我。即使看到沒有載客的蛟龍忽然興起而在水道中翻躍、濺起好大一波水花，惹得被濺濕的人們難得在街上傳出連連驚笑，他連跑過去湊個熱鬧也忍著。明明那不過是十步遠的距離，我不會找不到他的。

看著他的小頭顱好奇地追著那隻頑皮的小蛟龍游走，但身體卻有著大人般的自制力在把持，我突生一種愧疚感。不知道是不是最近與羽郎的疏離而讓這孩子提早長大了，讓他比同齡的孩子更能溝通，那種天生的頑皮勁似乎就這麼悄悄地略過他的童年。

我來到他身邊，擁抱他，誇獎他。夏和好高興。

「我做到了，對吧！」他說。

「咦？娘有規定你要做到什麼嗎？」

「不是娘交代的，是爹爹。爹爹說我乖的話，他就會一天給我一根羽毛。他自己身上的羽毛。」

「羽毛？」

「我每天晚上都會跟爹爹報告我今天的狀況喔。」

原來如此，每晚父子倆在玩著毛猴大兵一邊說著悄悄話，是為了羽毛的事。這對父子真的已親密到無法輕易分離的地步了，而羽郎也能因此積極參與到夏和的童年。

但是為何要給羽毛？

「羽毛很重要，我一定要拿到一千根，甚至更多！」

好堅定的語氣。

「拿到一千根，甚至更多，會怎麼樣嗎？爹爹要瞞著娘給夏和什麼大禮嗎？是毛猴騎兵隊嗎？」我開夏和玩笑。

「才不是毛猴騎兵隊這種小孩子玩的東西呢。」只見夏和板著臉、嚴肅地說：「爹爹要教我『變身』！」

我一愣。半晌無法回話。

夏和歪著腦袋。「娘妳聽不懂嗎？」

我勉強笑著。「不懂，什麼變身呢？」

「爹爹說我長大後會成為鳶人啊。」夏和說得理所當然：「他不但會教我怎麼變身最快，還會教我飛到別人都追不到我喔！」語氣頗為驕傲，或許在夏和的眼中，羽郎的鳶身是最完美無缺的，而能有這樣的老師教導他，早就是一份價值超過毛猴騎兵隊的大禮。

我聽了，五味雜陳。

為什麼呢？夏和意識到自己長大後也會成為鳶人，這個時機怎麼偏偏還在這時到來？懸州情勢還平穩時，夏和還小，因為看到羽郎的模樣甚至還嚇到大哭過。如今他似乎忘了那種驚懼，反而崇拜起鳶人了，甚至希望成為他們的一份子。

我當然很欣慰他崇拜自己父親的種族，而那也確實是夏和生命的根，可是選在這時立志成為鳶人，是有什麼樣強烈的將來在驅策他嗎？

那個將來，我很害怕聽到。

但夏和卻覺得把那個將來說出來，身為他母親的我，也一定會為他感到榮耀。

「妹妹就要出生了。」他光亮著小臉說：「我要保護她。」

「妹妹？」又是一句我不解的話。

「爹爹說娘這次一定會生妹妹。」

對了，羽郎一直想要有個女兒，懷第二胎之前，就一直「女兒、女兒」地掛在嘴上。他說若有個女兒，又可以看到我小時候的樣子。「這次，我要為那個小婗之做得更多。」他這麼跟我說過：「讓她以後想到自己的孩提時候，就像糖一樣甜。而這是我小時候無法為這個大婗之做到的。」

羽郎也不是沒有在飯桌上提過，但如今他竟然將自己希望有一個女兒的心情當成事實，讓兒子牢記在心了。

「爹爹說他在我這個年紀的時候，就在保護娘了喔。所以我也得好好努力，讓自己變強壯，才可以保護娘和妹妹啊！」

我深呼吸。「……用鳶人的力量保護嗎？」

「是啊！」

我看著他的眼睛，不知不覺中，已把他當成大人一般地對話。

「夏和，你不怕鳶人了嗎？」

「不怕呀！」

我有點殘忍。「你記得嗎？你小時候曾經被爹的鳶身嚇到了。你真的想變成那樣的鳶人嗎？」

「那樣的鳶人有什麼不好？」夏和馬上反問。

「這……」我又想到了，再說：「記得我們剛遷來這座島的時候嗎？你不是說那些鳶人孩子都在欺負你，說你是沒翅膀的傢伙，你可不能因為一時生氣，就想要變成有翅膀的人去報復人家喔。」

夏和露出困惑的樣子，搖搖頭：「我沒這麼想過耶。這樣不是很幼稚嗎？」

是啊，娘真是幼稚啊。

「娘忘了爹爹保護我們的樣子了嗎？」

這次我真的無言了。

「我覺得那樣的爹爹很厲害喔。」夏和滔滔地說：「後來他們再笑我，我就鼓起氣回他們嘴，告訴他們爹爹是為了救我和娘才受傷的，而且一下就把那些鷲人打飛喔。他們竟然還以為我騙人，還好有一個傢伙跑回去問他父親，他父親說是真的，爹爹真的打倒了那些鷲人好救出我們。他們才終於相信了呢。」

「……是嗎？」

「現在我們還變成好朋友喔。」

所以有時晚飯前夏和才會不在家，反而是被下職的羽郎從街上牽回來……我這陣子太過沉浸在自己狹隘的世界中，竟然真的忽略了夏和的成長了。

夏和下了結論：「我想變成像爹爹那樣勇敢又強壯的鳶人，然後保護自己的家。」

「就這樣？」

夏和再強調一次。「就這樣而已。」

我撇開頭，強忍著自我嫌棄。

我在做什麼？我竟然得讓自己的兒子來教導我本來就知道而且從小一直在守護的事實——鳶人是美麗的。

這些日子，我到底是在害怕羽郎因我們而喪生，還是單純是自己起了壞心眼，疏離起被牧軍省逼得像野獸一樣大啖生肉的鳶人呢？

我竟然不敢肯定地說出答案。

而這孩子也會變成鳶人嗎？這個問題，好久沒想了……不，應該說，好久沒有抱著一顆善意的心來思考這個問題了。

我安靜地牽著夏和走了一段路，在對自己的厭惡中載浮載沉。

夏和察覺到我的沉默，便也靜了下來，即使上下蛟舟，他也不管水道的顛簸，一直緊緊地握著我的手，就怕我離開他。結果老是重心不穩、連我一塊絆在充當水上階梯的枕木上。

真糟糕啊，我怎麼會讓一個那麼小的孩子為我擔心呢？我得堅強起來才行。

後來，在蛟舟上，我忍不住伸手，摸著夏和的背骨。

好像有點隆起。

「會痛嗎？」我問夏和。

「不會啊。」

「那代表翅膀還沒長大喔。」

夏和瞠大眼，有點不可置信地看著我。

彷彿前一刻還限制他到街上玩，現在卻答應帶他去看島外的雲峰似的驚喜。

我繼續說：「等翅膀真的要出來見你，夏和可能會痛得哇哇叫。」

驚喜的臉色變成驚懼。「咦?!」

「爹爹以前痛到連發好幾天高燒呢，」我好久沒有用懷念的語氣談自己和羽郎之間了。「虛弱到娘都可以把他推倒。」還有被一群平常就吃他虧的孩子們痛毆，那段時候我也不好受，因為說什麼都得咬牙替羽郎擋拳頭。

小時候那種以為自己也可以保護羽郎的天真單純，真美好。為什麼我不能再得到這份純真呢？

好像感應到那種長大的疼痛，夏和嘶嘶叫。「真的……那麼辛苦啊？」

「但你得忍耐。」我緊握他的手，心中因夏和而有了一點勇氣。「因為那是變成美麗的鳶人之前一定會經過的痛。當然，不管怎麼樣，娘和爹爹都會在你身邊陪你、照顧你，你不要害怕，也不要被擊倒嘍。」

這些話也是說給我自己聽的。之前因我和羽郎的衝突所導致的任何傷痛，或許也是為了讓我們這個年輕的家庭能扎出更深、更穩的根？只要我像小時候一樣忍耐、勇敢，時而被羽郎保護，時而輪到我守護羽郎，然後一起走到最後，一定可以看到什麼美麗的風景吧？

「啊，就跟拔牙一樣嗎？」

「哈。」

「要拔牙了，就表示我長新牙，要長大了。」

「對，夏和說得好。」

我摸著夏和的軟髮，唇輕輕地碰觸了他的臉頰。

羽郎說，他想要為小娊之帶來一個像糖一樣甜的童年，好讓那個大娊之忘記成長的苦澀記憶。我看著也是小羽郎模樣的夏和，同樣想為他付出當年那個大羽郎所得不到的母愛。

如果有母愛支持他、保護他的話，說不定羽郎的翅膀會更加豐壯？

我們下了蛟舟後，我的腳步變輕快了，與夏和回家用了一頓快樂的午餐，並難得用心地為羽郎準備了晚飯的菜單——雖然，依舊只有生馬肉而已，但生馬肉總也能做出點變化吧？

對野獸來說，生馬肉是食物，對人來說，生馬肉卻是可以調味的食材。人與野獸最大的不同，就是人擁有味蕾，總是尋尋覓覓著美味的享受。

只要羽郎還知道怎麼分辨「好吃」、「難吃」，他就是人。我切著辣椒、南薑、蔥韮、以及各式香料時，心裡這麼想著。

我更問自己——我還要害怕嗎？

我可以拿回「我也可以保護羽郎」的那份純真吧？

我為何不能信任，這個家有羽郎和夏和的保護，一定會更好的事實呢？

我怎麼可以不讓第二個孩子生下來呢？我怎麼可以擅自奪走小娓之享受父愛的權利呢？而那恰恰是大娓之當年被剝奪的東西，因而讓她的生命缺了一塊什麼的原因啊。

我天真地想、逃避地想，甚至有勇無謀地站在被自己眷養在心中的那頭怪物面前，對牠大喊著：不！不要再靠近我了！

我不會再用不安、恐懼餵食牠了。

絕不！

當然，曾經動過殺害自己孩子的念頭，偶爾碰觸了，還是會讓我感到愧疚和噁心。

尤其面對每晚必須餵羽郎吃食的那盤生肉，我便想，我差點兒就讓胎蠶將羽郎的女兒變成一團軟爛、無生機的肉。

我不斷深深地呼吸，控制那頭野獸，不再讓牠利用罪惡感來駕馭我。

我用大量的辣椒、南薑、蔥韮等香料碎末以及米醋、生抽拌勻生馬肉，使這道生馬肉變成一道可口的菜，而不單單只是死馬破碎的屍體，更不會是嬰兒的殘骸。

羽郎回來了，夏和馬上奔跳著去迎接，並討著羽毛。即使上職十分疲憊，羽郎也會笑著擁抱夏和，安靜地聽他一天的經歷與心情。前陣子與他陷入冷戰時，他更是隱忍著哀傷與擔憂的情緒，不讓夏和察覺我和他之間的疏離。

他是個好父親，時時刻刻都在為孩子的心情著想，只為了不讓他也遭受自己小時候的那種不安與驚恐。

我也得努力才行。

當他看到我端出那盤色澤繽紛的涼拌馬肉，並問他要不要先來碗醃酸魚湯暖暖胃的時候，他一臉怔愣。

我舀湯時，特別說明：「我有注意炭火的使用，不會被懷疑的。」之前我擔心被懷疑烹煮生馬肉，因此根本不煮飯、不煲湯，全家只吃中午在餅舖買來的粑粑或乳餅，冰冷冷的。

羽郎接過湯碗，視線仍緊緊地抓著我。

「因為不敢用太多炭，怕有油煙，所以不知道蕎麥飯有沒有炊透，你吃吃看吧。」我又遞過一碗盛得滿滿的蕎麥飯給他。

羽郎嗯了一聲，有些笨拙地嚐了一口蕎麥飯。

他笑得有些僵硬。「嗯，透了。」他說：「好吃，婗之。」

他又扒了好幾口，可能太久沒吃到熱呼的飯菜，竟把貧乏的蘿蔔和無味的蕎麥飯嚼得津津有味。

我替他夾了一口涼拌生馬肉。「哪有光吃飯的，配點菜啊。」

生馬肉被醃過了，色澤亮麗鮮豔，不再是滴著血水的生肉。他又愣愣地看著透著醃料與米醋香氣的生馬肉，許久許久。

見他遲遲不入口，我自己提了筷子，先嚐了一口。

我認真地品著味道。「嗯，味道剛好，偏酸一點，你會喜歡的。」

羽郎的眼睛就跟夏和中午看著我的轉變時一樣，瞠得大大的。

「吃吃看啊。」我催他。

他聽我的話，嚐了。

今晚，他吃進口中的，是妻子精心烹製的菜餚。不是血色的生肉。

他沙啞地說了一聲：「好吃，婗之，很好吃。」

這一句飯桌常見的家常話，卻替我們證實了一個事實——他是人，是喜於享受味蕾變化的人，不是不辨五味的野獸。

我笑了，再吃一口。「我也覺得我拌得很好吃。挺開胃的。」

夏和也舉著手爭：「我也要我也要！」

我夾給他。「有點辣，只能吃一點喔。」

多一個人吃，羽郎就不用一個人吃這麼多了。只要早些把配給的量吃完，到下一個配給日之前，我們家的餐桌就可以多一點變化的餘裕。

羽郎始終低著頭，沉默地吃著。

我試著多說些什麼，讓飯桌活絡一點。我知道我之前錯了，是我的偏執讓這個飯桌已經習慣沉悶太久，所以我不怪羽郎的安靜，相反的，我有責任讓它再熱鬧起來。

我喝著魚湯，邊說：「你上次，不是有送我一匹布嗎？」

羽郎沒有抬頭，只是嗯了一聲。

我繼續說：「我想要拿來做衣服。」

又是嗯。

「除了做我自己的，也想要做女兒的。」

羽郎的筷子甚至拿不穩，掉了下去。夏和趕緊幫爹爹撿起來，並拿雙新的過來，十分體貼。

「你會不會覺得太早？」

羽郎搖頭。

「太好了，畢竟你不是一直想要一個女兒嗎？我相信……」我深深地看著他：「肚子裡的孩子就是一個女孩。」

我更想說的是——羽郎，我們一起努力吧。

我不會再退卻，扔下你一個人徒勞地在這座孤寂的懸州島上奮鬥。

我也不會再恐懼你會因為保護家人而離開我們，因為我會牢牢地抓住你的靈魂，讓你回到黑虛之海前必然想起我們需要你、思念你、深愛你的臉，相信那時候你絕對不會走得這麼瀟灑的。

我們是一個即將迎接第二個生命的家庭，為了守護這兩個幼小的生命，不只是作為家庭枝幹的父親有責任，母親也應該要有學習變得堅強的義務吧。

這是夏和教會我的。他提醒了我羽郎曾經失去過的堅韌母愛。

「對了，給她取名字吧，羽郎。」

羽郎終於抬起眼了，他的眼睛是紅的。

我假裝沒看到：「夏和是夏天生的，如果順利的話，妹妹會是春天生產，我希望她長大後漂漂亮亮的，不如……」我想了一下，說：「就取『孅』吧，美麗的意思。」

夏和復述一次：「春孅嗎？」

「沒錯。」

羽郎低下頭，好像在避開什麼。我知道他在躲自己的眼淚。他上次看見自己的眼淚，是夏和害怕他的鳶身的時候。

希望這次的眼淚，是可以讓他感到幸福的。這是我唯一可以向他贖罪的方式。

我明白他為自己的眼淚感到尷尬，便這麼藉口：「我去拿一下那塊布，看看怎麼打版較好。如果布不夠，你還得再破費買給我們兩個呢。」於是就進了房去，讓羽郎有時間處理自己的脆弱。

堅強再久的心一旦鬆懈了，一定是非常柔軟的。更何況是一直深深地愛著我們的羽郎。

我到房裡搜出那匹布時，房門咿呀地開了，我以為是夏和，便喊：「夏和，沒事，去陪爹爹吃飯，娘一會兒過去——」

可我話還沒說完，一個高大的影子罩了過來，然後急躁的窸窣聲洶湧地包圍我，將我拉入熱烈的懷抱中。是羽郎。

他擁抱我的手、他貼在我頸子上的臉頰、他靠在我身上的呼吸，一直在顫抖。

「羽郎？」我翻過去，想看看他。

他卻將我箍得更緊，像膩著母親撒嬌的孩子似地，一直搖頭。

他不要我看到他哭。

而我確實不能看，看了，我一定也想跟著他掉眼淚。

因為那正證明了，我竟然遺棄他這麼久。而他雖然表面堅強、容忍，可是他的心或許也只是一個孩子，能為自己做的，就是像無助的乞丐似地等待著母愛的施捨。

「羽郎，我……」我仰著頭，用力不讓眼淚掉下。「前陣子，是我不對，我想開了，我很對不……」

他又搖頭，搖得更猛烈。他不要我說對不起，好像我虧欠他什麼似的。

羽郎就是羽郎，最脆弱的時候也想著要包容我。

既然不要我說對不起，我想了想。「那麼，羽郎……」我說：「我願意再為你努力一次。」

上次，讓我下這層決心的，是跟他一起留在懸州，生下夏和，一家人不再天上、地下地分開。

「我願意跟你一起相信，我們會過得很好的。就像你一直希望的。即使我還是很害怕，可是，我會用力去相信的。請你信任我。」

這次，也還是留在懸州的決心——卻是繼續留在戰後殘破而緊繃、甚至依舊充滿秘密的懸州島上。

我還必須努力，去克服之前驚擾我的那一層又一層的疑懼，去拴住那頭容易疑神疑鬼、敏感易怒的怪物，可是至少我有這個勇氣，試著去成為丈夫的支柱。

羽郎的欲求低，光是如此，他就已經好滿足了。

我的丈夫，深愛著我，有時我會對他的愛感到窒息和壓迫，可是神奇的，有時卻又是這麼簡單而純粹的道理。

無論如何，幸好，我的丈夫是羽郎。

「謝……謝……」

最後，他只說得出這個字，其他的話語都被他的哽咽與抽噎吃掉了。

他哭得像個孩子。

這是我自懂事以來，第一次看到羽郎將脆弱表達得這麼激烈。

羽郎在夏和驚訝的表情與注視下，坐回飯桌。

「……你哭了。」他認真地表達，並沒有取笑。

「嗯，是啊。」羽郎吸吸鼻子，對兒子微笑。

「……為什麼哭？」

「沒什麼。」

「娘欺負你嗎？」夏和竟責備地看著我。我真無辜。

「沒有。是娘躲起來太久了，爹爹好不容易才找到她，太感動了。」

夏和嘟著嘴，責怪我「玩捉迷藏」玩得這麼沒有節制。

羽郎這才噗嗤地笑出聲來。

「別怪娘。」羽郎看著我：「算是一報還一報吧，以前，爹爹也跟娘玩過捉迷藏，讓你娘嚇壞了。」

以前？我怎麼沒有印象？

「真的啊？」

「是啊。」

「爹爹捉迷藏很厲害？」

「不差。」

「那下次你來跟我們玩。」

「好啊。」

「那娘最後有找到你嗎？」

「有。」

羽郎仍是緊盯著我，好像我離家太久，他好不容易才看到我，看我看不膩似的。我有些難為情，起身收拾了碗盤——生馬肉難得吃得一乾二淨。並準備一些上回烤的蕎酥出來，讓這對父子佐著梅湯當點心。

「……你知道你娘最後是怎麼找到我的嗎？」

我從灶房出來時，聽到羽郎這麼問夏和。夏和搖頭。

羽郎將別在他衣襟上的甜乳花摘了下來。從早上別到現在，已經有些枯黃了。

「是這個。」

夏和捧著，開心地聞著屬於父親的味道。

「你娘把甜乳花偷偷地別在爹爹身上，讓爹爹到哪兒都逃不了她的鼻子，就這麼被找到嘍。」

夏和笑開了臉。「哇，娘，妳好聰明啊！」

老實說，我怎麼也想不起來有這麼一回事。幾歲時候的事呢？

夜晚，夏和在得到了他的獎品——羽郎的羽毛後，就安安份份地回自己的房間睡下了。

羽郎進了房，將那朵枯黃的甜乳花擱在小几上。

他小心翼翼地問：「……我還可以，買甜乳花吧？」

我想起前幾天對他說的那句殘忍的話。我甚至想要他戒掉甜乳花的癮。想想，真是不近人情。

他又問：「我們的家計……還可以嗎？」

我坐在銅鏡前梳著髮，看得到背後的羽郎。他就像個被嚴厲的母親斥責的無辜小孩。

我有點心疼。「我騙你的。」

羽郎也透過鏡子的折射看著我。

我深吸口氣。「我以後不會再說了。要買多少，都可以。」

我終於知道那隻充滿疤痕與繭皮的手為何要這麼溫柔地捧著甜乳花。

因為那無關神聖、無關潔淨，只因為那真的是他的生命。他永遠也割捨不下。

「謝謝妳。但是，」羽郎卻說：「這樣不夠，婗之。」

「咦？」

他深深地望著我：「當時妳答應我留在懸州，曾經允諾我一件事。記得嗎？」

我一愣。

以後，我每天早上，都會為你別上甜乳花。

當然，我沒忘，那是我親口給他的承諾。

我垂下眼。「當然記得。」只是鶩軍事變後，我忘了很多事。連羽郎是多害怕寂寞的事實都可以忘記，又怎麼會將這簡簡單單別花的承諾掛在心上？

「那可以兌現嗎？」他的口氣變得央求，像是撒嬌。「每天、每天，都要親手為我別上。不可以偷懶。」

「你啊——」我怕我又輕易忘了，我怕我又讓他失望了，於是彆扭道：「自己別上不就好了嗎？」

「不可以！」他嚴厲地否決：「沒有妳，甜乳花就沒有意義。」

我想起松閔說過的話。

佐大人他……一直以來，都把甜乳花當成夫人。

所以當夫人真的來到他身邊時，他就不需要甜乳花了。

我以為這就是甜乳花的意義，羽郎把甜乳花當成是我的化身。但我卻從沒有細究過，為什麼他要把甜乳花當成是我？又為什麼不是由我親手為他別上，甜乳花就失去意義？

只因為我曾經偷偷將花別在他身上、玩了一場我已經記不起來的「捉迷藏」？

「好好，我知道了，」他好認真，我便找話題來緩一緩他這過於嚴肅的堅持：「一個大男人，又當了這麼久的軍人，怎麼這麼喜歡甜乳花呢？」

好久以前我就問過他這個問題了——為什麼我會「成為」甜乳花？我身上並沒有甜乳花的香氣啊。

而他一如以前，即使前一刻還繃著臉，下一刻卻好像被什麼溫暖的記憶暖化了，讓他輕笑一聲，卻笑出了幸福與滿足。

「妳知道的，娪之。」

他站起身，從後面擁住了我。

「只是妳忘了。」說完，他親吻我的臉頰，並埋在我的頸窩裡，蹭著我柔軟的皮膚。
我笑笑。「看來我們小時候那場捉迷藏，真的滿激烈的。」
好一陣子，羽郎沒有出聲。
「羽郎？」
「我差點兒找不到妳，娓之。」他啞著嗓子說：「可我現在又找到了。」
「你可千萬別哭。」我拍拍他的肩，開他玩笑：「否則我會被你兒子嫌棄死。」
他讓我手裡握著那欉甜乳花。
他看著我，眼眶果然又紅了。
「真的，答應我，妳要每天拿著這些花，為我別上。」
他聲音裡仍有令人放心不下的脆弱。
「只要妳每天都為我別上，讓妳的身上也有甜乳花的氣味，我就可以一直、一直找到妳，就像妳當初找到我一樣……」
又是「當初」。
「最好妳身上放一朵，家裡也擺一欉，不要讓這些花離開妳身邊喔。」他再三叮嚀，像孩子要糖一樣堅持又任性。
我不懂，這到底是出自何種心情的執著？
「這樣我才找得到妳啊……時時感覺得到妳的存在，就像妳曾經如此……需要我……」他低啞地說著，濕潤的唇開始尋找我衣襟的縫隙。
好像咒語似的，他再強調一次。「對……就像……那個時候一樣。」

還有「那個時候」。

或許，「當初」與「那個時候」，就是甜乳花之於羽郎生命的意義。

可是，「當初」與「那個時候」到底發生什麼事？我完全想不起來我曾對他做了什麼。真是他告訴夏和的那場「捉迷藏」嗎？但單單一場捉迷藏就可以讓他如此眷戀於甜乳花？

但我不多說，只是一逕地答應他要我答應的事情。而且我已經無法思考了。

羽郎此刻緋熱的身體也受不住衣物的束縛，自願卸出一身可口的豐滿春光，用肌膚的磨蹭來引誘我。不同的是，他不會再是單方面的討好了。他抱住了我，我也抱住了他，我打算用我的熱情回應他，用折磨他的方式讓他知道我也渴望著他的身體。而他也樂於讓我當他身體的主人。

羽郎無可自拔地呻吟著。既痛苦，又歡愉。

「我也可以保護你。對吧？」我將他壓在身下，好像征服了他。

他被折騰得滿臉潮紅，喘著氣，仰著頭，親吻我。「當然。」他寵溺地說：「我需要妳保護。我需要妳啊，娓之……」

說著，他張開了翅膀，緊緊地包住了我，以免從門縫間竄進的冷風吹涼了我的身體。

總是如此。

我知道，我不但沒有征服他，終究還是在依賴他的羽翼對我的包容與順服。

讓我可以擁有「我也可以保護羽郎」的純真。

至於懸州到底允不允許我再次擁有這份純真……

我可以不要想這個問題嗎？

高穹

我們平靜地度過了兩個月。

肚子漸漸隆起。春孅可能生出了手與腳了——羽郎與夏和總是興奮地想像著。

而我有了懷夏和的經驗，讓春孅活在我體內便容易許多。身體不但適應了第二個生命的重量，我也知道日常該如何行動才能讓我們母女倆都安安適適的。

因此讓夏和進入懸州義塾旗下的識字堂開始學習牡國文字後，我也應了街坊自辦的「輔翼團」的邀請，開始在島上辦理一些百姓也可以參與的防務。

這個輔翼團的成立也不過一個月的光景，雖說「民間自辦」，但主要也是源自懸州新頒布的政策，說是軍民一心，懸州的安全穩定人人都有責，不論大人孩子，也不分男人女人，都應盡心出力。而鳶人是懸州主力，而百姓就是鳶人的輔翼，輔翼團之名因此而來。

這些防務的名目零零總總、包羅萬象，只要和牧軍省牽扯上關係的，即使只是幫落場灑掃、替戰士洗衣燒飯等日常，都屬懸州防務。當然，有時我們也不知道自己在做什麼，僅僅是照著上頭的指示去執行而已。

比如此刻，我和街坊一起站在島外，在被勁風吹矮的青草間，尋找著教官說的鋼線。每組輔翼團都會分派到一名編制中的現職軍官，教導我們這些百姓應該如何協助他們處理防務，我們尊稱他們為「教官」。

以前防務還不這麼嚴謹時，百姓出島的目的是讓被窨城悶潮的骨頭曬曬太陽、吹吹讓背風坡擋下的無害微風；後來因為不想讓百姓知道懸州島的移動軌跡，加上鷲軍事變的打擊，島外的一切都成了牧軍省積極保守的秘密，曾經背風的草原上傳來的闔家團聚、嬉笑遊玩的風景都成了泛黃的往事。那麼，現在為何會准許我們出島呢？

「軍民一心嘛，自己的百姓信不過，還能做輔翼嗎？」教官是個老實人，當他用這麼誠摯的語氣說時，頗具公信力，我們也就相信了。

這裡本就是一座軍島，把百姓都納入動員的儲備名單，是很合理的人力運用。大家都這麼認為，而我也這麼安撫著我心中蠢蠢欲動的野獸。

羽郎知道我要出島，一大早就叫松閔準備風乳汁讓我喝下，所以我的呼吸除了都是青草味之外，倒是順暢，只是這島外的風確實像把刀子，如果不把全身用雙層麻布、中間再夾層棉絮的護衣包得嚴實，皮膚只要沾一下風就會教人血肉飛綻。因為雙目也得用透明的琉璃鏡衣保護，因此使人的視覺變得遲鈍，據說別島便發生百姓沒留意到流雲的逼近，而被硬生生地推下島去的慘事。出島於是得視天氣陰晴而定，雲多時，不開放出島。即使出島，也會命令每個人的腰上都必須繫上繩索，以防萬一。

但依舊是可憐了羽郎，他像個操心得幾乎嘔血的老母雞，張羅風乳汁的劑量、確定護衣織得密實沒有半點隙縫、檢查琉璃鏡衣沒有任何龜裂導致讓人看不清四周動態，並到出島的洞口摸過每一綑救命繩，卻還是不放心，甚至想過要向上級提出基地調職令，派駐離我出島較近的據點待命。

真是的，把我當成三歲孩子似的！我把他唸了一頓。兒子第一次上學他都沒這麼關心呢。但是嘴巴唸他，心裡卻很溫暖。尤其我出島結束後的第一晚，我是被他舔著進入了歡愉的高潮，我就像剛出身的小犬，被母親的舌頭細細密密地疼愛著、守護著。羽郎毫不害臊地說：「被鳶人舔過，就不怕那惡風了。」他說得正經八百的，之後每一晚都如此奉行，而與其他鄰坊相較，我的皮膚確實還維持著原樣，鄰坊即使保護措施完善，風依然將他們的皮膚吹得乾裂。當然，我不會告訴他們每晚羽郎都為我做了什麼。

久而久之，我竟也覺得自己受到了鳶人力量的保護。

而他會這麼惦記著，因為他是鳶人，最清楚島外的險惡。

至於我們的工作內容，在穹城內，教官已先為我們上了一課。第一步，要先在草地上找到鋼索；第二步，將鋼索微微拉緊，然後釘下大約有人指長的樁柱；第三步，將鋼索卡在樁柱上的卡榫上。做這些工作時要特別小心的地方，除了要隨時注意自己的四周有無流雲逼近，也必須拿捏鋼索的緊度，不可綳得太緊，讓這些鋼索彈出地面。

我們從來不知道這些鋼索是什麼。當我們發現這些鋼索時，通常是找到它們的頭尾，它們的中段是埋在草地下的。

「絕對不可以翻起來。」教官非常嚴厲地警告我們：「即使你們沒出事，也將依照洩密罪移交軍審判刑。」

被這麼義正辭嚴地警告，甚至都搬出軍審了，自然沒有人敢翻出這些鋼索一探究竟。就連挖泥土都是被禁止的。總之，我們完成這些鋼索上卡榫的工作後，這整片島外的草地必須依舊是綠油油的一片，一點泥黃色都不能看到。

自從在島外做了這些工作後，才知道玄龜的背殼有多麼巨大。就像內地那片一望無際的草原，若不前行，根本看不到盡頭。

這樣渺小的我們，已經花了一個月的時間在草原上尋鋼索、上卡榫的單調節奏中度過。中間也有幾天因為天陰多雲而停止執行，但即使天晴時節居多，我們這一隊輔翼團的進度依舊只走過玄龜的一半而已。而我們走得越遠，心理負擔也就越重。因為保命繩越拖越長，到底可以支援我們到哪裡呢？我們都有點擔心。

「啊！你們看！」忽然，有人大叫。

我們都嚇了一跳，以為是流雲來襲，彼此的第一反應都是匍匐在地。

「抱、抱歉，不是流雲啦！大家快幫忙看一下——那是什麼?!」

「真是的，別嚇人啊。」

發現不是流雲，大夥邊碎嘴抱怨、邊爬起來，循著那人指的方向看去。

大家必須全力仰頭，才能將藍得深邃眩人的高空一目望盡。

「對呀……那、那是什麼？」

一道白色的軌跡，筆直地劃過天際，並且仍繼續慢慢前行。

大夥緊張地望向教官。「教官，那是敵鷲嗎？他們又培訓了奇怪的新種嗎？」

教官也仰頭跟著望去，然後對天際張臂大喊：「大牡鳶軍！武運昌隆！」那是我們這座軍島上對大司命陛下與軍隊最標準的禮讚手勢與口號。

大夥都是一愣。

教官笑道：「就只有空國能培訓新種嗎？我大牡鳶軍可不比他們差呀。」

「那真是我國的大牡鳶軍？」

「沒錯。」

「我們的懸州島已經夠高了，他們還飛得這麼高?!」

「不，那還不是制高點。我們希望他們可以爬升到萬呎以上。」

「什麼?!身體承受得住嗎？」

這也是我關心的問題。

大夥七嘴八舌地討論著。教官一一解答著我們的疑問。

「所以才必須加強訓練。必須連白色的軌跡都不會出現，才算合格。」

「那白色的軌跡是什麼？」

「氣息、體熱、汗水、羽毛的碎片……什麼都有。畢竟萬呎高空太冷了，只要有一點水氣，都會凝結成冰。」

「那羽毛的碎片是？」我也忍不住問問題。

「鳶軍的羽毛即使再保暖，但只要體內血液不通，該部位的羽毛就會像枯葉一樣脫落粉碎。各位的丈夫也是鳶軍，應該也遇過脫毛的問題吧？」

「是啊，冬天一到，氣血不足，我家那口子一變身就頻掉毛呢，很惱人。」

「我孩子的爹也是呢！不論冬天還是換毛的季節，都得勤清掃。」一堆人附和著。

「但這樣會洩漏軍情，因此現在正在進一步訓練如何避免這道軌跡的發生。若連你們都看到了，那敵鷲沒道理看不見，這樣就失去了這支『高穹軍』成立的意義了。」

高穹軍。甚至連名稱、軍符都區隔出來了，可見這也是牧軍省的一項新作戰方針，畢竟鷲軍事變後，空國又移動到比懸州更高的空域，重新取得對我們的制高點，造成懸州防備與進攻的負擔。而且這跟食肉令一樣，不怕被我們平民軍眷知道，或許他們更希望我們成為改造這些鳶人的助力？

像是一場精采的戰備演說，教官繼續：「若我們能無聲無息地取得對空國的制高點，不論是側背奇襲還是正面進攻，都能取得絕佳的成果，因為他們總以為自己的住島飛得夠高了，絕不可能有敵軍位處比他們更高、更嚴峻的位置，但我們大牡鳶軍就是能！所以我們輔翼團要為這些偉大的鳶軍與高穹菁英軍做好完備的後勤與後備，讓他們可以毫無後顧之憂地向前衝鋒……」

後面又說了什麼，我已經恍惚了。

我只想到——

高穹菁英軍的訓練……不就是要鳶軍停止呼吸、流汗、甚至不讓身體發熱嗎？同時又要他們的血液活絡、不讓羽毛脫落……這些要求太強人所難了。

受不了的鳶人，會不會因此喪命？

我心中的那頭野獸，又在蠢蠢欲動。

我再次抬頭，專注地望著那道不斷綿延於遠方的白線。

那就是鳶人的飛行軌跡啊……就好像發現了風可能也會有顏色、讓我們知道吹拂的方向，鳶人的飛行軌跡也令我感到稀奇。原來鳶人可以飛得這麼直，像是拿量尺畫出的直線似的。

而且，由他們的汗水、體熱、羽毛所組成的白色軌跡，就像雲一樣潔白，那種鮮明的感覺，是連深到令人暈眩的藍空都吞噬不了的存在。雖然那是他們在消耗生命的象徵，但是還是不得不說……好漂亮的風景。

羽郎是不是也被調到高穹軍了呢？

如果他也必須飛得這麼高，他看得到我嗎？

當然，我最關心的，如果他真被調職的話，他的身體負荷得來嗎？牡國對菁英的定義，就是在艱困環境中活下去的人。

心中的野獸又猛地撞了我一下。

我深吸口氣，趕緊低下身幹活兒。

由我這樣料理馬肉、讓生肉也能成為一道入口的佳餚之後，羽郎不再排斥食肉，甚至期待晚餐的馬肉會用什麼樣的滋味上桌。

今晚，馬肉佐了生洋蔥、大蔥、蒜苗等嗆味十足的配料，帶著老米醋、酸梅漬的香氣登場。

他耐心地替夏和剔了熟透的雞骨後，便迫不及待地夾了一口洋蔥與馬肉吃。

「抱歉，變化不大。」看著他專心地品嚐，我有點心虛地說：「有點山窮水盡了。」

他搖搖頭，很滿足。「妳在說什麼？還是一樣好吃啊。」又吃了一口蒜苗配生肉。

「是嗎？」我看他筷子沒停過呢，或許真的有抓住他的胃。「你喜歡就好。」

看著羽郎從不喜吃肉，到現在無肉不歡，我才知道，人確實是會被改變的。

食肉令與高穹軍，會帶著鳶人前往什麼樣的地方呢？

「今天，我看到了娓之。」羽郎突然說。

「咦？在哪兒？」

他笑。「島外。我要降低高度的時候，看到妳披著我替妳選的護衣，一眼就認出來了。」

「我竟然沒看到你？真是奇怪了。」隨時要注意流雲動向的我，應該也會看到朝本島盤旋而來的鳶人。

「妳當然看不到我。」

「為什麼？」夏和插嘴。

「因為那不是用眼睛可以看到的高度。」

「哇！爹爹可以飛這麼高啊！」

羽郎沒說什麼，只是替夏和撥好他的髮鬢，不讓他沾到蕎麥粒。

我說：「……是高穹軍嗎？」

羽郎一愣，看著我。

我連忙站起身到羽郎身旁，抽起他的手、捲開袖子、又扒開他的衣襟，查看他全身的皮膚。

「娓之？」

鳶人如果掉毛的話，皮膚會特別紅腫粗糙，因為都是失去了羽根後、癒合不起來的坑洞。

「果然有點腫……夏和，去拿藥來。」

夏和回過神，跳下椅子奔去拿澤膚膏來。澤膚膏是用牛骨髓、酥油熬成的膏藥，鳶人脫毛後毛孔撐大、容易乾燥龜裂，塗抹這種膏藥可以收口滋潤。

我又連珠砲似地問羽郎：「會不會喘不過氣來？你身子還真有點冷，吃了這麼嗆的食物，怎麼都不會流汗呢？」

羽郎噗嗤一笑。

「我在擔心你啊，你笑什麼？」我責怪。

「我前陣子，大概也是像妳這樣吧，嗯？」

知道我出島吹惡風，他也像現在的我一樣，把我全身上下翻了一遍、摸了一回，問東問西，就怕我的身子哪裡出了差錯還不自知。

我們都一模一樣，因為關心對方，害怕對方受到傷害。

夏和拿來了澤膚膏，我坐在羽郎身旁替他塗抹。

夏和看著。「爹受傷啦？」

我不想讓夏和擔心。「爹換毛了，皮膚變粗了，擦點藥會舒服一點。」

「換毛的話，身體會痛嗎？」

羽郎想了想。「大概就像掉頭髮一樣吧。」

「那不是沒感覺嗎？」

「是嘍！所以夏和別怕，換毛沒感覺的。」

聽爹爹這麼保證，夏和鬆了口氣。因為飯桌上沒有他喜愛的菜，草草吃了一碗飯，便端著他的毛猴大兵與練字本出去找同學了。

我想起教官說的，飛上萬呎高空，冰寒刺骨，氣血不足，羽毛就跟著汗水、體熱一起流失成一道道白雲似的軌跡。

我看著羽郎。「真的……不會痛嗎？」

他也看著我，笑著。「真的，不會。」

到底痛不痛，也只有鳶人自己知道。他說了謊也沒關係，我只希望他可以讓自己好過一點。我不斷用冰涼的藥膏撫摸著他紅腫的皮膚，心想。

「你，真的……」我問他：「被調到了高穹軍？」

他不驚訝我知道這支軍種的存在。「前幾天接到的命令，今天就開始特訓了。」

不可以流汗、不可以有體熱、氣血不足也不可以脫毛……要做到這些，身為鳶人的羽郎，會不會感到痛苦呢？我好想問，但我知道羽郎也不會跟我多說，就像我也不願跟他說即使喝了這麼多的風乳汁，有時出島心口一急，還是會喘不過氣。

「倒是妳，妳今天還好嗎？」靠他這麼近，剛好被他逮個正著，輪他細細檢查我的臉與皮膚，就怕被惡風給颳傷。

他查看著，邊說：「說調職不太對，應該是升遷，高穹軍也不是隨便的軍員可以進去的。所以薪餉也加了級，以後，我們手頭就會更寬裕了，給夏和和春觿買點補身的東西吧。」

我皺眉。「就他們倆嗎？」

他一怔，趕緊補充：「當然還有妳自己。」

「就沒有你嗎？」我的重點是這個。
羽郎嘆了口氣，吻了我的額頭。
「你們平安就好。我什麼也不求。」
我就是不喜歡他這樣，也最放不下這樣的他。
只想到我們，從不為自己想想。我心中的野獸一聞到他這樣的氣味，就想出柵去凌虐他。
他將我抱入懷裡：「妳好像瘦了？」
「什麼啊？」
「抱得不扎實。妳得多吃，為了自己和春孅啊。」
「好啦，放開……」
「不，不放。」
他就這樣緊緊地抱著我，臉頰密密地貼著我的額。
我們感受著彼此的體溫。如同小時候在安孤營度過的每一年冬天。
「也真巧。」他在我耳旁輕聲說：「這次調職，就在我們駐島上的空域呢。我說我要調職到妳出島的地方，隨時看顧著妳工作，還真讓我如了願。」
我故意任性。「那還真恐怖，這樣我不是被你隨時監視了嗎？」
「怎麼？不好嗎？」
我逗他。「那我可不能隨便跟教官或其他兵員說話哩，免得他們的鳶佐吃了醋，一個俯衝，找他們算帳。」
「說得好，有人敢欺負妳，小心我把他們給吃了。」

我一震，趕緊從他懷裡掙開。

羽郎嚇了一跳，看著我驚恐的眼睛。

「……娓之？」

「不要亂說話！」我生氣地說：「即使你吃再多馬肉，你也不會吃人，所有鳶人都不會吃人！不准汙衊鳶人！

羽郎知道自己說錯話了，溫柔地認錯：「對不起，妳說得對，我真糊塗，鳶人怎麼會吃人？妳是對的，抱歉，好了，過來，好嗎？」

他伸手，要我再回到他的懷抱裡。

我卻還在與我心中的野獸搏鬥。那句「吃人」，讓野獸咬缺了我心頭的一塊肉。可惡的羽郎，在胡說什麼！

發現我不動，羽郎哀求了。「娓之……」

我撇開頭，收拾碗盤。

「我大概是高興過頭才會亂說話，原諒我，娓之。」羽郎緊黏著我，灶房跟進跟出。

我沒好氣回他：「高興什麼？升職嗎？這樣得意忘形好嗎？」

「不是。」他回得認真。「當然不是。」

我停下手邊的工作，定定地看他。

「因為是命令，所以逼得自己一定得飛得這麼高。」他說：「雖然不容易，可是一旦飛高了，心裡就踏實了。」

他的眼神執著而炙熱，看得我難為情，便轉開眼睛。

「……踏、踏實什麼？」

他走過來，終於將我再度攬入了懷。

「我覺得，無論妳到哪兒，都會在我看得到的地方。」他的手臂收緊著，不再讓我輕易逃脫。「我們的家啊，終於在我的羽翼下了。」

這個男人啊……我該怎麼說他呢？

「所以馬肉也越來越容易入口。牧軍省讓我們食馬肉是有用途的，因為補足氣血，我們爬高穹更容易。」

高穹軍如此不合理的訓練竟讓他甘之如飴？食肉令的野蠻也成了給予他衝上高穹的力量？只因為身在萬呎高穹盤旋的他可以時時刻刻眷顧著我們？

是啊，他怎會不高興？之前兩人不和時，羽郎不是這麼說過嗎？

——我不准你們離開，不准你們離開我的視線，不准你們在我看不到的地方，受著我所無法坐視的汙辱欺負。

現在，他覺得他確實做到了，食肉令與高穹軍讓他擁有了利器，可以在制高點上守護我們的家。

不論這兩道命令最後到底會將鳶人帶往何處。

他既然不管，我也不要細想。

我緊緊抓住羽郎的背，擊退了心中的野獸。

「從現在起，我得存些炭票，你要幫我，可以嗎？」

「可以啊，但妳要……」

「沒有足夠的火侯，飴糖就煨不出熟地黃、當歸的效力啊。對了，也得買一些新鮮的山藥、還有曬得恰到好處的龍眼肉才行……」我開始盤算著。

「嗯？」

我抬頭。「你要上高穹，我要出島，我們都得好好飲用補血補氣的煲湯。」

羽郎開心地笑著。

我們是夫妻，我們不只可以在飯桌上擁抱彼此，也不只可以在床第上享用彼此，更可以在相同的處境下心領神會、依靠著彼此邁步而行。

這是，幸福吧？

「這樣我是不是可以少喝一點風乳汁？」我再說。

「不，」羽郎的臉馬上就變。「我可不允許。」

果然，一察覺到不對勁，他的嘴立馬「俯衝」而下，深而纏綿地吻我，彷彿希望永遠膩在我身邊、給予我呼吸。

今天在上卡榫時，不小心將草地翻出了一個泥黃的小角，但我動作快，馬上用手將土塊搗了回去、實實地壓緊。

奇怪的是，下工後，我的掌心竟出了血。清理了血漬後，發現有一處小小的咬痕。一摸，疼痛異常，可見這傷口有點深。

我回想我做了什麼……也只是把土塊壓回去——徒手而已。

可能被什麼硬物刺到了吧？我只能這麼想。

今晚，飯桌上就只有我和夏和。松閔下午來了通知，說他的佐大人要去參加慶功宴，就不回來吃晚飯了。

他興高采烈地說：「高穹軍扳下一城啦！」

「咦?!」我心裡一悸，反射性地直問：「哪裡的部隊？」

「哈，夫人別緊張，是東方南峰編制的高穹乙丑軍，不是佐大人的部隊啦。」

也是，羽郎才進高穹軍沒多久，怎麼可能會派往前線呢？

「正如牧軍省的長官們估測的，空國那幫傢伙毫無察覺，一個早上就拿下了那城！那城可是空國西部的聯絡中樞啊！沒了那城，他們西部諸島就全部癱瘓！而且是早上喔！夫人，聽清楚了，是早上喔！我們可不像他們這麼卑鄙，挑晚上夜襲我們！我們是靠實力對決，牧軍省的食肉令、高穹軍發揮了作用喔！」

看來這道捷報振奮了許多人。松閔和他的長官一樣，對軍中的階級與榮耀之爭一直興趣不大，卻連他也高興不已，大概是因為自鷲軍事變以來，咱們牡國與鳶軍總算能對空國出些氣、爭得一點上風了。

我也被感染了，笑著：「真的是值得慶祝呢。」雖然我不想再聽下去，比如牧軍省會怎麼處置該城原有的駐軍與平民。

松閔手舞足蹈了。「牧軍省還特地行文給我們開了酒窖，雖然是用酸蕎麥給瀝出的渣酒，可終究是酒——我們要不醉不歸呢！」

我拍了他一下，笑罵：「你啊，少喝一點，也管管你的佐大人，千萬別多喝，他酒量不是很好。」

松閔笑得像個孩子，還朝我敬了禮。「是，我知道。走嘍，夫人。」

我送走了松閔，要闔上門。

「呀！」掌心！我翻手一看，血才剛止住，竟然又流了。

這或許不是刺傷，比較像是被什麼生物咬到吧。真是的，我可不會傻傻地讓鋼索刺入我的肉啊。

和夏和吃飽了晚飯，檢查了他習字堂的功課後，我們母子倆就先早早睡下了。但不忘留下一盞燈給晚歸的羽郎。
不知是不是因為羽郎不在身邊的關係，我睡得不是很安穩。
我竟然做了一個在我醒來後還能印象深刻的夢。
夢中一片暗，我卻只看到一雙牙齒、一根舌頭。
還聽到了咀嚼的聲音。
我毫無所感，只是眼睜睜地看著那牙齒、那舌頭不斷朝我逼近。我想遠離那詭異的東西，手卻像被繩索纏住似的，動彈不得。
接著，眼前有曙光升起。
我終於看清了那牙齒、那舌頭是什麼東西，還有，他們在吃什麼——
那是一隻雙目呆滯的鳶人。牙齒、舌頭都是他的。
他在吃我的手——撕我的皮、扯我的肉、嚼我的骨。我的手骨卡在他的牙縫裡，怪不得怎麼樣也抽不回來。
他氣了，乾脆將整隻手骨咬斷，硬生生吞下去。
我愣愣地看著，好像是一名旁觀者，在看鳶人吃別人的肉。
直到他聞到了什麼，血淋淋的大嘴湊上我的肚子，我才驚醒。
——他吃我不夠，甚至想吃肚子裡的春孍！
他撲倒了我，在我的肚腹開了洞，在洞裡掏挖著什麼東西。
我聲嘶力竭：「不要啊——」
我睜開眼，在黑暗中眨呀眨。額頭、脖子一陣涼，都是汗。

是夢，還好是夢，可是我何必做這麼恐怖的夢嚇自己？
而我也沒法細想。
因為，有一個軟嫩的觸感，從我的掌心上傳來。我想翻身，這才發現身子上還壓著一個龐大的身軀。
我心有餘悸，啞著聲低喊：「……羽、羽郎嗎？」
那個身軀沒有回答我，仍在黑暗中緩緩地蠕動著。
「羽郎？」我再叫一次。
那黑影有了點反應，這一動，我隱隱聞到甜乳花的味道，但更多的是濃濁的酸蕎麥酒氣。
我努力撐起身體，伸出還自由的手去點床旁小几上的燈石。
燈石一亮——
果然是羽郎！
他身上竟還穿著執勤時的戍衣。
「你在做什麼？回來了怎麼不換衣服？」
他抬頭看我。
這一看，卻是看得我一身冷汗。
那眼神，怎麼這麼熟悉？
是了，不就是夢裡那隻鳶人呆滯無神的眼神嗎？
我勉強笑著：「你臉好紅，喝醉了？」
他沒回答我的話，反而像還聽不懂大人話語的孩子，竟偏著頭，好奇地看著我。那眼神有一種乾淨，好像世俗的認知、價值、倫理都被洗滌的乾淨——不論好的、壞的都消失殆盡的乾淨。

羽郎為什麼要這樣看著我？

「羽郎！」這傢伙喝醉了，我要叫醒他！

他一怔，露出有點驚嚇又無辜的表情，低下頭去的模樣竟令人心疼。

可是他沒有畏縮太久。他再次蠕動起來，爬上我的身體，抓住我的手，嗅聞著我。

接著，他伸出了舌頭，舔著我受傷的掌心。

剛剛醒來時，手上傳來的正是這種觸感。

我騙他。「羽郎，我今天沒有出島，你不用舔我！」我以為就跟日常一樣，他希望滋潤我，不讓我的皮膚乾燥。

他繼續舔，甚至連指縫都毫不嫌棄地眷顧。

「羽郎！我很累，今天不要！」

他是沒聽見，還是聽不懂呢？他甚至不斷撫弄著那傷疤疙瘩的快感，直到我的傷口再度滲出了血。

「住手！」

我感覺到掌心傳來一股吸吮的力量。我忍不住叫出聲來——他在吸我的血嗎？

然後，我聽到他笑出聲來，科科、科科、科科科的，好像叢林深處某種野獸的叫聲，並露出森森白齒。

他從沒這麼笑過，弄破了我的傷、嚐到了我的血，讓他這麼開心嗎？

他吸得用力，甚至忘了呼吸，讓自己氣喘如牛，被酒醺的臉色更紅潤了。

我的手就這樣被他的舌頭把玩著，骨節被他的牙齒輕輕啃咬著。我的手，是一道食物。

我終於知道了，我為什麼會做那個惡夢。因為羽郎就是那頭吃人的鳶人啊！

「不要啊——」

我推開他，想逃開他，卻給他抓了回來，被脫去了衣物，禁錮在床窩中，整個身體懸在他的腿上，任他激烈地進入我，並隨他的身體而強勁地律動，沒有任何自主的權利。他就像畜牲一樣，忠實地依循著本能，彷彿失去了思考能力。

他一面進發，一面舔我、吮我、啃我，最後，連我也被他湧沛的愛意弄得暈頭轉向，分不清那到底是痛楚還是高潮的快感。

隔天醒來，一如往常，我又重新回到那個被疼愛的位置，讓他緊緊地鎖在懷抱裡溫暖著。

昨晚就像是夢，如果不是羽郎仍留在我的體內溫存著，還有遍布在手臂、胸前的咬痕，我會以為昨晚真的是夢。

我離開羽郎，趕緊穿好衣服。

他也醒了，把著完衣的我攬了回去。

他的表情痛苦，看來是昨天喝多了，今早得忍受宿醉的苦。

「我昨天怎麼回到家的？」他用力聞著我身上的味道，好像這樣可以減輕宿醉。

「你忘了？」

他搖頭。「不記得。」他伸個懶腰，卻發現自己裸著身，有點擔心。「我沒有對妳做什麼吧？」最近的房事他確實一直很小心、也很溫柔，結果反倒像在折磨自己。

我微笑。「沒事，你只是抱著我，然後入睡。」他一定是怕他傷害了肚子裡的春孅，老實說，昨晚被他這樣劇烈地搖著，我也擔心了許久。

但我選擇不提。

「是嗎？那就好。」

他鬆口氣，握住我的手。但我的掌心疼，縮了一下。他趕緊翻開我的手一看，大驚失色，衣服顧不得穿，就衝出去拿藥。

此刻的羽郎，一如往常。愛我、愛夏和，愛到都快要忘記自己了。

那昨晚的羽郎是誰呢？

因為肉體，因為血，而笑得像擁有玩具的天真孩子的男人，是誰呢？

我不要知道答案。

我不要破壞好不容易因為我信任他而得到的寧靜。

就當他是發了酒瘋，偶爾的失態吧。

我是這麼威嚇與馴服我心中的野獸。

慶功之夜後，我雖然不太敢知道真相，但仍默默地持續關注我們從空國奪來的新城消息。

我們以為扳下這一城，至少會有俘虜被押回後方，或是大司命陛下寬大為懷，饒原空國居民不死，而將他們淪為我國的下等國民與奴隸……

但百姓報卻沒有對我們交代這些俘虜或空國居民的下落，只盛大地報導了第一批懸州軍民成功地移駐該城，成為懸州新編制的駐島。

沒有人知道那些俘虜、空國人去了哪裡。

就像那些後來從新駐島出來的商人，來到我們後勤地批貨時跟大家閒聊談起的：「哪有什麼人？」他滿不在乎，只在乎他拿的貨好不好、划不划算。「去的時候就是一座空城了。」

那些空國人就這麼憑空消失了？

人食

這一天，風特別大，流雲特別多。大概每過個一刻鐘，我們就得匍匐在地，好躲過從頭頂掠過的流雲。有時流雲逼得近，把人壓得彷彿肋骨都要碎了，可見這些流雲生得多麼結實。

等流雲過了，我們再起身，繼續綳鋼索、上卡榫。

時間就這麼枯燥地過去了。我仰起頭，看似是為了注意四方的流雲，其實我是想看看羽郎。高穹上又多了好幾條直白的雲線，依那數量來看，應該是一個中隊在做集體練習。不知哪一條雲線是他飛的？而他看得到我正抬頭看他嗎？

我看了許久。

漸漸地，發現了雲線的變化。

有一條雲線慢慢脫離了隊伍，往我們的島上靠了過來。

我竟然是這麼想的——羽郎真的看到我了？要過來找我嗎？

「小心！又有流雲！」有人放聲一喊，大夥馬上往前一撲，緊緊貼地。

這陣流雲被強風挾著，來得又快又急，我匍匐得不夠快，雲撞上了背，被往前推了幾步，還好有救命繩拉著我。我嚇得一身冷汗，硬逼著自己的身子往地上跌，結果把肚裡的春孅給壓疼了，鬧得我霎時四肢無力。

春孅越來越大了，我果然不該帶著她出島做這麼危險的事。雖然我是多麼希望她可以跟我一起看她的父親在高穹上翺翔的樣子。

自從羽郎入了高穹軍，並且被分發到駐島附近，我也跟他一樣，渴望看到正在工作的他。

我扶著微大的肚子，試著撐起身體，但腹部一陣刺疼，我忍不住低聲哀嚎。

剛好匍匐在我右側的教官聽到了，連忙爬到我身邊：「喂！妳還好嗎？」

「我……我可以。我去洞裡緩緩氣就好。」我不想讓他操心。

不過我蒼白的臉色一點也不足以讓他信任。

「我帶妳去。走。」

我看向他後頭，大叫：「啊！教官趴下！」

又是被強風掃來的流雲。這陣強風吹碎了不少雲塊，讓駐島外的環境變得險惡，但因為這句日的工作進度得趕上指標，我們才不得不冒著險出島趕工。

我和教官被困在原地好一陣子。

當視野開朗起來，流雲都在數十步外之後，教官正要拉我起身，我順勢抬頭，卻愣住了。

「教官……」我說：「那裡……」

「什麼？」

「有個……人。」

教官順著我的視線望向前方，也看到了碎雲留下的霧氣中，濛濛地罩著一個人影。

那人影有點巨大，駝背，枯瘦，有翅膀，毛躁繁亂的羽翅……

這人影，我們似曾相識，不——根本就還是我們的惡夢！

風再一颱，霧氣全散，視線清朗了起來——

我倒抽一口氣，扯著嗓子喊：「快回洞裡！有鷲人！鷲人來襲啊！」我踢著腳往後退，想站起來，卻無能為力。

果然是鷲人！

鷲人為什麼會在這裡?!

他是來報復我們毀了他們的城市嗎?我們又要陷入互相報復的漩渦泥淖了嗎?!

教官本來也很慌張，但他比我更鎮定，多看了這隻鷲人兩眼。

「等等!」他喝。

我一怔。這隻鷲人好像也跟著我的反應抖了一下，接著失去了平衡，往前踉蹌了幾步，搖搖晃晃。

因為，牠沒有右腿。

我們睜著眼，瞪著牠血肉模糊、白骨外露的右腿，黏著皮的肉像破損的旗幟一般在風中翻飛。

「教官，牠……受傷了。」我用氣音說。

「對，慢一點，我們往後走，來。」教官蹲低身子，扶著我，一起往洞口的方向退，其他有點膽子的鄰坊也爬過來幫助我。

忽然，從我們的後方衝出了一個影子。

我們以為又是被強風掃過的流雲，但那東西的速度太快了，就連風本身都不可能擁有那樣的速度。

而那東西擁有和流雲一樣的顏色——白色的翅膀。

「咱們的鳶軍!」教官興奮地叫了一聲。

是一隻貼著地面飛行的鳶人，牠撲上了那隻搖搖欲墜的鷲人，銳利的爪子精準地貫穿了鷲人的咽喉與左胸。

「萬歲!」教官與鄰坊齊聲叫喊。

我也鬆了口氣，甚至想——那隻鳶人會是羽郎嗎?羽郎總是在千鈞一髮之際出現在我身邊，彷彿守護神一般。

可是之後，我們都僵在原地了。

那隻敵鷲被殺了，沒錯。

但是，牠也被分屍了。然後，給吃進了肚子裡——被那隻鳶人。

那隻鳶人像是在缺糧的戰場上餓了許久，狼吞虎嚥地吞著敵鷲的屍肉。手腳吃得只剩下骨頭，再去拆開牠的胸骨，掏挖牠的腸子內臟，後來嫌棄胸骨礙事，乾脆將骨腔掰成兩半，卡卡、卡卡的……好像我們在餐桌上嚼雞骨的聲音。

鳶人本來潔白乾淨的羽毛，就這麼被血染汙了。

當牠終於挖出了敵鷲的心臟時，牠甚至揚頭高鳴——彷彿在歡笑。

我想起了那個惡夢——羽郎啃著我的手骨，笑得像叢林中的野獸呼喚。

當敵鷲被啃得只剩下一顆頭顱時，我們竟然還愣在原地看。

我們不是歡天喜地地看著熱鬧，而是在努力地辨認著——眼前這隻以吃肉為樂的怪物，究竟是什麼？

我們看得太入神了，以至於沒發現到，那隻鳶人在吮吸敵鷲的腦漿時，無神的眼睛也在盯著我們看。

當牠跨步向我們時，我們已經逃不了了。

這時又有一朵流雲奔過，教官把我往旁邊一推，流雲就這麼與我擦身而過，並把我與他們隔離了開來。

風颳得強，把我後方的雲霧吹散，我看到洞口了，正想爬去，但繫在另一窟洞的救命繩絆住我。我咬著牙，冒險把救命繩割斷。沒有救命繩，我是自由了，但也代表即使是一朵小犬大小的流雲也能輕易把我推下島去。

我趕緊往最近的洞口爬——卻聽到鄰坊放聲尖叫！

我回頭一看，方才那片流雲也撤出島外，好像是被拉開的布幕一般——

我不可置信，渾身冷顫。

教官蒼白猙獰的臉正面對著我，隨著腹部拉扯的力量，懸空的身體不斷上下抖動著。

什麼東西在拉扯他呢？我再往前一看——

教官像隻蟲子一樣，被叼在鳶人的喙上。

為什麼我們大牡鳶軍會用對付敵鷲的方式來對待朝他們呼喊萬歲的軍民呢？我們不是同胞嗎？

我就這麼看著教官痛苦掙扎著，直到斷氣。他的眼睛睜裂著，似乎至死都不敢相信自己的死法。

那隻鳶人再度高聲鳴叫，好像在開心地笑。

鄰坊哭叫著，一邊要解開繩子，無奈手指完全使不上力。

我發現被鳶人盯著的是我，但我離洞口近，或許還有逃生的機會。我趕緊對那鄰坊揮手，要她安靜。

就在我以為鳶人要撲向我、我也準備拔起身子往洞口跑時，牠的後腳跟忽然反向一蹬，整個身體往鄰坊射去。

流雲又遮掩了過來。

但我還是看到同伴的身體被高高地拋在空中，無聲地下墜。

沒有尖叫聲了。

我只能咬牙往前逃——

卻發現地上的光影有些不對勁。

一個黑影，從小小的一點，越來越大，像是水面上的漣漪……

我趕緊止住往前衝的力道，朝後一蹲，滾了一個跟斗——

一隻拱起的利爪就這麼插入了土中。如果我再繼續衝，我的頭顱可能此刻就在這隻鳶人的爪下了。

我可真天真，面對天生善於狩獵的鳶人，我怎麼可能逃得過？

這一刻我也終於明白，為什麼要有食肉令。

這就是食肉令要鳶人所做的改變——把人當食物一樣，吃掉。

這樣的鳶人，可不是所向無敵的嗎？空國的駐軍與百姓又哪裡是飢餓的鳶人的對手呢？

我嚥了口水，鼓起勇氣，對上這隻鳶人茫然的眼瞳。

跟夢中的眼神一模一樣。那是失去靈魂的人才會有的眼神。

我穩著聲音問：「……你是羽郎嗎？」

鳶人歪著頭，有種不解世事的稚氣。

「你想吃我嗎？」

鳶人嘎了一聲，像是應和。

我冷靜了些許。

長久以來的疑慮得到了證實，我感覺自己不再躁慮。我甚至不用再為心中的野獸設立柵欄，牠想去哪兒，就去哪兒吧。每天都得禁錮牠，編織好聽的理由餵養牠、馴服牠，我也挺累的。

我甚至對那鳶人笑了：「那你吃吧。」

吃了摯愛的肉，讓摯愛成為自己的肉體的一部分，我們就不必擔心有什麼外力會逼迫我們分開了。你也是這樣想的嗎？羽郎。

吃了我吧。

我閉上眼。

我感覺到風在我臉上流動，鳶人的尖喙肯定要咬上我的脖子了——

忽然又是一聲尖銳到幾乎要刮破我耳膜的鳴啼！地面更是墜落了什麼重物似地震了一下。

我驚訝地張開眼，一雙潔白而龐大的鳶翅在我眼前紛亂翻飛，羽毛因為激烈的動作而紛飛一地。

但我記得那隻吃人的鳶人全身早被敵鷲的血弄得濕淋淋的。眼前這雙巨翅乾淨到甚至折射著陽光，令人睜不開眼。

白淨的鳶人將懷中物往前一摔，我才看清，這是第二隻從天而降的鳶人，正在與血紅的鳶人扭打，也救了我的性命。紅鳶人根本喪失了身為人的智慧與判斷，只能像野獸一樣橫衝直撞，贏不過白鳶人有技巧的防守與攻擊。

甩開了紅鳶人，白鳶人回頭看了我一眼，心慌地打量我是否無恙，甚至回過身，要把我帶進就近的洞口中。

我心裡有底，會這樣看我的，不會有誰，只有那個時時刻刻都想把我和夏和納入羽翼下的人。

就在這回身的當下，淪為野獸的紅鳶人把白鳶人視為搶奪食物的敵人，猛地又衝鋒過來，張嘴就咬住白鳶人的臂膀。

然後，我看見一朵白花落地。

是甜乳花。

「——羽郎！」我大叫。

看那尖喙陷入的深度，咬口肯定深及肩骨，白鳶人甩不開，卻也顧及著紅鳶人的安危，不肯下重手殺了紅鳶人，竟只能任牠咬扯。

再這麼扯下去，白鳶人的手臂會被牠扯下來！

這時，我眼裡映入了一陣反光。我一怔，往前看去，是稍早剛繃好的鋼索。

教官雖然沒說過土裡藏著什麼，但是千交代萬交代不能將土翻起來，那麼土裡肯定有著什麼。

靈機一動，我撐著肚子，跑向那條鋼索。

白鳶人朝我悲啼了一聲，喚我回去。紅鳶人的眼珠子也嗜血地朝我的身影滾來。

我越過那條鋼索後，撿起一顆碎石，朝紅鳶人扔去，挑釁牠：「過來！」

保有人性的鳶人或許會被自己的善良所牽制住，但他還有家人，家人為了他同樣也會奮不顧身——

我要保護羽郎！

紅鳶人張嘴，總算鬆開了臂膀，但沒給白鳶人脫逃的空隙，反用利爪勾住牠的傷口，壓在地上朝我拖行而來。

我怒不可止，又朝他扔了石頭。「不准欺負我丈夫！」

我澈底激怒了牠，牠踩著白鳶人的身體往前一蹬，朝我撲來！

我故意往後一跌，放低身子，逼得紅鳶人也得壓低翅膀，往地上低飛——

牠的利爪果然勾住了鋼索——脫離卡榫的鋼索劇烈一跳，力量大到將草皮土壤整個翻騰了過來。

泥巴有點濕，沾上了紅鳶人的羽毛。奇怪的是，無論紅鳶人如何用力甩脫，那泥巴的顏色怎麼也甩不掉。

而且紅鳶人掙扎的動作越來越大，好像泥巴在咬牠似的。

我也有點害怕了，因為那些原本在草皮上待得好好的泥巴竟開始像蟲一樣蹦跳，往紅鳶人的腳跟黏上。

再仔細一看——那根本不是泥巴，是像蛆一樣的褐色小蟲。

牠們黏上紅鳶人的羽毛與表皮後，繼續往牠的肉裡鑽咬，數量越來越多，紅鳶人痛得四處亂撞，卻是解開更多鋼索，翻開更多土皮，更多泥巴像雨珠落地般地跳動。

我想起來了，那是懸州的墳墓之蟲——地龍。我們又稱這種蟲叫「地齒」，牠們是土地的牙齒，在腹地不多、不能隨意大量用火的懸州上，牠們身負消化屍體的重責大任。只要把遺體放在翻鬆的土壤中，大約一個時辰，遺體就會被土龍啃食得一乾二淨。

即使如蛆的樣貌如此不堪，但地龍在我們眼中仍是神聖的，牠是將人的遺體歸還給東皇太一的使者。但我不知道牧軍省竟把神聖的地龍當作陷阱的武器，埋在這一大片的土壤中。

牧軍省為了得勝，連神都不放過。

眼看橫衝直撞的紅鳶人與跳動的地龍之海即將逼近，我卻還在震驚與虛軟中，多虧白鳶人拖著幾乎無力的手臂也硬要將我抱走，我才逃過了這一劫。

白鳶人把我帶回了洞口邊。這時洞口已聚集了不少人。

我的餘光瞥到了因打鬥而掉落的甜乳花。它被踩碎了，還染了血汙。可是我想把它撿起來，再為羽郎別上。

白鳶人收緊手臂，不讓我離開牠。

我看著牠被咬出一個窟窿的傷口，都快要哭了。

每次，每次，都得把羽郎傷得這麼重，牠才能保我一個安全。

可是即使傷得這麼重，牠還是穩穩地抱著我，用羽翅護著我。

正當牠要把我交給來島外幫忙的人時，有一批人在人群後頭呼喝：「讓開！全部讓開！」

我看到一群身著鑾儀衛紅官服的官吏粗魯地撥開人群，凶神惡煞地朝我和羽郎走來。那身紅就跟方才那隻紅鳶人一樣，不但醒目，更令人觸目驚心。

這時，一綑粗繩忽然套上白鳶人的四肢，將牠往後一拉，紅衣官吏也順勢把我抓了過去，我和羽郎就這麼被分開了。

「不對！」我大叫：「牠是我丈夫，牠很正常，牠是為了救我啊！」

兩隊二十人的兵員將繩索纏緊後，用鐵樁釘牢了繩頭，將白鳶人當成發春的牛似地固定在地面上。

「牠受傷了，你們沒看到嗎？」我還在掙扎，叨叨地罵著：「牠不是畜牲，牠是你們的鳶佐啊！牠是高穹軍！放開牠——」

白鳶人倒不在乎自己被當成畜牲般對待，牠仍保有理性，和那發瘋吃人的紅鳶人不同，牠很清楚這些人類有多麼脆弱，牠不願意傷害他們。牠反而更擔心被鑾儀衛包圍的我，嘴裡朝我啼著像嬰兒哭聲一般的哀鳴。

我不懂牠為什麼不擔心自己的處境，卻用一種絕望、哀求的眼神看著我和這批身著紅官衣的人。

後來，我懂了。

一個官人抓住我的臂膀，手勁用力，就把我整個人提了起來。我頓時感到自己的渺小，發現無論怎麼掙扎、求情，這些人都不會聽進去的。

因為他們的目標不是羽郎。是我。

「我們是鑾儀衛直屬的保密吏，」一個男人冷冰冰地告訴我。「妳得和我們走一趟。」然後就這麼把我提進了洞裡。

白鳶人啼叫得更加淒厲。人們只當牠是傷得過重，挨不得痛。

但我從羽郎的眼睛裡看出了牠的恐懼與焦慮。

那當下，我真的還無法體會牠為我擔心的心情。

我只記得自己又忍不住回頭看了一眼那朵被踐踏的甜乳花。

啊，好可惜啊。我心想。

羽郎心心念念珍惜的甜乳花，就這麼被紅色給糟蹋了。

大部分的人早在我大喊鳶人來襲時就逃入了洞裡，我是少數看到紅鳶人食人、並且還活著的目擊證人之一。

保密吏把我關在狹小的陋室裡，水滴的聲音單調得讓人發狂。

第一天，一位保密吏問我：「妳在現場看到什麼？」

我很老實，不覺得有需要隱瞞什麼。

「我先看到敵鷲。牠受傷了。」

「然後？」

「看到我大牡鳶軍攻擊敵鷲。」

「牠對牠做了什麼？」

「……牠吃了牠。」

「然後？」

「我們的教官朝牠呼喊萬歲。」

「然後？」

「我大牡鳶軍把教官給吃了。」

「然後？」

他這聲聲「然後」聽得我有點反感。除了「然後」，他不能說點別的嗎？就像他一定要這樣吊著眼，像觀察做錯事的人犯一樣盯著我看嗎？

我沒有做錯事啊！
「我大牲鳶軍也把我鄰坊給吃了。」
「然後？」
「我丈夫來保護我，那隻鳶人傷害了我丈夫！」
「然後？」
「然後我發現草地下竟然藏了地龍，讓牠吃了這隻鳶人！」
這個結論我說得很用力。或許這也表現了我對這個事實的震驚吧？
我們竟然在這麼危險的地方工作了旬月？如果有個人不小心被鋼索絆倒、翻出了地龍，那麼我們要如何自保？總有種被牧軍省背叛與犧牲的感覺。
保密吏點了一下頭。「我明白了。」
「那我可以離開了嗎？我丈夫受傷了，我很擔心他。」
「一切都在掌控中，妳不用擔心。」
「什麼意思？」
「意思是妳還不能離開。」
「這……」
他站起身，看似要走，卻又扔了一個問題給我：「牛生下的東西是什麼？」
我愣住了。
這跟我可不可以離開、出去看我的丈夫有什麼關係？
「回答！」

「犢。」
「雞產下的東西是什麼？」
「雞卵。」
「我知道了。」
保密吏就這樣離開了。他知道了什麼？我不明白。
再次見到這名保密吏，不知道已過了幾天。
之所以不知道，是因為對時間的流動毫無感覺。他們不讓我睡，斗室裡鎮日燒著明亮的燈石，刺著我的眼。如果伏下身子，就會被喝斥。保密吏透過前方的一個小窗口，隨時窺視我的一舉一動。
他們會給我吃乾如薪柴的粑粑，卻不給我喝水。我很渴，以為自己會渴死或被食物噎死，這時他們才會施捨一點水，但仍不夠解渴。
就在我精神渙散的時候，那名保密吏又來問我一樣的問題。
他先問我那天發生了什麼事，我還是照實說。他一樣是宛如看著罪不可赦的犯人似地看著我。
最後，他又問：「牛生下的東西是什麼？」
「犢。」
「雞產下的東西是什麼？」
「雞卵。」
「我知道了。」
然後，他又走了，我還是遭遇同樣的對待。
他們到底把我留在這裡做什麼?!

過了幾天，他再來。相同的程序，可是我覺得自己已經到達極限了，無法睡覺、無法喝水、沒有清潔，我覺得自己髒得像糞土。面對一樣的問題，我只能靠著本能直覺來反應回答，根本無法思考這樣回答是不是不妥。

這次，保密吏忽然暴怒，把我的椅子用力推到牆角，更踹著椅腳，讓我知道他的憤怒。

「牛為什麼會生犢?!」

「什、什麼？」

「雞怎麼會孵卵?!」

「這、這不是事實嗎？」

「我告訴妳事實！」他醜陋扭曲像惡鬼的臉突然逼近。「事實就是牛不會生犢！雞不會孵卵！」

我很不服氣。「不是！」

他瞪大眼。「妳說什麼？」

「你說的不是事實！」

我更想說的是——我完全不知道你把我關在這邊要做什麼?!只為了告訴我牛不會生犢、雞不會孵卵嗎？我為什麼要說這種小孩都知道是謊言的瘋話?!

他狠狠地打我了一巴掌。打得我頭昏眼花，臉頰麻辣。

他平靜下來了，好像認清了什麼事實。

「我告訴妳為什麼。」他說：「因為這是大司命陛下說的，大司命陛下的話就是真理，有疑問嗎？」

我恨恨地看著他。

這種反抗的眼神讓我的椅子又被踹了，還踹到我的腿骨，痛得我很委屈。

地獄一直輪迴。

保密吏要我本著良心說話。

我是本著良心說話啊！即使大司命陛下說這是錯的，我的良心就是認為牛會生犢、雞會孵卵啊！到底誰才是錯誤?!

他們送水的時機也越來越晚了，我總以為自己的生命盡頭就是被一個區區的粑粑噎死，每次覺得自己死定的時候，他們就會送水進來救活我。但是活著並沒有比較好，死才是解脫。

但想到春孅、夏和，還有羽郎，我就得咬牙撐著，不能死得這麼草率。我還得活著出去保護他們。是想要保護家人的意志力讓我可以與他們對抗。

有一天，他們拿了一條長條的包袱進來，扔在我面前。

白色的包袱巾一端，吸飽了血水。

我隱隱不安。

「妳說，是什麼呢？」

我發抖。

「是妳兒子的小手臂喔！」

我激動地衝向包袱，包袱卻被保密吏一腳踢到角落，我要過去，他就把我推回椅子上，用繩子綑住我。

我歇斯底里地大哭大叫：「畜牲！你們是畜牲！為什麼要傷害我孩子——」

保密吏卻心平氣和地問：「牛生下來的是什麼？」

我不敢置信，到了人命關天的時候，他們竟然還在關心這個無聊的問題？

「犢！是犢！你殺了我全家牛還是會生犢！你們到底是怎麼搞的啊——」哭喊到最後，我的聲音都啞掉了。

保密吏搖搖頭。「妳還是沒有學會教訓。」

他走了出去，殘忍地留下被綁在椅子上的我和那條夏和的手臂獨處。

我以為這已經是折磨我的極致了。

過了幾天，保密吏提了一顆像包了大瓜的包袱進來。那形狀更令人悚然。

我知道他想說什麼。

我不想讓他再得逞，雖然不知道那條發臭的手臂到底是不是夏和的，可是我不能讓他們牽著鼻子走。我先發制人：「我不會再被你騙了！那是馬的頭！我們家人都是愛國忠君的好百姓，大司命陛下知道的，祂不會放任你們亂來的！祂會來救我們的！會來救我們的！你們會不得好死——」

保密吏就在我的叫囂聲下，慢慢地解開了那個大瓜包袱。

我看到的是一顆鳶人的頭顱。

保密吏微笑：「妳丈夫。千真萬確。我們處分了他。」

鳶人泛白的瞳孔直直地盯著我看。

鳶人的頭長得都一樣，要怎麼分辨是不是自己的丈夫呢？

但是我看到保密吏光明正大地攤開包袱的舉動，還有那得意、勝利的樣子，我就是信了。

我甚至彷彿看到那顆鳶人頭顱的嘴喙動了，我聽到羽郎的聲音滴漏了出來。

他虛弱地喊：「婗之……救我……」

我尖叫，叫得連自己的耳膜都受不了了。

我被五花大綁，但還是想跟他們拚命。奮起的力量之大，連椅子都跳了起來。我便挪著椅子朝他前進。

保密吏看起來還是不為所動，但有人進來支援，把我按住。
保密吏問：「雞生的是什麼？」
我無法回答，我像中邪一樣，身體激烈地前後搖擺，想掙脫桎梏。
保密吏嘆氣，下頷一擺。「弄昏她。」
我聞到了刺鼻難聞的氣味，像有一把刀刺入我的頸椎，痛得我昏了過去。
我再醒來時，發現自己是平躺在榻上的。
身上沒有繩子了，但我也動不了，我覺得下半身很麻，毫無知覺。
我聽到開門聲，不久那個保密吏的嘴臉又映入我的視線中。
保密吏的眼睛朝我的肚子一瞥，嘴角牽了一下。
「奇怪？妳的肚子呢？」
我想舉起手去摸，但我的手也不聽使喚。
保密吏揚聲。「有人看到這位夫人的肚子嗎？」
又是開門聲，一個拿著生鏽鐵盤的人靠了過來。
「喔，在這兒啊。」
保密吏接過鐵盤，把鐵盤裡的東西面向了我。
我的眼眶睜裂著。如果人真的可流出血淚，我相信我此刻流的正是我的血與淚。
我沒有家人了。
我的家人被我信奉的國家滿門抄斬了。
只因為我回答不出牛不生犢、雞不孵卵的答案。

但現在想想，我為什麼要這麼固執呢？這麼固執的結果是什麼？是我一個人被孤零零地留在這可憎的世界上。

什麼都無所謂了。

這時，保密吏開口。

「妳那天看到什麼？」

我搖頭。

「有敵鷲？」

搖頭。

「有鳶人嗎？」

搖頭。

「鳶人做了什麼？」

搖頭。

「牛生下的是犢嗎？」

搖頭。

「雞孵的是卵嗎？」

搖頭。

對於一個崩潰的人，這些重要嗎？

這次，我都順著他們了。保密吏滿意地笑了。

最後，我被打理得乾乾淨淨，吃了一頓熱呼呼的湯飯——是貨真價實的白米飯，白米在川道甚至懸州可是珍貴如黃金。

然後，就被當成一個正常人，放了出去。

只有我自己知道，我已經不正常了。

胎蠶

事情過了很久之後，才聽松閔說，我被保密吏帶走後的當天，羽郎只是隨意用布摀著傷口，就瘋了似地到處求人，求他的同僚，求他的長官，也求他的敵人，想知道到底該怎麼做才可以讓保密吏放人出來。他的傷口一直滴著血，弄髒了人家的地方，同僚會同情，長官很無奈，敵人是鄙夷，他看著他人各式各樣的臉色，為了我到處求情。

結果傷口化膿，把他折騰入了膏肓。他發了高燒，半個月無力化為鳶身，職務都暫停了。但即使拖著病體，他還是牽著剛下習字堂的夏和，到處拜訪可以在這方面著力的長官。然而不久後，他的行為被嚴厲制止，甚至被人威脅——如果他再繼續下去，別說妻子，明天他連兒子都見不到。

不同於無知的百姓，羽郎和牧軍省的人一樣，都知道保密吏在兩個月前便從內地陸續進駐到懸州，組織日漸嚴密，一如內地鑾儀衛的威儀，保密吏的存在連牧軍省高層都聞風色變。

但他不知道保密吏上懸州是為了保什麼密。直到鳶人吃了人、土龍躍出土中、我在他眼前硬生生被抓走為止。

原來，保密吏所要保的，是懸州的裡外四周，都盤踞著怪物的秘密。他們軍中後來也才慢慢得知，讓那隻紅鳶人發狂吃人的原因，正是食肉令與高穹軍的訓練。

食肉令讓鳶人習於吃肉，也改變鳶人對自己的看法，唯有食肉才能強壯——任何肉；高穹軍超越一般體能的訓練更讓鳶人失去理智，為了在高空中繼續維繫生命，直覺本能占領了人的理智——找肉吃。找到肉的話，不論任何肉，就可以再度支撐牠的性命、完成任務。這就是那隻紅鳶人還保有思考能力前的想法。

這秘密一旦被戳破，不會有人願意住在懸州的。

憂心、傷口和疾病日夜折磨著羽郎，也不斷消耗著他身為「人」的意志——松閔特別強調「人」。有幾個夜裡，松閔被央來照顧夏和，他當然是義不容辭，但他卻被拒絕在真正需要照顧的羽郎的門外。羽郎不讓松閔、夏和靠近他，他們不知他獨自面對著什麼，只知道早晨來臨，他還有力量站起來，往保密吏的衙門走動——被警告過後，他讓松閔顧著夏和，不再帶著他冒險。

就這樣，他們總算等到了我將被放出來的信息。

我看到的羽郎，還需要松閔攙扶，才能走得穩健。但他很快甩開松閔，踉蹌衝上前，緊緊地把我抱進懷裡。

我傻傻地任他抱，傻傻地瞄著他慘白的臉色，傻傻地嗅著充滿藥膏的體味。

我應當問他一句，你還好嗎？但此刻腦子裡卻想：他是我丈夫嗎？我丈夫不是那顆被砍下來的鳶人頭顱嗎？

松閔牽著夏和跟了上來，在一旁擔心地叮嚀：「佐大人，手啊……」

原來羽郎的肩傷還沒好，用包巾吊著手臂。他身體也燙，好像仍在發著燒。

說到手……我瞥著被松閔牽著的夏和。

夏和好好的，沒有少掉一條手臂。只是孩子被我冷漠的表情嚇到了，有點退卻。

我想告訴他，娘不是冷漠，是覺得這一切像在夢中。

到底家破人亡是真實，還是此刻的團圓是幻想？

羽郎、夏和、松閔，真的是我的家人嗎？會不會又是保密吏演出的一場戲呢？

牛到底會不會生犢？雞會不會孵卵呢？鳶人到底會不會吃人呢？草地上到底有沒有藏著可以把人瞬間分

屍的地龍呢？

因為分不清現實，我懼怕地發著抖。

羽郎感受到了，抱得我更緊，我弄痛他的傷口，他也不吭一聲，只是哄著我：「噓，不怕，娓之，沒事了，我就在這兒，不要怕……」

小時候在安孤營，我們倆都被欺負了。明明羽郎被打得連眼睛都快張不開，可是他還是會緊緊地抱著我、哄著我……對，就是用現在這樣沙啞、虛弱卻又溫柔得無以復加的聲音哄著我。

那個時候，我會覺得，只要身邊還有羽郎，只要他還肯這樣耐著心安慰我，我們一定可以度過很多、很多的難關的。被欺負、被羞辱又怎麼樣呢？即使手邊只有一顆糖，兩個人分一半，也可以一塊享受快樂。怕什麼？

在被保密吏拖走以前，我以為懸州也可以這樣面對。

松閔貼心，為我準備了衣物，他遞了過來，讓羽郎為我裹上。松閔說：「夫人，都安全了，請不要擔心。我們快點回官舍休息吧。」

看著羽郎為我裹上棉衣，夏和更鼓起勇氣、拉著我的衣角說：「娘我都很乖，沒有讓妳擔心喔！我每天都有拿到爹的羽毛喔！」

羽毛……

收集到一千根的話，夏和就會變成鳶人。所以夏和每天都期許自己做個乖孩子，好早日蛻化成鳶人，變得像羽郎一樣……

等他變得跟羽郎一樣之後，他也要開始學會吃肉、往高穹飛行，然後當他抵不過飢餓時，他會把任何肉都當成食物……這樣也就算了。如果他比他墮落的同僚更能保持理智，他難道不會任人宰割嗎？就像那天為了救我的羽郎。
我以前竟然會覺得這是一件好事？讓羽郎、夏和保護自己與春孅是一種幸福？
我狠狠地推開羽郎。我故意碰他的傷口，他痛得毫無防備，身體也虛弱，輕易就讓我掙脫了。
「……娓之？」羽郎不可置信地看著我。
我肯定像看著怪物一樣看著他。
對，是怪物。
會吃肉，會飛高穹，羽郎一切都是為了家，可是牧軍省卻要把鳶人改造成吃人的怪物。我竟然覺得讓夏和也成為鳶人很好？我要把他推向那個吃肉的深淵嗎?!
「別怕，娓之。」羽郎哀傷又心疼地看著我。「我是羽郎啊，他是夏和，他是松閔，我們都不會傷害妳的，不要害怕好嗎？」他知道我還在受驚中，他不怪我，他甚至試著對我微笑，像母親一樣慈愛的溫度。他對我敞著手，慢慢靠近我，想再次把我攬回懷裡好好護著。
我知道他們絕對不會傷害我的。
可是我們如果繼續在一起——我想起夏和的手臂、羽郎的頭顱、春孅被挖出的腐肉——
我突然尖叫，掉頭逃跑。
「娓之！娓之！回來！娓之——」
「佐大人小心！」
羽郎拔腿要追我卻跌倒了，松閔、夏和趕緊扶著他。我忍不住回頭看他一眼，看見他在哀求我，好像他更需要的是我。
不對，羽郎，你要認清楚，我們面對的，不再是安孤營的惡童。

你無法保護我和孩子們，你更保護不了你自己！

「娩之——娩之——」

我以為我可以甩掉這樣病弱的羽郎，可羽郎驚恐的聲音追了我好久，等我坐上了即將開船的蛟舟，羽郎甚至衝入了河道裡，想化成鳶人追上我。

松閔趕緊上前壓住他的臂膀。「佐大人，現在你負荷不了啊！」

羽郎只是伸長著脖子朝我嚎叫著：「娩之——娩之——回來……」

我看著夏和也在碼頭哭著喊娘，看著羽郎傷心得不知所措，我也不顧蛟舟上好奇的目光，跟著痛哭失聲了。

我不可能住在懸州了，羽郎所期盼的幸福的家，永遠不能夠在懸州實現。

因為，我關不住心中的怪獸了。

我哭得昏昏眩眩，能走到那家藥舖，該說是我的意志很堅定。

在經歷那麼多災難與折磨，春孅還能平安無事地留在我的肚子裡嗎？

我不知道，也不在乎，那都不重要了。

孩子，娘對不起妳。懸州太可怕了，妳千萬不要來。

我終於向那學徒訂購了胎蠶。

我抓著自己親筆簽署的切結書，想起那個保密吏拿給我看的那團肉，也想起羽郎送入口中的每一口生肉，以及殘流在他下頷的血汁。

啊……原來那都是對我此刻所做的事的預告。為了不讓自己的孩子被發瘋的鳶人與土龍吃掉，於是我自己吃了。

吃了以後，羽郎也不會應了我惡夢的讖——為了保護我們，而成為懸州的一具白骨。

為了這個家，我沒有錯。

我是這麼安慰自己、說服自己——要先學會吃自己的良心，再吃孩子的肉，就不會這麼難了。

然後，我端起了笑，走了回家。

一定得笑著啊！我告訴自己。只要笑著，便再也不會被保密吏輕易看穿秘密。

無助地守在家門口等待的夏和，看到的就是有著詭異笑容的母親。

「夏和。」

他顫顫地看著我，不太確定地喚了一聲娘。

我攤開手，微笑地擁抱他：「抱歉，娘沒事了，讓夏和擔心了。」

「……真、真的嗎？」他倒吸一口氣，不太相信。

「爹呢？阿閔呢？」我輕快地問。

「他們……去找妳了啊。他們好擔心妳啊，娘。」夏和紅著眼睛：「爹爹病得好重，走路都要松閔扶著。」

「是嗎？辛苦他們了。」我偏著頭，確實苦惱了一下。「那我們進去等他們吧。娘也累了。」

夏和瞠著大眼。「那、那爹爹呢？我去找爹爹，說妳回來了好嗎？」

我搖頭，還是笑著。「不要。」

「咦？」

越晚看到羽郎，越好。怪物還在享受我的良知，當良知真正吞噬殆盡之後，即使羽郎給我再多的愛、再廣的寬容，我也有自信，不會回頭。
怪物才能面對怪物。
夏和疑惑的眼神自始至終都沒有從我身上移開過。
當松閔攙著疲弱的羽郎喪氣地回到家，發現他們一直在尋找的我此刻正一臉無事地在灶房準備晚飯時，那疑惑的樣子就和夏和一樣。
「……娓之？娓之！」羽郎沒有怔愣太久，他馬上靠了過來，低下身仔細地查看我是否無恙。
我笑彎著眼，面對他。
我的微笑讓他霎時失了神，接著他皺著眉，好像在與自己的直覺奮戰。
我想，他想要相信自己的直覺，知道這微笑有異；可是他也想要苟且，想要平靜的幸福，只要他相信我的笑容是一種恢復，他就可以安然無憂了。
最後，他只能撫摸我的臉，很疼惜的，那粗礪拇指的力道充滿著歉疚、不捨。
但是這些都於事無補了，所以我說：「我沒事了，不要擔心。」
他反問：「真的嗎？」
「是啊，我好到終於可以為你們煮一頓晚餐。」
「我怎麼覺得，妳跟我一樣……都傷痕累累。」
「你多心了。」我扳開他的手，越過羽郎的背，笑瞇瞇地對松閔說：「阿閔，這陣子辛苦你了，留下來吃晚飯吧？」
「呃……這……」松閔看了一眼長官的背影。
羽郎吸了口氣，輕輕地說：「沒事就好。」他也強笑：「留下吧，松閔，這陣子照顧我和夏和，你確實辛苦了。」

敏銳如羽郎，怎麼會不知道我心中的門又關上了呢？而他只能用哀傷的眼神回應我。

「那……」松閔搓搓手，有些尷尬地說：「我替佐大人更衣與換藥吧，折騰了一個下午，得幫佐大人清理乾淨才是。」

「拜託你了，好在有松閔。」我向松閔道謝，真心地。

因為外人的介入，羽郎便無法輕易靠近我。他的眼神讓我知道他想做什麼，即使病懨懨的，他仍想獻身給我、討好我，並教我騁馳他，好使我感到快樂、安心、寬慰、無憂無慮，然後繼續甘於被懸州所欺騙蒙蔽。不，千萬別過來，羽郎，你太小看懸州這頭怪物了。

夏和也懂事了，乖巧安靜又本分地當著松閔的助手。

看到羽郎被紅鳶人的尖爪穿透的傷還沒癒合，仍是一片紅通混著白濁的血肉，夏和有點害怕地說：「爹爹不痛嗎？」

羽郎笑著。「爹爹不痛。」他看著我：「娘平安地回來了，爹爹就不痛了。」

我沒回話，繼續忙乎。

松閔總覺得氣氛有些詭異，因此才會拚命用自己的聲音來填補這裡的安靜。

「總之，」他故作歡快地說：「看到夫人平安無事真是太好了。」

「謝謝。」我毫無感情地回道。因為我並非平安無事。

羽郎抬頭，看了我一眼。我別過眼，料理著醃肉的黃薑。

「或許會讓夫人想起不好的事情，但是我和佐大人還是很好奇，保密吏有沒有對您……」松閔忐忑地問：「做什麼事？」

你們不會想知道的，我也不能讓你們知道。我想，嘴上卻說：「沒什麼。」
「可是，妳離開了我們兩個月，娊之。」羽郎說話了。「絕對不會沒什麼。」
「原來我待了兩個月啊？」我知道他想起早上我逃跑的事，便雲淡風輕地說：「可能在封閉的地方待了太久，剛出來無法適應，早上才會一時慌張，抱歉，讓你們這樣操勞。」
「娊之。」羽郎的聲音硬了，連夏和手裡的盆水都忍不住震出了水花。
「妳轉過來，看著我。」他說，更像命令。
我有些不情願。
「娊之。」
我只好堆起微笑，轉過身，看著他們。
我每笑一次，好像就傷一次羽郎的心。但我不笑，我還能為他們做什麼？
「妳到底還要隱瞞我什麼？」
「我沒有隱瞞。」
「妳知道妳瘦成什麼樣子嗎？」
我看一下自己的手，確實骨節分明。我再彎下身往一旁的水缸看，也真的有點嚇了一跳。
我看到削尖的下巴、凸出的髖骨，臉頰也不豐腴了，像發酵失敗的饅頭，陷了下去。
我對著水缸裡的倒影一笑，瘦成這副模樣的人還想笑得平安無事，確實很詭異。
我深吸口氣。「好吧，我說實話。」我說：「他們就只是問我牛會不會生犢、雞會不會孵卵而已。」
「什麼?!」松閔不滿：「把人拘留得不見天日，只問這個問題?!」
「是的。」

羽郎垂著眼，那表情似乎知道這兩句話代表了什麼。

「太過分了！」松閔忿忿不平。「這些保密吏上島的原因到底是什麼？我們這些軍人做了什麼事要這些狗追著跑？」

「你有權限過問那天的事嗎？」

「可是島外發生這麼嚴重的事——」

「松閔！」羽郎喝斥他一聲。

松閔一怔。

「注意你的言行，不要再問了。」

心浮氣躁的小子咬著牙。「我無法忍受夫人被這樣對待……」

羽郎低著頭，好一會兒沒再說話。

「我希望你們知道……」當他抬起眼，再看著我們時，眼睛裡的疲憊好像是一個垂暮老人似的。「讓你們被保密吏抓走這種事，我無法再承受一次。」

我靜靜地望著他。

他也深深地看著我。

我知道羽郎已經看穿我面具下的面目——在我知道牧軍省要把你們全部變成吃人的怪物之後，為什麼我還能活著呢？因為，我腐敗了，我扭曲了，牛不會生犢，雞不會生卵，打從心底認可這種顛倒的事實的人才不會說出鳶人會吃人、地龍藏入土的真話，永遠為牧軍省保守秘密。你不會想看揭開面具下的臉，那張臉是以為我們全家人都死透了的絕望至極的臉，你確實會負荷不了啊。

我心中的怪物正在幸災樂禍地跳著舞、唱著歌。

「總之，記住我的話。我要你們都好好的，好嗎？」羽郎虛弱地下了結語。

松閔只好答應，不再多問、多提。

羽郎披好單衣，把夏和拉到身邊，摸摸他的頭。

「夏和，抱歉，今天讓你一個人守在家裡。」

「沒關係，」夏和看我一眼，不太確定。「我最後也算等到娘了吧？」

「對，你做得很好。這幾天你一直都做得很好。」羽郎抱了抱他。「晚上爹會給你一根羽……」

「——不會有羽毛！」

這句話彷彿是敵鷲忽然墜地突襲似的，讓在場的所有人都怔愣住了。

夏和、松閔還有羽郎，都瞠著眼看著我。因為用歇斯底里的聲音喊出這句話的人，就是我。

我感覺自己的嘴角仍牽著，笑著說出這些話：「即使夏和收集到一千根羽毛，他也不會是鳶人！你以後不要再跟夏和說這些話。」

這句話開始發酵後，夏和臉色發白，不但嚇到了，更絕望透了。他不會是鳶人了？娘不准他是鳶人了？

他咬著嘴唇，快哭了。

「娘，我……」

「夏和乖，相信娘，你不會想成為鳶人這種怪物的。」

松閔看著我的眼神像是我是個突然闖入屋的陌生人。

最先恢復鎮定的，是羽郎——至少在我看來，他面無表情，很冷靜，很克制，在我說出鳶人是怪物這種話之後。

「他是我們的兒子，身上流著我的血，他可能是鳶人。」他平靜地陳述事實。

我也笑說：「他也是我兒子，身上流著我的血，他不會是鳶人。」
「娓之，」羽郎走向我。「我是鳶人。」
「你是啊。」我挑釁地說，卻退了一步。
「妳的丈夫是鳶人，妳逃避不了。」
「可是我是人，不是怪物。」
羽郎不說話了。
「你也看到了，不是嗎？你看到那天發生的事情了，不是嗎?!」
他只是癡癡地望著我。
「你能說你們不是怪物嗎?!啊?!」
室內的空氣沉悶至極，松閔尷尬的表情像是快窒息了。
「以前，」最後，羽郎打破沉默，聲音極輕極柔：「有人叫我怪物，妳一定會跟他拚命。」
我覺得自己的笑又僵又痛。
「連這樣的妳……都要叫我怪物嗎？」
我得回話。可是我的心……
「那……」他也笑了，笑得很淒涼。「還有誰可以愛我呢？」
我的心很痛。
我多麼希望那個時候被紅鳶人吃下肚，我就不會被保密吏這樣對待，也不會在此刻看到羽郎這麼傷心的表情了。
為什麼被吃掉的不是我呢?!

被吃掉的話，這個恐懼又傷心的惡夢就會結束了吧。

吃掉……

吃掉……

我肚腹一陣灼熱。啊，是了……我恍然大悟。

為了對付懸州這頭怪物，我不也成了一頭敢吃自己女兒的肉的怪物嗎？羽郎如果知道我正計畫用胎鼇殺了春孅，會怎麼想呢？他不會覺得這樣喪心病狂的怪物就該被吃到連骨頭都不剩嗎？

他用他的生命愛著這個家，他肯定會……

憤怒到要吃掉我吧？

正合我意。

我著了魔，也不顧松閔和夏和都還在，竟然就順勢地——把懷裡的那份切結書給抽了出來。

「羽郎。」我笑著。笑得很真誠。「喏，給你。」

這樣的笑，讓羽郎毫無防備。

「給你啊，拿去。」

我想起來了，小時候如果偷到兩顆冰糖，我都是這樣笑著給他的，他不肯收，要我儲好、自己享用，我便會催促他。他肯定也想到那段吃糖就會快樂的童年了。

所以，他想也不想，就伸手接下我的東西。

一如我所期待的——他打開了。他讀了。他遲疑了。他悲傷了。他憤怒了。

胎鼇，鼇食胎兒。簡潔易瞭的詞意。

他抬頭，瞪著我。我讀懂他的眼神，那是真的感受到自己被澈底背叛的眼神。

永遠不會原諒我的眼神。

對，吃了我吧，羽郎。

羽郎仰起頭，渾身顫慄。

松閔馬上發現不對勁。「佐、佐大人……」

接著無聲地嚎叫，他尖起指爪往皮膚抓，像扯開人皮似的，扯出了一蓬又一蓬潔白的羽毛。再大翅一張，整個身子就如箭簇般射出——

「啊啊——！」

夏和尖叫，松閔趕緊摀住他的眼，可連他自己都不敢往前看。

他躲了一陣子，好不容易才鼓起些勇氣，瞧了一眼前方。

他看到羽郎化成的鳶身，劍拔弩張地聳動著全身的羽毛。

可是羽毛還是白的，並沒有見紅。

我也很驚訝。我以為羽郎可以更俐落地把我身首分離的，連一點痛都不會感覺到。

然而牠尖銳的喙卻只是含著我，牙關遲遲不闔。

「我想殺了春孅。」我茫茫然，輕聲地對他說：「我當初就應該在那安孤營餓死，如果你不保護我，讓我活下來，你現在也不會變成這個樣子。」

這麼脆弱的甜乳花，有什麼資格一直受你的保護呢？我寧可被你吃掉，也不願再成為你的後顧之憂了……

「這次，」我抱著牠的喙。「不要再原諒我了。」

咬下去吧。

牙關，終究沒有闔上。然後，這隻鳶人離開了我。

而松閔看到的是，鳶人搖搖晃晃地後退，不斷甩著頭，好像被韁繩拖住的野馬，在與什麼奮鬥掙扎似的。

「佐、佐大人……」

「爹爹……」夏和也看呆了。

鳶人看起來像生病了一樣痛苦，嘴喙殘著唾液，眼睛布滿血絲，四肢痙攣扭曲，鳴叫著雜亂銳利的啼聲。牠的眼珠一直朝我們三人轉動，一下空茫，一下又出現了神智，腳步好像也被這麼牽引著，就在我以為牠就要俯衝而來給我一個了結時，牠卻又跌跌撞撞地尋找著出口。

「佐大人！」松閔似乎意會到什麼。「變回人！快變回人啊！想著自己是人啊！」

鳶人卻像聽不懂人話似的，朝松閔跺腳威嚇，完全是野獸的本能在宣示牠此刻擁有的主控權。

松閔退後了幾步，仍不怕地大喊：「不要屈服！佐大人！你是人！我相信你！你是人呀——」

鳶人最後奮力鳴叫，撞破了大門，疾風一般地逃了出去。

「夫人，你們留在這裡！」松閔將夏和留給我。

我茫茫然地看著他，無法反應過來。

松閔不忍心，於是給我保證：「我一定會把佐大人『好好地』帶回來的，請夫人放心！」

說完他便急忙地追著鳶人而去。

我冥冥中好像感受到了什麼、知道牠在跟什麼對抗。也知道松閔在對我暗示什麼。

我再也笑不出來了。因為我恨透了自己。

鳶人不是怪物，我才是。

下島

我大病了一場。先是一場小風邪，在從大夫口中知道春孅已經離開我了之後，我再也站不起來了。

被保密吏那樣折騰，春孅當然熬不過。不用保密吏挖出來，也不用讓胎蠶蠶食，春孅早就知道懸州這個地方不歡迎她，而悄悄離開了。

那張切結書仍扔棄在羽郎逃出家門時的地方，沒人去動它。胎蠶上島了，學徒直接送到家門，我躺在榻上，讓夏和拿了錢去打發學徒。

夏和沒問那是什麼，只是乖巧地把木盒子端給我，又坐回榻旁的小桌，邊看顧我、邊寫他的習字本。他的眼中已經看不到屬於小孩的好奇了。

大夫說要盡快將死胎引出來，便開了俗稱「黑神散」的藥方，若不見好轉，就得動刀見血。

我喝了藥散後，就一直昏沉在烘著暖爐的榻上，足足旬日。據說始終是夏和照顧我的，病急找大夫、煎藥託鄰坊，都是他這小小的身子忙進忙出的。我昏著時，他沒問過別人他父親在哪兒，待我醒來後，他一句「娘，為何我不能成為鳶人」的撒嬌話都不曾提過，可見他多會看大人臉色了，就只是這幾個月的光景裡。

松閔沒見過幾回，但並不是棄我們於不顧，他仍會託人送糧與藥過來。他人好心好，目睹了一切，不會不知道羽郎發狂的罪魁禍首。可是他還願意照顧我和夏和，我是真心感謝他的寬容。

至於羽郎，奪門而出後，就再也沒有回來過。

我隱隱知道羽郎發生了什麼事。松閔的反應太直接了。

我記得，松閔對羽郎喊著——

變回人！快變回人啊！想著自己是人啊！

不要屈服！佐大人！你是人！我相信你！你是人呀——

那頭髮狂吃了人的紅鳶人給我的印象仍歷歷在目，連保密吏那套牛不生犢、雞不孵卵的扭曲都洗不盡這層記憶。我只是選擇不說，可越是不說，越是往心裡塞，那件事就會越鮮明深刻。

是我幫著牧軍省，把羽郎逼到了懸崖邊的。他跳下去了，我還能看到他嗎？

我理該好好地懲罰自己，我無能，我自私，才讓心中的怪物有機可乘，毀了羽郎。但我到底還能怎樣懲罰自己？無論怎麼讓自己受苦，都會傷害羽郎——為什麼我時常會忘記，羽郎把我看得比他自己的命還重？我自責，他會痛，所以他總把自己當成防我摔疼的墊子，為我撐著一切的痛。

可是我不自責，不反省我的罪，我要如何獲得救贖？

這段病榻的日子，我日夜看著我心中的怪物。

我對牠說：「你會死的。」

牠朝我低吼。

「我已經沒有東西可以餵養你了。」

牠朝我揮爪，把我抓傷。

我不覺得痛，反而對牠笑。「只要我捨下羽郎，就沒有恐懼。」

牠開始虛弱地嗚噎。

「你就慢慢地餓死吧。」

當然，捨棄羽郎，比殺死這頭怪物，需要更大的勇氣。

然而這次，真是該離開羽郎的時候了。

羽郎回來的那天，我做了一個夢，夢到安孤營的往事。

小時候伙食不好，生活環境差，我經常大病，那年冬天的膏肓之病甚至讓我以為這兒就是盡頭了。羽郎卻不放棄，以身代替被枕偎著我取暖。惡童打他、踹他，他不為所動，仍緊緊地守著我。

我以為命運待我再坎坷，至少也讓我在他的懷裡死去，想想，這樣也不錯。

忽然——好冷。

我睜開眼睛，看到羽郎離開我，背對我。

「羽……羽郎……」

他沒回話，往前走，離我越來越。

「羽、羽郎……你去哪裡？你去哪裡啊？」

我慌慌張張，從被裡鑽出，跌在榻下，爬過去想追他。

可是他竟不看我一眼。

「羽郎！羽郎——」

轉個彎，黑暗吃掉了了羽郎的背影。

我還想喊——對不起，對不起羽郎！我不會再生病了，我不會再拖累你了，你不要扔下我啊！拜託你——

我哭了出來，把照料我的夏和嚇了一跳。

他也哭著、「娘啊娘」地把我搖醒。

我尷尬地抹著眼淚，勉強起身抱抱他。「沒事，娘沒事，你別怕。」

一起身，背後頓感一陣濕涼。我發過了燒，出了汗，可喜的是身子已經輕盈多了。

夏和緊緊環著我的腰，老久不肯放。只有恐懼的時候，他才允許自己能有點孩子的模樣。情緒平復了之後，他揉揉眼睛，說：「娘，喝水嗎？」

「好，麻煩你了。」

他在小爐邊倒了熱湯，替我托著碗餵我喝下。

最後，他叫一聲：「娘。」

「嗯？」

「好多了嗎？」

「謝謝，好多了。」我摸他的頭。病後第一次認真地看著自己的兒子。

這病榻才躺個十數天，我卻覺得好像有個一年半載沒好好看過這個兒子。不知是表情凝重的關係，或是真是這嚴峻的環境使然，他的眉宇竟再也尋不著以前玩著毛猴大兵的稚氣了。

「那個……」夏和欲言又止。

「怎麼了？」

「爹回來了。」

他喊羽郎「爹」，卻不喊「爹爹」了。我是察覺了不對勁，但以為那只是夏和長大的關係。

我盡量保持鎮定。「他在哪兒？」

夏和指指臥房門外。「他在外面等妳。」

羽郎已經連進來臥房都覺得是一種煎熬了嗎？

我讓夏和拿了件外衣讓我披上，出了臥房。門一開，就看到羽郎背我而坐的身影，啊，跟夢裡不謀而合呢。

我正躊躇著該如何喚他時，站在羽郎身邊的松閔虛弱地喊了我一聲：「夫人。」我才看到松閔灰敗疲憊的表情。

羽郎轉過身，看著我。

剎那，我有種不認識眼前人的感覺。他是羽郎沒錯，但他是我丈夫嗎？羽郎從來不會這樣居高臨下、漠然冷淡地看我的。

不過他還能恢復人形，我已覺得僥倖，不多求什麼了。

「妳醒了。」他眼睛往凳子一瞥。「過來坐。」

與其說是一種問候，不如說是命令。夏和看似攙著我過去，但更像是緊緊抓著我，向我尋求保護。

那張凳子離羽郎有點遠，我坐下後，與羽郎遙遙相對。我看了他幾眼，他面無表情地任我看著。

我有些不可置信。「你……怎麼受傷了？」

他的臉布滿瘀青，甚至蔓延到後頸，耳根到臉頰處還有一道像被鞭子抽過的疤痕，簡直像被人虐待過一樣。

可是他卻冷冷地回我：「沒事。」那語氣更像「不關妳的事」。

我忍不住探過身子，以為自己還可以像以前一樣，關心他。

他卻撇開臉，一臉嫌惡。「不要碰我。」

我的手懸在半空。

是啊，我怎麼有資格用殺死女兒的手去碰他呢？

我抽回手。「對不起。」

夏和吊著眼，瞪著他父親。

羽郎也看著他，無情無感，像看著路邊的野孩子。

「松閔。」羽郎喚了一聲，松閔便趨上前，攤開了一份紙卷。他的動作有點遲疑，有點痛苦。

我還沒會意那是什麼，他點著下頷，輕描淡寫地說：「簽下去。」

我看到「休書」兩個字。呼吸一窒。

我看了看松閔，他只是悲傷地垂著眼；看了看夏和，他還是在瞪著曾經疼他入心的父親；看了看羽郎，他彷彿忘了很多事似的，包括我和他從小的記憶、我們深刻相愛的羈絆、我們互舔傷口的相依，都已不在他的心中了，所以他可以完全置身度外地看著我。

不知為何，我竟然有一種放心的感覺。

我放心了，羽郎可以獨自在懸州，沒問題了。懸州不適合一個願意捨身的人，那只會耗損他的生命。當他把他最愛的親人棄如敝屣之後，他才可以好好保護自己。真是太好了。我心想。

儘管在休書簽下名的時候，有種心如刀割的感覺。

羽郎使了眼色，松閔順從地將休書收回。

「今天就會向省部提出申請。」羽郎簡明扼要：「你們明日下島，把東西收一收。」

「好。」我淡淡地應道。

他說得理所當然。「以後，我們沒有任何關係了。」

我本想問，以後會收到你的來信嗎？隻字片語也好，只要告訴我們你仍在前線活得好好的。還好羽郎先說了這句話，打斷我如此不識相的癡心妄想。

我只好說：「好，我會把夏和、春嬿帶走。」

他皺眉，問得直截了當。「誰是春嬿？」

啊，我終於知道羽郎當時被我剖割的感覺了。雖然春孅很早就離開我們了，可是當羽郎進門之後，始終沒有過問這孩子的生死，甚至是在離家的這段期間嘗試阻止我服用胎蠶……即使詭譎，但這也不正能說明羽郎的心死透的程度嗎？

可憐了夏和，但這是我應得的。

「我有事，先走了。」

羽郎站起身，毫不留戀地離開，就跟夢裡決然的背影一樣。

這時，松閔終於忍俊不住。「佐大人！」

羽郎瞥了他一眼。

松閔慌忙拿出一欉甜乳花。隔夜了，不新鮮，都醜萎了。

「最後一次了。」松閔紅著眼眶：「請夫人為佐大人帶上吧。」

何必呢松閔。這麼做如此無謂，甚至很矯情……

看羽郎反感的樣子就知道了。

「沒有必要。」說完，便離開了。

可不是嗎？

這是我最後一次見到羽郎的場景，也是從他口中聽到的最後一句話。

數十年的感情，斷得這麼澈底，彷彿被扔進了萬丈深淵，屍骨無存。

松閔將那欉甜乳花擱在桌上，哀傷地看著我。他人果真善良，還會同情我這個罪人呢。

他想說什麼，似乎又找不到好詞，就這麼悲傷地踟躕著。

我笑笑地說：「我今天會把行囊打包好，沒什麼東西，很快的，不用擔心，會趕明天的船班。」

「我……會去送行……」

「不要。」我拒絕。「不需要。」

松閔緊抿著嘴，好像在忍著哭。他為什麼要哭？但我也沒立場多問。

「我沒資格這麼說，但是……」我攙著夏和站起身，向松閔作揖。

「夫人……」

「請你們務必珍重。」好好地活下去。

松閔終於放任眼淚流了下來。

家裡只剩我和夏和兩個人之後，我們開始收拾行囊，只收拾必要的衣物，其他家拾沒什麼值得帶的。也或許，因為充滿夫妻、家人的回憶，所以根本不堪帶走。

而夏和也沒有帶走羽郎為他張羅的毛猴大兵。

「我以後不會再玩了。」他悶悶地說：「帶走也沒用。」

「有點可惜呢。」

「爹看它們不順眼的話，會幫我扔的。」

夏和這麼說的時候，我心中想的不是他們父子剛才形同陌路的樣子，而是羽郎開心地陪著夏和玩毛猴大兵大對戰的時候。玩著玩著，父子倆還鬧在一起摔角，卻往往是羽郎讓著夏和，躺在地上任兒子騎著、扳著比他小子身高還高的胳臂。

我們默默地收拾好，並準備了簡單的晚餐。這時我才看到一直忘在一旁的甜乳花。

即使到了這離別的時刻，我仍想不起來與甜乳花有關的記憶，以及甜乳花為何讓羽郎所愛的原因。如今連羽郎也覺得沒必要了，我想那肯定不是什麼值得掛心的事。但甜乳花這般孤伶，不再受人呵護，讓人心酸，乾脆由我佩戴。

算是給自己這半生一個註記，註記曾經有過這麼一段被人深愛的日子。

隔日，我們來到了落場，順利地搭上頭班的大坪鳶雀。登上梯的時候，我還是忍不住往回看。

當然，沒有羽郎的身影。

真是離別的時候了。

「再見。」我小聲地說：「羽郎。」

昨晚一夜無眠，身子也還沒挺過這次的起起伏伏，在船上體力不支，便昏睡了過去。那夢又來了。

那群安孤營的惡童圍在我榻邊，踩我的榻、掀我的被、抓我的髮，嘲笑我：「羽郎那傢伙不會回來啦！」

「他扔下妳了！」

「臭丫頭，以前有他護著，很囂張嘛！還能吃蕎麥飯呢！現在誰護著妳啊？誰給你搞吃的？想吃，求人啊！」

「妳根本就是個累贅！他快成年了，還拖著個油瓶幹嘛？少不自量力了！」

「胡說！你們都胡說！他會回來！他會回來！他答應我，他會永遠跟我在一起！」

我搏命跟他們反抗，卻被推在地上，任人踩踏。

我的肚子被狠狠地踩了一腳，痛得彷彿有一根棍子貫穿全身。

惡童們都在笑，我早習慣他們那像烏鴉一樣、幾乎會刺破耳膜的尖笑聲，不過卻從沒聽過這笑聲最後會慢慢變成銳利的尖叫聲——

後來漸漸聽清了，好像是夏和的聲音。

「娘啊！娘啊——誰來救救我娘！她流血了——救救我娘啊！」

我以為我好不容易睜開眼了，眼前的景象卻看得一片模糊。夏和在哪兒？不怕，娘在這兒啊，不會扔下你的，娘不會讓你進安孤營受罪的，娘會好好活著的，你可是娘跟爹爹的寶貝啊……娘如果失去你，就真的和你爹爹斷緣了……

你爹爹可是娘的另一半身體和靈魂啊。

我想起身，身體卻是千斤重，下肢好像陷入了泥淖一般，又濕又沉。最後我彷彿整個人都被泥淖吞了進去，眼看不見，耳聽不到，竟然想醒也醒不來。

我在黑暗中沉淪了許久，找到前方的光源、並且努力往前走時，我對時間已毫無概念。

我是醒在潭壤落場一處簡陋的安濟營。潭壤是川道上的一座城市，離懸州最近。

負責照料病患的助營士把我大罵了一頓：「吃了打死胎的藥竟還敢搭船，就不怕半途血崩死在船上嗎？」

原來，是藥效發揮了作用，就在船上排出了春熾的屍體。這不就像因為沒了羽郎，我的身魂也被剝離了一半嗎？

我問孩子的屍體呢？助營士揮揮手，像是趕蒼蠅一樣：「扔了，腐肉，都不成形了。」

我沒有悲傷的時間。我發現夏和不在我身邊。

「我另一個孩子呢？」

「這兒沒人手照顧他，暫時擱置在落場旁的安孤營。」

一聽到夏和的處置，我不顧助營士的勸，硬是動身要前往安孤營。

在潭壤濕冷透骨的街道上，我卻老想著羽郎曾在溫暖的爐火前跟我說過——

希望是個女兒。

這次，我要為那個小娗之做得更多。

讓她以後想到自己的孩提時候，就像糖一樣甜。而這是我小時候無法為這個大娗之做到的。

我也一樣。我幫不了羽郎，連愛他都做不到，甚至殘忍地傷害他，可是我至少要為他兒子撐起一個家。而那恰恰是我直到長大後仍無法為羽郎做好的事情。

我想為夏和做好，所以要努力地活下去！我握著那早已枯成花乾的甜乳花，即使身子仍虛，腳步卻急促了起來，就跟重新面對生活的決心在心中累積的速度一樣。

我和夏和就這樣拖著疲憊又殘缺的身軀，在潭壤落地生根了。

川道屬於牡國的東北疆土，潭壤這座城市又位於川道的極東與極北。百年前，據說湯國的河伯曾大發一頓脾氣，發了一場大水，讓牡國整個北疆整整泡了數十年之久的冷湯。如今即使水位漸退，川道中心仍有一座如海的大湖盤據，周邊土地更是大江小川、潭湖淵池四處橫流林立，而潭壤的湖潭數量與規模屬川道之最，「潭壤」之名也由此而來。

除了高原境內多湖泊，東北方無邊無際的海天又常颳來潮濕而強勁的海風，因此潭壤冬天的溼氣總是令人特別難捱。我和羽郎小時所待的安孤營在川道的偏南小村，嫁給羽郎後也是住在川道西南方的小城，我還以為自己早就習慣了川道濕冷的天氣，卻沒想到這座偏北的城市是更不留情地在寒冬中發揮著刮人膚肉的威力。

出過大血的身體，要在潭壤生活，不是容易的事情。

單靠我一人工作，我們的生活並不輕鬆。我白日找到活字坊檢字員的工作，但在這裡認字的人比懸州多，物多便賤，薪餉被壓得極低，只能買到稀粥份量的陳年蕎麥。菜蔬則專揀耕市丟棄的爛菜腐果，拿回家用米糠醃漬成醬菜，母子倆的三餐就是一碗粥、幾片醬菜打發。

若一個月想吃上一次碎肉，晚上便得接一些手工活兒做。潭壞是懸州的補給重鎮，多的是與鳶人相關的工作，比如將鳶人蛻下的羽毛紡成紗線，再織成毛毯。鳶人的毛最是耐寒，在懸州高空生活過的我們都很清楚這些毛毯多麼重要。

夏和不會抱怨，但有時會露出些孩氣，說：「真想念以前在懸州餐餐吃生馬肉的日子。」

夏和完成習字堂的義務課業後，便進了潭壞的中等義塾學習，身子開始抽高，他自覺長大了，因此下了學也會進城裡找搬運輜重前往落場的臨時粗活兒做。他從只能揹一個裝滿菜蔬的小竹簍的男孩，慢慢成為能夠扛起填滿蕎麥的陶缸的少年。他十分努力，因為他知道光靠母親無法支付他上義塾的束脩。我們現在不再是軍眷，不會有無償上學這種好事了。

至於我們居住的西郊聚落，聽說以前曾發過瘟疫，死了好幾百戶人家，有生計能力的都已經遷了出去，但也只有這種有不良背景的街屋可以讓我們租用得起。只是每到夜晚，從窗口探出去，看不到幾戶燈火，街屋又是一種內進非常狹長深遠的建築，洞開黑漆的門窗裡空無一物，卻又似乎影子幢幢，那種陰森的感覺我適應了許久才克服。有段時間若沒有夏和伴著，我甚至不敢在自家活動。

但我們沒想過離開。當初我急於為夏和安頓下來，也沒有多餘的盤纏，光為了棲身及柴米油鹽就精疲力竭，總算咬著牙找到營生的方式，一旦安穩下來，實在無法說走就走……當然，這都是我自己說的藉口。

我心裡很清楚真正的理由——潭壞是牡國內地的極東之境，也就是說，它是靠懸州最近的陸地城市，也因此成為懸州很重要的補給重鎮，許多營生命脈都是仰賴懸州的軍需而來的。

有時天氣晴朗，雲層不厚的話，還能看到高高懸浮於天際上的零星島群——雖然潭壞很少天晴。

我也不知道自己在期待什麼。住在懸州的我應該很清楚，懸州人不會輕易來到潭壞，也知道雖然肉眼看得到島嶼的存在，但實際的距離卻得坐上好幾天的大坪鳶雀才到達得了，而且看到懸州並不是值得開心歡樂的事，我會想起鷲人、玄龜、把人推下島的雲、滿身血紅以食人為樂的鳶人、瞬間將生靈吃得屍骨無存的地龍、凶狠甚至是奪走春孅的保密吏……這些記憶仍讓我感到顫慄。

可是這些顫慄的記憶裡都擁有羽郎。

我還是希望總有一天，可以在潭壞的街道上，遇見從懸州下島的羽郎。如果我們真的遇到了，我們會怎麼打招呼呢？會如何問候這些年彼此的近況呢？我不敢多想。

當我們安頓下來後，我曾寫過信給羽郎，我告訴了他我們目前的落址，以及我們都很平安、也過得順遂的事情。但數十天過去了，沒有隻字片語的回信，再過不久，信件被原封不動地退了回來，沒見拆過的痕跡。

羽郎確實跟我們澈底斷絕了關係。即使我們搬到別的城市也無所謂，想必他絕對不會下島來尋我們吧。

儘管如此，我還是繼續忍受，最後甚至克服了西郊這座廢墟的空寂與詭異。

因為……

「啊，娘，快出來！」正要上學的夏和在家門口忙叫喚著我。

「怎麼了？嗯？」我擦著剛收拾好碗盤的溼手走了出來。

「妳看——好清楚！」夏和往東方的天上一指，我這才發現今天的天空藍得很深邃，就跟當年我站在島外、仰望著高穹軍飛翔的藍天一樣純粹。

「是懸州——」

這個地方會令人期待天晴。

懸州有很多不堪，沒有錯。

娓之。成為我回家的理由。

但是也有那個愛我愛了數十年的人與我的回憶。

用孩子、用家庭、用妳的愛、妳的執著，把我牢牢鎖住。

這樣無論我飛得再遠，總還是能飛回家的，不是嗎？

我除了夏和之外，一無所有，至少讓我擁有可以思念他的機會。

很愛，很愛。妳一定知道的，對吧？我從小就是這麼愛著妳。

所以，我一刻都不能沒有妳。

我需要妳啊，娊之……

我和夏和就這樣相依為命，在西郊這條可能就只有我們一戶人家居住的廢墟中，度過了一年又一年……

夏和十五歲的時候，終於出現了蛻化成鳶人的跡象。全身冒出了短小潔白的毫毛，四肢指頭的皮變得又硬又脆。起初都還容易遮掩，不論冬夏，只要穿著長袖襦衣都能藏，不要隨意碰人，尖銳彎曲的指甲就不會鉤傷人。因此他還能夠上學、工作。

可當他的五官開始變化，肩骨出現劇痛之後，別說出門了，連下炕都沒了力氣。他渾身的氣力都用在忍受劇痛上。我替他向義塾請了長假。

夜晚，我點了燈油，看見夏和窩在炕上，完全無法動彈。

「來，翻過身，我替你抹點藥酒化瘀。」我坐在炕邊，備好剛用炭火溫好的藥酒。我告訴夏和這藥酒是用乾薑、吳茱萸、肉桂熬出了很好的效力，揉個半炷香時間有助消去瘀血、止疼。另外也用飴糖煨了龍眼肉，讓夏和可以當甜點吃下，補足翅膀成長所消耗的氣血。

「不用。」夏和虛弱地搖著頭。現在他連雙鬢都長出了白蓬蓬的短毛，因為還學不會收放，看起來就像個白髮老人。

「你怕我看？」

「我不是小孩了。」他有點十五歲的自尊。

「在娘眼裡，你永遠是小孩，快，翻過身，想要舒坦地睡上好覺，就聽娘的話。」

夏和是個聽話的孩子，長大了、有自己的想法後，也不會太忤逆我。

他只好爬起身、背向我躺著，可衣服退到一半後，再也拉不下來，只要動到肩膀的筋，就痛得生不如死。我只好慢慢地幫他脫下衣。衣服下略顯單薄的身子骨，都覆滿了像草原一般的毫毛。

「會不會更痛？」他擔心地說：「我只是伸個懶腰，就好像被人用刀刺了一樣。」

「不會，相信娘。」我把藥酒倒在手上抹勻。「以前，娘就是這樣替爹止疼的。」

「……是嗎？」

「熬過這段，嘴巴長出喙的時候，便都是小事了。」

「那不是很難看嗎？要人不人的鬼樣子。」

「怎麼會難看？」我說得理直氣壯：「鳶人是最美的生靈。」

他撇過頭，看了我一眼。

「怎麼了？」

「我以為娘討厭鳶人。」

我不說話，開始伸手推揉他的肩骨外圍。一開始夏和把臉埋在臂窩裡，難受地悶哼著，等藥酒發揮了效力，他才放鬆了緊繃的身子。

「娘……」

「嗯？」

「我可以變成鳶人嗎？」

「你已經是了，不是嗎？」

「我是說，我會丟妳的臉嗎？」

我想，這是當年我當著他與羽郎的面喊出的那聲「怪物」所產生的後遺症。夏和一直在努力做個乖巧成熟的兒子，是因為不想讓他娘以為他是個怪物。那句話已經收不回來了，我現在還能說什麼？

良久，我才說：「你爹第一次變成鳶人的時候，很醜。真的很像，怪物。」

夏和倒抽一口氣，不知是我按到了他的痛處，還是因為這話。

「以前在安孤營，我們睡的是大通舖，男童女童雜居，你爹怕我被人欺負，都跟我同睡在一個角落。一個半夜，我被你爹的呻吟聲吵醒了，張開眼一看，看到一半是人、一半是鳶的東西。就像一張好端端的人臉被腐蝕一樣，即使閉著嘴，也可以從鳶人的喙嘴裡看見人的牙齒……那絕不是什麼令人舒服的模樣。」

夏和吞了吞口水。夏和應該要知道自己幸運得多，他的蛻變是循序漸進地來的，而不是所有變化齊上，讓鳶與人的特質同時在身體上打架。

「你爹發現我醒了，伸手，想碰我，可我發現他的前三指是人指，後二指卻已經是扭曲的鳶爪，還發出森森的冷光呢。」

「妳……逃走了嗎？」

「沒有。」我說：「模樣變了，但他還是你爹啊。」

夏和一怔。

「那……妳有對爹做什麼嗎？」

「我握住他的手。」我握住夏和已弓得像鳥爪的手。「我告訴他，不怕，我在喔。就這麼一邊幫他揉著肩骨，一邊抱著他入睡。」

「……」

「所以，丟不丟臉這種事，以後別再讓娘聽到了，知道嗎？你變成什麼模樣，都不會改變你是娘的兒子這個事實。」

夏和沉默了許久，最後問：「妳也像這樣拿藥酒幫他推揉嗎？」

「是啊，不過不是藥酒，哪來的錢買藥酒呢？是去灶房偷用來燒魚的黃酒。」

「然後，他是不是就不理妳？」

「咦？」

「就是爹說的，玩『捉迷藏』那次啊。」

「呵，你怎麼還記得呢？」

「爹說過的事，我都記得。」夏和艱難地起身，直視著我：「他跟我說過，他變成鳶人之後，逃開過妳。」

「我真的不記得了，夏和。」我沒說謊，但也是因為夏和的眼神而感到慌張，他的眼神似乎是在仇恨他的父親。

「爹怎麼可以不理妳？」

「夏和……」

「妳都不嫌棄他了，他怎麼可以不理妳?!就像現在一樣，他怎麼可以把妳丟在這裡?!」夏和的聲音越來越大：「我就不會這樣對娘！」

「夏和！」我忍不住喝斥他一聲。「不要這樣說你父親！」

夏和不服氣地瞪著灰泥地板。潭壤冬日溼氣重，沒下雨的天氣也能讓室內的灰泥地泥濘一片，因此有點家底的人家都會以木頭架高地板、隔絕濕氣，而只能住在泥巴地的我們，不正是貧窮的象徵？

「夏和……」

「……」

「娘現在……」我琢磨著話，說得十分艱難：「只能跟你說，我們如今會在這裡，不是你爹的錯。」

他抬頭，衝了一句：「那是誰的錯？」

我也很直白。「是娘的錯。」

他一愣。

「是娘不夠堅強，沒法保護你爹，所以害你爹受傷了，是娘的錯。」

夏和啞口無言。

我擦了擦手，替他披上衣服，將火盆挪近他。

「但謝謝你的好意。娘也慶幸有你。這樣就好了，不是嗎？」

他垂著頭，不說話。

「娘就睡在你隔壁，半夜疼的話，就喊醒娘，娘聽得見的，嗯？」

「……好。」

我摸摸他因毫毛而柔軟的臉頰，扶著他躺下，便來到前廳檢查門窗是否上鎖。

我吁了口氣。

我要怎麼跟兒子說，這是他母親應得的報應？只是可憐他要跟他母親一同受罪。

我既奸詐又可悲，因為害怕被兒子遺棄而不敢說實話，只能讓兒子多年來一直仇恨著父親。羽郎即使斷了與我的緣分，仍必須在背地裡墊護著我、分擔我的罪……

這樣的我，遲早會受到懲罰的。

忽然門上炸開急促的敲門聲，著實讓我嚇飛了魂。

「有沒有人?!開門！」

我不敢回聲，三更半夜的，怎會有人來找？

「有你們家的急號，快出來接信啊！喂——」

我還是沒動作。

「馬的，這是不是那鳶佐的家啊？跑錯地方了嗎？」外頭的人開始喃喃自語。「鳶佐羽郎，落址沒錯啊……」他再喊一次：「喂！有人在嗎？鳶佐羽郎的家人，有人在嗎——」

我一聽，趕緊撲上門，解開鎖，最後反倒是外頭送信的雁人被我嚇到，「喝」地往後跳開一步。

牡國送信的雁官，跟鳶人一樣，都是禽鳥類的牲人，專職郵遞。但夜晚掛燈飛行送信的雁官可不尋常。

我看到這雁官的臂膀上結了白色的臂圈。

我自己也忍不住退了一步。

「你們家可真難找啊，這急號投遞的落址來來回回已跟縣州確認三四回，好不容易才知曉你們的家處，可都不是急號了。親人在前線，你們都不急嗎？」

「你有何事？」

「能有何事？」雁人說得事不關己，他指指自己的白臂圈，然後單手將急號遞給我。「自己看吧。」

這名雁官可能太習慣報喪了，對於人命已經麻木。我一接過急號，他馬上化為雁身，靠著掛燈照明飛入了黑夜裡。

只有一種信，會在半夜讓掛著白臂圈的雁官送來。

我讀了急號。

羽郎陣亡了。就在兩個月前。

靜寂

在潭壤，要買到一欉甜乳花，可真不便宜。甜乳花是川道南方的溫帶花，潭壤郊區種不活。有錢想買，也是要碰運氣的，南方的商隊不是趟趟都能載上。但我還是會從每日的開銷中積攢一些碎錢，讓自己能在每旬日時向耕市的花販訂上一欉。

自從接到了羽郎的陣亡令之後，我便養成了在門口掛上甜乳花的習慣。

除此之外，我們的生活並沒有太多變化。

夏和也安安靜靜地度過了三年，長成了十八歲的結實青年。

「……是嗎？」聽到父親陣亡時，他面無表情。「他不在了……」他平靜地復述一次，說給自己聽。與父親的回憶都是小時候的事情，太過遙遠，也太習慣在最艱苦的日子裡沒有父親，因此這紙陣亡令乍看之下並沒有太衝擊他。

只是他不只是長大了——離開懸州後，他本來就是一個小大人了——而是有種莫名的東西在他的生命裡發生了變化，就好像酵母慢慢地將一缸糖水發酵成醋與酒一樣。所以他漸漸不再展露情緒，不怒也不笑，才十八歲，就已經沉沉穩穩地替我接下了生活的擔子，然後小心翼翼地牽著我、繼續行走在歲月的路途上。

不過，因為他是牲人的戶籍，無法找到適合一般百姓長久又穩定的營生，即使有高等義塾的學歷也無法加持。

因為牡國長久以來就有「物盡其用」、「人盡其材」的觀念，大司命所領導的大牡帝國何以長盛千年，就是因為祂讓人人克守本份，絕不逾越自己能力或身分所不能及的領域。

在牡國，鳶人的唯一途徑，就是進入鳶軍。

羽郎當年進鳶軍，除了求得生活的溫飽之外，還希望給鳶人還有他的親人搏得一些尊嚴。過了十多年，鳶人一樣得顧得往後的日子生計，但或許根本無關尊嚴，而已是不得不為之道，否則就得一輩子躲躲藏藏，不能堂堂正正做一個牡國國民。

所以，當夏和正襟危坐地跟我說：「娘，我要入鳶軍。」我並不訝異。

因為夏和也能幫忙家計，這些年我們偶爾喝得起南方的茶磚，當然，不是什麼高級品。我笑笑：「飯後，我們喝點熱茶吧，嗯？」

他始終穩重，甚至有一種不符十八歲青年的老成，跟當年的羽郎很像。不過見我如此反應，平素總是凝練的表情終於有些鬆動。

他有點慌，想起身追我：「娘，我……」他以為我在逃避他。

「沒關係。」我按住他。「讓娘有點準備。茶湯好了，娘會好好聽你說的。」

「……好。」

我用炭爐滾了湯水，從茶磚上磨了兩人份的茶末，花了半炷香的時間，才端著茶湯與自己烤的蕎酥回到夏和身邊。

夏和認真地直視我的眼睛。「我過了變身與飛行實測，已經錄取練習生的資格了，娘。」

他的動作這麼快，這我倒沒想到。

「你變身需要多長的時間？」我問。

「很快，大概是飲一盞溫茶的時間。」

我勉強地笑笑。「是不容易。」雖然羽郎在他這個年紀時，一個眨眼就能完成變身。但在練習生的行列中，以變身的速度作為一種能力的考量，夏和表現算是優異的了。

練習生制度表面上是學制的一種，實際上是軍隊中的官制預備員。當練習生短則三年、長則五年，一旦完成練習學程，便能在軍中直升為軍官，而非常兵。但在情勢時常險峻告急的懸州做練習生，不會有人天真地以為練習生的工作就只有「練習」而已。

我的臉不由得沉了下來。

「我知道娘不是討厭鳶人，」夏和知道我的心情，但他仍穩穩當當地說著自己的想法：「而是厭惡牧軍省的鳶軍。可是我希望娘知道，唯有鳶軍才是我們鳶人的出路。」

湯瓶裡的茶末應該入味了，我起身為夏和斟了一碗。

「我不入練習生，遲早徵兵令也會找上我，若是如此，那我寧願當練習生，熬過後，就可以當官，跟當年的『他』一樣。」

我抬起頭。「誰？」

「我父親。」

夏和對羽郎的稱謂換了，我一時適應不來。

「我雖然沒有跟他拿到一千根羽毛，但我想跟他一樣，把鳶人當得驕傲。」

「我以為……」我苦笑。「你並不想跟你爹一樣。」

「當娘還要一日兼兩份差才能養活我的時候，我恨過他，也覺得他很窩囊。他跟我說過，他跟妳玩過很久很久的『捉迷藏』，因為他覺得他配不上妳。他遺棄我們後，我曾經覺得那是渾球才會說的話，不是太無能，就是為自己的錯誤找藉口。可是……」

夏和頓了一下，喉結滾動著，像在吞嚥著什麼難堪的情緒，稍緩後，繼續說：「我現在卻懂得他當時的心情。」

我愣愣地看著夏和，腦海裡卻紛亂地閃爍著什麼。

羽郎、羽郎……

不要跑！等我——

我不怕，你跳，我也可以跳！

我好像聽到自己年幼的聲音在空曠的地方喊叫著。

「我也想過要逃，要一輩子躲起自己的這雙翅膀。」夏和的聲音把我拉回了注意。「可是我發現光明正大地做一名鳶人，讓親人為自己感到驕傲，似乎是更值得一試的事情。」

夏和啜了一口茶，再說：「娘還記得那個叫松閔的大哥嗎？」

阿閔？怎會不記得，那麼善良的一個人。

「他小時候跟我說過：『要說資質好，誰能比得過佐大人。』他說的話我到現在都還記得。他說，我應該要看看父親如何飛，可以把鳶人飛得如此美麗而有尊嚴，就只有父親。難得的是，他擁有所有鳶人都嫉妒的天生資質，卻可以不驕傲、不自大，甚至扶持像松閔哥這樣失去翅膀的鳶人。松閔哥說，那是因為父親有目標，那個目標不是封侯加爵，而是希望他身邊的人都可以過上好日子，尤其是讓娘還有我。」

我入迷地聽著，想起了羽郎飛過的那片湛藍深邃的高穹，所拖曳出的那道潔白、綿長、筆直的雲線，即使看得頭暈目眩也要繼續看下去，因為那是鳶人用生命飛出來的驕傲。

「所以，娘，父親最後才會讓妳找到。」他笑了一下。「或許就因為逃過，知道什麼是不可以失去的，什麼是可以爭取的，當他再回來的時候，他就有變強的決心。」

我深深地看著夏和，這才發現自己太疏忽大意了。他成熟的不只有外貌，還有心智，對一個曾經唾罵父親「他怎麼可以把妳丟在這裡?!」的少年來說，這要經過多麼複雜的千迴百轉才能得到答案。

夏和的表情再度變得嚴肅。

「我不是徵求娘的同意，因為即使妳不同意，我也還是會入鳶軍。只是我希望娘明白我的心情，我想變強大，代替父親，成為娘的天。」

反觀我，我好久以前就已經停止了前進。

我因為羞愧而無話可說。

「你說得對，夏和。」我輕輕地說：「在懸州待過，娘無法同意你前往。」

雖然有心理準備了，但夏和的眉宇還是看出了失落。

「但我不會阻止你，因為這或許真是在牡國的鳶人的唯一使命。」

夏和鬆了口氣。「娘……」

「你也不用成為娘的天。你要成為的，應該是你未來的妻子與孩子的天。」我盡量笑得開朗。「去吧。只要你答應娘三件事。」

「什麼事？」

「吃肉，節制一些。」

夏和有點困惑。「好。」

「還有，永遠記得，自己是人，有人的靈魂，有人的尊嚴，絕不是畜牲。」

夏和用力點頭。

「最後，」我深呼吸。「好好活下去。」

離家前一天，夏和終於問我。

「娘可不可以跟我說實話。」

「嗯？」

「為什麼當年父親要趕走我們？」

終究要面對這個問題呢。

說與不說，在我心中天人交戰了很久，彷彿一世又一世，但在夏和眼裡看來，應該只是喝完半盞茶的時間。

我說：「還記得你妹妹嗎？」

夏和皺眉，顯然不大記得我曾經懷過第二胎的事，畢竟都將近十年前的事了。

「娘告訴他，我殺了他的女兒。」

夏和很努力讓自己面無表情。

「是……真的嗎？」

「真的。」

「親手……嗎？」

「不管你妹妹是怎麼死的，她確實是因娘而死，而娘也為她的死感到慶幸，所以，是娘下的手，沒錯。」

夏和沉默了一陣子。他可能也獨自經歷了一段信與不信的掙扎。

「我只隱約記得……」他最後說：「娘有一段時間不在家，我找不到妳，一直哭。我想，娘是不是遭遇到了什麼……」

夏和很體貼，試著為我找台階下。

「不管娘遭遇了什麼，娘都不應該說出這種話。可是娘卻說了。」我苦笑著。「因為娘希望你爹把我們趕走。」

夏和愣了愣。

「不對……」

「我知道，你小時候常說爹為什麼要趕我們走。你錯了，最想留住我們的，恰恰是你爹。」

夏和更困惑了。

「你爹很愛我們。愛到連自己的命都不要了。」

「娘……」

「只要我們離開，他就不會再為我們受傷了。」

「娘，妳別哭……」

被夏和提醒，我才發現我掉了眼淚。

我難堪地抹著，可是眼淚仍一直掉。我不喜歡哭泣的自己，怎麼可以哭呢？這樣哭是想要獲得兒子的可憐嗎？

我為自己的不爭氣道歉。「……對不起，夏和。讓你這麼早就沒有父親。」

「不管娘做了什麼，妳都是我母親。」他深吸口氣，笑了笑。「就像即使我們是鳶人，娘不是一直都在我們身邊嗎？」

他起身，跪在我面前，像小時候撒嬌一樣，緊緊地擁著我的腰。

下一次，母子這樣相聚，不知要等到何時？

隔日，夏和啟程了。運送兵員上懸州也屬於軍務的一環，因此禁止送行。我便在街頭目送著夏和，直到我再也看不到他為止。

送走了夏和，我回了屋內，打開了為羽郎設置的祭龕。因為沒什麼錢，只能請工匠用廉價、不耐潮的丘陵山黃麻打造一座小祭龕，鳥籠般的大小，安在大廳的東位角落上。祭龕上有雙門，打開後，裡頭安放刻著羽郎名諱的魂位牌，以及我數日前供奉的甜乳花。

甜乳花都乾枯了，我得再為羽郎買點新鮮的才行。

一如往常，我上了香，然後為羽郎清理了他的棲身之處，一邊與他說說話。

「羽郎啊。夏和今天上了懸州。」

我想說，希望夏和可以跟他父親一樣，變成一名優秀的鳶軍，好好地為國效力，將鳶人的靈魂飛得雄偉又壯闊……

但連自己都覺得這些話好矯情，因為那並不是我最想說的話。不管夏和怎麼成就自我，他都是我最親愛與驕傲的兒子。

最後，只能這麼說：「請你好好保佑他，讓他一切平安。」

我挪了張凳子過來，坐著，與羽郎對望良久。

夏和以前在家，我不敢這麼做，我怕他擔心，以為我走不出失去丈夫的痛苦。

但即使痛苦，我也不想割捨這種情緒與感情，即使思念會讓心口疼痛，但唯有如此才能感受到羽郎的存在……

這時，我彷彿聽到門咿呀一聲，有腳步聲走過來。

渾身泥巴的小羽郎來到我面前，朝我遞出一個用乾淨的蕎麥和湖鹽捏出的飯糰。

「喂，拿去。妳吃吧。」

我身旁出現的小婗之怯怯地，不敢接手。

小羽郎有點慌。「妳別怕，我沒讓飯糰沾到泥巴。」

不過小婗之怕的不是髒，而是他額頭上的血。

「別管！拿去！吃掉！妳不是很餓嗎？」

啊，真是不客氣的小傢伙。不過那是羽郎第一次為我搶糧食。

接著，我又聽到了一團躁動。我回頭一看，看到小羽郎和其他小夥子扭打成團。

「混帳！敢再動她試試看！」小羽郎中氣十足。

但敵方的人數越來越多，小羽郎只有挨打的份。他只好忍痛，拉著我逃跑。

逃到安全的地方後，他停下的第一件事卻是檢查我的傷口。「可惡，那傢伙剛剛打妳哪裡？痛嗎？」他自己卻鼻青臉腫，都快站不穩了。

冬天的北風呼呼地吹，連我都忍不住顫慄，更何況是只有一塊破布遮身的小羽郎與小婗之。

小羽郎卻是抱著小婗之，眉飛色舞地說：「喂，婗之，以後長大，可以出安孤營之後，我一定會讓我們有一個家。那個家在山坡上，前面有河，後面有地，可以捉魚，可以種菜。我會買口柴爐，趕在冬天前砍很多柴囤著，我們絕對不會冷著。啊，還可以架口鍋，我們吃熱騰騰的肉魚白菜鍋，冬天的白菜特甜，肉魚特肥，湯頭一定很　，放粉條下去煮，煮到入味，我們可以吃上一整鍋呢……」

小婗之好奇地看著他，跟著我的聲音一起問出口：「我們哪來的錢有一個家呢？」

小羽郎眼睛晶亮地看著我與小婗之：「總有我能做的事情，妳少操這個心。」

可是，說要我少操這個心的小羽郎，下一刻卻滿臉潮紅地躺在榻上，弓著身不住呻吟。他長大了，開始抽了身長，鳶身也正在孵化，一定得經歷肩骨鑽心凌遲般的疼痛。有時他甚至痛到忘了呼吸，當他好不容易逮到機會，必得用力地喘，才不讓自己因窒息而死。
小娗之從外頭替他端了涼水回來，要替他壓下高燒。
小娗之好像怕著什麼，做起事來一直壓著頭，不正眼對上他。
「娗之……妳怎麼了？」羽郎當然發現了不對勁。「抬頭啊。嗯？」
小娗之搖頭，繼續搓洗著布巾。
羽郎只好咬牙自己爬起身，把小娗之拉到自己跟前細看。
「該死……」他憤怒到額冒青筋。「那些人真是該死！」
小娗之臉頰上被摑掌的紅腫、爪痕讓很少哭泣的羽郎哭了。他為自己的無能為力而哭。
他不顧自己身體的孱弱，堅持下榻，要給小娗之討公道，可走沒幾步，腿就軟了，只能緊緊地抱著想要攙他起身的小娗之哭。
又是一陣風吹過，這風回暖了些，把草根都吹醒了。
我聽到草聲窸窣，回頭一看，看到已生得堂堂的羽郎穿著粗工布衣，走在前頭；終於長了些個頭兒、有點少女模樣的娗之緊緊跟在他後面。
羽郎蹲了下來，回眸對娗之一笑。「好，上來。」
娗之有些猶豫。
「我答應過妳，要帶妳飛的，讓妳看看天空的模樣，也讓妳知道這世界很大，別以為這兒困得住我們。快上來，來啊。」
娗之最後還是搖頭。
「妳不信任我嗎？」

我和娊之一起回答：「不是，是怕變成你的負擔。」

羽郎佯裝不高興。「就是不信任我。」

說完，他站起身，氣沖沖地快步離開。剛好前方就是個下坡，羽郎的身影一下就不見了。

娊之知道惹他生氣了，趕緊跟著衝下山坡——

卻正好跌入了已經變成鳶身的羽郎懷中。

「哈！抓到妳了。」

他緊緊地抱著娊之，振翅一躍，就躍上了天際。連鳶頭都現形的牠帶著娊之撫摸了雲、鳥瞰了他們生長的土地，還帶她攀上了徒手攀不到的山岩。娊之以為山岩上空無一物，她錯了，春天的各色繽紛花朵開滿了理應長不出任何生命的山岩上。

下降後，羽郎讓娊之坐在樹根上休息，自己則跪在她面前，深深地看著她。

羽郎背對著我，他的翅膀未收，我看不到他的表情，也看不到被他包著的娊之，只聽見他對娊之傾訴的話語。

「相信我了嗎？」

「這就是我的翅膀。妳摸摸看。」

「這麼強壯的翅膀，想帶妳去哪兒都可以。」

「妳不是我的負擔，不要再這麼說自己。」

「再說，我可要生氣的。」

「我長大了，娊之，記得嗎？我說我要給咱們造一個家的，要我做什麼都行。有那個家，我們永遠不分開，對吧？」

「不要離開我。」

「可以答應我吧？嗯？」

「那就，嫁給我，娊之。」

「因為……我愛妳。」

當我回過神來時，已經是黃昏時分，斜陽的陰影斑駁著室內。四周安靜到可以清楚地聽見山邊的晚鴉鳴叫的聲音。

祭龕裡的東西陷入一片黑暗。我只好起身點燈，讓自己再看清龕裡的魂位牌上的名字。

「我們從小就在一塊，都已經是數十年的交情了呢，羽郎。」我對著羽郎的名字說話。「隨便幾件事想了想，不知不覺就這麼晚了。」

我將那欉枯萎的甜乳花取下，謹記明天一定要向耕市裡的花販訂購新花。

即使甜乳花不美了，我還是細細地撫摸著。

「這記憶真奇怪，羽郎……」我苦笑了一下，說：「怎麼辦呢？無論我怎麼想，我都是想到你對我的好。沒有別的。」

再抬頭，看世界的一切都被眼淚弄得模模糊糊的。

「……羽郎。」

失去羽郎那麼多年後，直到夏和長大後離家的現在——

「我好想你。」

我才敢說出這句讓我充滿罪惡感的話。

夏和離家後，我覺得自己變成一個不會去想像將來的人。

我不做檢字員，眼睛不大行了，只能在家中做點手工小活兒，但我對食衣住行已沒什麼欲求開銷，就這麼平平淡淡地在街坊上過著只有自己的晨昏。夏和也總把所有的軍餉都給了我，讓我生活無虞——但大多被我存進了錢莊裡。

若說我還會想像個將來……那就是希望替他儲個豐盛的將來。

我一定會健康平安地活著，讓他知道他母親並沒有遺棄他。

至於我這獨身的生活還存不存在著一點樂趣……

應該說，每隔幾天、大老遠進一趟耕市，向花販訂購甜乳花，就是我這簡單的日子中唯一讓我期待的事情。

生命中沒有羽郎之後，他過去說過的話反而在我耳畔響得更清晰……

我差點兒找不到妳，娫之。

我朝祭龕拜完了香炷，將剛到手的新鮮甜乳花一分為二。

答應我，妳要每天拿著這些花，為我別上。

一欉，放在祭龕上的小瓷瓶裡。

只要妳每天都為我別上，讓妳的身上也有甜乳花的氣味……

另一欉，我則掛在門柱上。

我就可以一直、一直找到妳，就像妳當初找到我一樣……

然後，我會忍不住眺望起東方的天空，希望今天會是一個朗天，讓我可以看到天際的懸州。

當然，潭壤的陰天、雨天頻繁如家常。我也想起來了，那已經是沒有羽郎的懸州了。

更不會有人循著甜乳花的香味來到這裡的。

不過，就在夏和離開潭壞的第二年，雨水將潭壞的各處潭湖漲得滿滿的冬日裡，發生了一件事。

那天，我照例上了耕市，取了訂購的甜乳花。

天氣又濕又冷，我只想快些回家。這種陰冷的天氣，最好哪兒也不去，就點口暖爐，坐在羽郎面前，靜靜地與他對看就好。

這時，大街上響起一陣令人顫慄的響鞭。我嚇了一跳，甜乳花掉在地上。

我心疼極了，趕緊撿起。

可蹲下身時，卻突然覺得有道怪異的視線黏著自己。我往前一看，剛好看到一批運送輜重的隊伍。

潭壞是懸州的後勤鎮地，四方各道補給而來的物資都會在潭壞集結，再一一輸往懸州。一般隊伍都會使用由牲人變化成的山王野牛來運補，此種成牛就像一棟單層小屋那般高，一頭就能拉動十匹馬才拉得動的輜重板車。

但據說這陣子大司命陛下加強對西邊的禁國用兵，調遣了許多山王野牛的輜重兵支援，導致潭壞的兵員不足。民間本以為有朝廷的生意可做，可是誰也沒賺得這筆戰爭財。

因為牧軍省不知從何處調來了這支誰也沒看過真面目的運補隊伍。

與我對上眼的，就是其中一隻……姑且稱之「馬」吧。不過我也不確定那隻「馬」是不是在看我，因為牠的頭被一只織得細密的竹籠子給罩得嚴嚴的。

這生靈的線索實在太少，令人難以猜透來歷。四肢著地的樣子像虎也像猿，沒有尾巴的臀部使牠的外觀顯得笨拙、滑稽，身子又覆著沒什麼辨識感的灰色短毛，實在稱不上美麗。唯一令人印象深刻的是乾瘦如雞爪的腳根，因為牠們沒有爪子，那種感覺不像是天生的特徵，而是失去——彷彿被硬生生地拔除，再用烙鐵封住傷口，因此每一隻「馬」的腳都是扭曲醜陋的。

響鞭又在半空中爆裂開來，這次更悶悶地抽在這些「馬」的身體上。聽得那聲響，惹得我又是一陣心驚。山王野牛是兵員變成的牲人，都保有理智，雖然是用畜牲的模樣幹活兒，但押送的人員絕不會用這種粗魯野蠻的方式對待牠們的。

但最讓我驚訝的不是那鞭子一下又一下的狠勁，而是那頭被抽的「馬」的「頑劣」。即使下身都被劈得皮開肉綻了，牠還是一動也不動。竹籠子的方向始終朝著我。

我有些不安。畢竟山王野牛也曾發生過橫衝直撞、踩死百姓的是非。更何況是這種來歷莫名的生靈，若發起癲來，不知會對街坊造成什麼危害。

我撿起花，速走為妙。走得急，很快就脫離了響鞭劃破空氣、令人刺耳不安的聲音。知道那匹「馬」因為逃跑而在那塊坊區引發起偌大的騷動，已是好幾天之後、再上耕市訂購甜乳花的事了。

聽說牧軍省為這匹「馬」投入大量人力搜索，起初民間以為是因「馬」具有傷殺力，但過了一個月後也沒聽聞城裡郊外有傳出什麼損害，因此也把這事當成過眼雲煙，而能更心平氣和地與這支新的輜重隊並行在同一條街道上。

大概也是那時候開始，我的家門口會出現瓜果。

而門柱上的甜乳花則不翼而飛了。

那瓜果每天出現的模樣很奇怪。不像是被無意遺留的，也不像惡作劇或警告，比較像是……恩惠。但我在這裡沒什麼熟識的鄰坊，沒做過值得讓人報答的事。而且這種「恩惠」也頗為奇特——這些瓜果的外型，從未完整過，似乎是用獸嘴耙起來，上頭殘著咬口及泥巴。

有時是體積大的金瓜、玉瓜、菜瓜、蘿蔔，有時卻是不成量的菜菇、菱角、小水筍，或是連根莖整株拔起的青豆莢、粟米等等。

這個恩惠雖然很笨拙，但是可以感受得到誠意。

可是為什麼甜乳花會不見？我百思不得其解。

因此，我稍稍奢侈了，每天都請花販訂購甜乳花。今日早上掛在門柱上，隔天清晨又不見了，我卻鍥而不捨地繼續買、繼續掛。

或許，我心中是相信著我不敢相信的一件事。

這樣有點不一樣的日子大約過了兩個月。

一日正午，我正在準備簡易的午飯時，有訪客敲響了這扇安靜了好久的門。

這陣子，我總是莫名地期待著什麼，或許就是等待著這陣敲門聲。

可能是夏和從懸州放假回來了，但我想的最多的，卻是另一種可能——雖然我每天都在與羽郎的祭龕對望，當年派下的陣亡令也看了好幾十次。

我匆匆忙忙地打開了門，感覺自己臉上的表情在高興與害怕之間角著力。

就這樣，我與松閔見了這睽違將近十年的第一面。

「……夫人。」

「阿……阿閔？」

身著市井布衣的松閔趕緊向我作揖。「別來無恙，夫人！」他的聲音因為激動而顫抖。

我有點失落，但遇見故人，還是高興的。我連忙把他請進屋，用熱茶、火爐給他去去這潭壤初春仍舊濕冷的寒氣。

「我正在準備午飯，很簡單的蘿蔔蕎麥飯與醬菜，不嫌棄的話，一起用吧？」這些蘿蔔與醃瓜醬菜，都是那些天降的恩惠賜的。

「當然，夫人，我可是一直念著您的手藝呢。」

「不好意思，那你先等著。」

我投入灶房的活兒，沒有太留意松閔的神情。當我看到他五味雜陳的表情時，是端出了蘿蔔蕎麥飯與醃瓜醬菜之後才發現的。

我看到他紅了眼眶。

「阿閔，怎麼了？」

「夫人這將近十年來……過得好嗎？有沒有病著餓著？或是……有任何困難之處？」

我大概知道松閔的言外之意了。我不覺得這種生活有何不好，但是我知道這家徒四壁的模樣讓人擔心了，不自覺有點赧然。

「夏和長大了，我也很少欲求，生活簡單就好，因為從未有客人造訪，對於接待也就疏忽了，還請阿閔不要見怪。」

「夫人，我不是這個意思。我只是怕您受苦了。」

「我沒受苦，我過得很健康平安喔。」

松閔也知道自己再問下去不大妥當，接下來的話題便盡量家常了。

「我老早就想來拜訪夫人，可惜一直沒機會來到潭壤。」

「是了，這次怎麼有空來這兒呢？」

「剛好有差事在潭壤。」

「對了，阿閔現在還在……」我斟酌了一下，許久不見，可以這樣直搗嗎？還是不要吧。於是我問：

「現在你做什麼營生呢？」

松閔微笑，謙虛地答：「做個小跑腿而已。」

說完，他拿起筷子，從容地夾起面前的醬菜。

我看著他拿筷子的手勢。我記得他以前和我們一塊吃飯，總是端著碗就在嘴邊、耙得匆匆忙忙，因為得在長官吃完飯前下桌服侍。

這頓飯他卻吃得慢條斯理而優雅，即使是一條醃瓜，也被他吃得如同國宴珍饈。一個在市井裡為生活跑腿的人，吃飯時不會把腰板挺得這麼直，筷子也無法拿得這般好看。

這一天，大概是因為心中都有顧忌或生疏，所以拘束。唯一談到羽郎的機會，就是松閔希望為他上炷香。可上完了香，氣氛又更凝重了。我想他也跟我一樣，不想這麼貿然提到當年的傷口。

「叨擾了夫人一個下午，我也該走了。」

「抱歉，沒有好好招待你。」

「您別這麼說，是我不請自來……」他欲言又止。最後說：「但我還有個不情之請。」

他拿出一張錢票。看那紙背透出的面額，可不小。

我不高興。「你這是做什麼？」

「夫人，請您收下。」

我退了一步。「我為何要收？你來就是為了給我這個？那你以後不必來了。」

「我不是可憐夫人。絕對不是。」松閔傾著身，說得急切，只有他急的時候，我才依稀找到他當年在懸州的影子。「這將近十年，我始終想念著夫人的手藝，於是我想我待在潭壤的這三日，可否請夫人每日為我備妥午飯與點心？」

我抿著唇不語。

「我尚未娶妻，沒有內助照顧我，加上我身子近日弱，潭壤天寒，實在想吃些燉補、養養身子，可否請夫人幫忙？」

這心思多麼迂迴。美其名是為他補身，但補身何須這大張錢票。如此為我著想，我若不答應，倒顯得自己不通人情。

「拜託，夫人。」松閔再求。

「我明白了。」我伸手，接下錢票。

松閔笑了。這時我也才發現，他已成了一個笑不露齒的內斂之人。

「你下次，可以穿官服來。不用這麼顧慮我。吃個午飯還要更衣，太麻煩你了。」

松閔一怔。

「你身上沒有市井的塵埃，氣質是藏不了的。」我直問：「你現在官拜何處？」

這將近十年的光陰，可能讓我蒼白、衰老了，看起來有些落魄，但在松閔身上卻像讓罈中酒色更醇厚出色的酒母一樣，早使他不再是當年在懸州上跟著長官身後跑的小小副官了。

松閔嘆了口氣，苦笑：「被夫人這麼說，倒顯得我過於城府了。我現在任職牧軍省川道分支，還只是個侍從參謀而已，主力對空國戰線。不過我沒有欺騙夫人，確實只是個底層小官，跑腿出力的。」

「你不說，我也知道參謀是什麼，不用特別強調。」

松閔難得紅了臉。

「明天午時，我會準時備好午膳，等你來享用。」

松閔再度恭敬地朝我作揖。可能打從他向我作揖的時候，我就隱約發現他的不凡了。

他出了家門後，聞到了香味，忍不住撇頭一看。

「是甜乳花呢。」他深深地看著。

「是啊。」我說：「即使你長官成了黑虛之海的無軀，也還能有嗅覺吧。」

在告別前夕，我們總算正面談到了羽郎。

「只是……」我撫摸著甜乳花上的水珠。「他或許早忘了這味道。」

「夫人。」松閔非常鄭重地喚我一聲。

我以為是我失言了。「抱歉，我無意埋怨，感慨而已……」

松閔打斷我：「佐大人心中始終有您，請您不要質疑這個事實。」

最後反倒是我說不上話來，只能愣愣地看著松閔離開。

當夜，我睡得不熟。總覺得今晚的月光太亮，即使闔上眼皮，也覺得眼前亮晃晃的。

因此，一旦月光黯沉下來，便以為周圍有什麼動靜，睡意全無了。

我睜開眼，恍恍惚惚地看著窗外投射在牆上的光影。

我盯著那光影看得入神，越覺得那形狀不是冷寂的建物，而是……

一個蠕動的活物。

我心一悸，趕緊爬起身，撲向窗口——

但那活物就像被疾風颳走的落葉，眨眼就不見了。牠一走，投進屋內的月光反而像白日的日光一樣扎人眼睛。

我不放棄，追到門口。

這條沒有多少鄰坊的巷子，一如往常，寂寥得只有光與影子。

但是，門口前被扔了兩只冬令白菜。瞧那肥胖的個頭，一定是個甜脆的極品。

而甜乳花又不見了。

殘念

我實現自己與松閔的約定，替他煮燉了冬季食補。尤其他是失去過翅膀的人，即使翅膀已成了過去，但身體仍會記得它們的存在，只要記得就會痛，尤其是這種讓人筋骨悶痠的濕冷季節。因此我以薑黃、乳香塊、黑豆、桂枝、甘草為湯底，用雛雞包入炒過的蕎麥飯，燉出一道活血滋養的主菜。再烤一隻因過冬而積囤了整季肥美的湖鱸，配上幾道潭壤特產的海菜，便是一餐。

雛雞體小，一隻雞一人份剛剛好。當我為松閔撥開雛雞飽滿的肚腹、露出晶亮多汁的蕎麥，我很高興看到他的眼都亮了起來。

為他人做菜，因他人滿足而滿足的心情，我已好久不曾有過。我想起以前羽郎看到有自己喜愛的菜餚上桌時，還會牽著夏和跳一圈舞。

即使思考菜譜是件費心的事，但這三天我願意全力以赴，感受曾經讓羽郎與夏和樂得跳起舞來的那份悸動。

而松閔不只以金錢作為回報。

他還為我「帶來」了羽郎。

接下來三天的中飯，讓我知道了羽郎在懸州最後幾年的生活，那是我沒有機會參與到的日子。

夫人，來見您之前，我想了很久，到底該不該跟您提這件事。

就是佐大人在懸州最後幾年的日子。身為他生命中最重要的人，您當然有權知道，但是我也很害怕，您沒有勇氣承擔這個知道。

雖然以前佐大人常常跟我說：「你別看婉之嬌小，她常常也小看自己，以為總是我在保護她。可是這個家若沒有她，就一點力氣都沒有。記住，她是敢為了追我而跳懸崖的人。」

夫人不記得了？佐大人也這麼說。他也不希望您記得，他怕您會再為他跳一次。我相信佐大人的說法，所以我今天才會出現在這裡，向您坦白一切。

更何況，我也沒有時間拖延了。

因為，我下個月就要升遷了。呵，並不是好事。

我得扎上「紅頭根」。我的行為舉止、所思所想，以後都不再只是我自個兒的事，而必須受到鑾儀衛嚴密的監控，尤其是參謀這種工作，好像就連呼吸都是機密。到那時候，連回想起佐大人可能都是一種罪，更別說現在要跟您坦白的一切。畢竟這些都不該是國民能知道的事情。還好夫人不需受到「刺畫」監視的折磨，真是萬幸，在這個國家，自由竟然是錢買不到的，貧窮反而是一種幸福呢。

是啊，我只有這幾天的自由，現在還剩三天，可以做點自己。

……有點難以啟齒，因為連自己回想起來都覺得痛苦。

我們先說「那天」吧。就是……佐大人奪門而出的那天。

我不知道夫人最後對佐大人做了什麼，當然那個當下，無法不認為夫人就是讓佐大人失控的原因。但如果夫人到現在還是這麼認為，我得勸您不要這麼折磨自己。

佐大人變成「這樣」，正是牧軍省希望的。那是日積月累的忍耐，就像已經疲乏的繩子一樣，只要再輕輕一拉，就會斷。

您說「這樣」是什麼嗎？

就是您在島外看到的那隻吃人的鳶人。您也一定有所察覺，不論是食肉令還是高穹軍的建立與訓練，無非就是要鳶人變成更有效的武器。

那個武器就是敢於食人。

夫人記得第一個被高穹軍拿下的空國城市嗎？隨後上去的懸州百姓都稱說，那個城乾乾淨淨的，連個空國奴隸都不留給他們使。

因為，都被高穹軍吃得連骨頭都不剩。高穹軍飛行長途，攻城之後，滿城的人就是這些飢餓怪物的燃料。這是一環扣一環的精密戰略，讓鳶軍所向無敵。

這件事，沒有多少人知道，所以請夫人別說出去。您只要知道保密吏想守住的秘密就是這麼一件恐怖的事。

佐大人也知道牧軍省的企圖，但他很有自信。

在食堂裡，他仍舊用筷子吃著生馬肉。您得知道，這不是尋常的事，隨著高穹軍的訓練越來越困難，就有越來越多鳶人忘了自己是人，一下地便徒手抓肉吃。因為實在太餓了，那種餓不是粑粑、青蔬可以填補的，而是必須帶血的肉。

還能從容地用筷子吃馬肉的佐大人，漸漸成了異數，相信自己還是人的異數。

他總笑著跟我說：「婉之說生馬肉是菜，要慢慢品味。如果食堂也能給點蔥薑，味道更好，可惜。」即使被人說裝模作樣，他也無動於衷——長久以來，佐大人已經被嫌棄慣了，這點批評對他不痛不癢，他心底可能甚至覺得是一種讚美。他深信自己是人，而不是牧軍省要他們相信的「畜牲」或「兵器」。

可是，您被保密吏抓去後，生死未卜，佐大人好像被敵人硬生生抽出了脊骨，痛不欲生。

他一直為您而奔波，被鄙夷，被要脅——自從他升上高穹軍，以前曾看輕他的人恨不得他重重跌落，這次總算讓他們逮到了機會、看他笑話，沒有人對他伸出援手。很多次他都想不顧一切獨自跟保密吏拚命，可是想到還有夏和，他就得隱忍下來。每日回家他都心力憔悴，還得忍耐家中無人的那種殘忍的空寂。佐大人說過他是個極怕寂寞的人，怕到會無法思考，憑著本能去做任何他直覺該做的事。

變化也是從那個時候開始。

我想夏和應該也還記得那幾個晚上的恐懼吧。那時我去照顧他的時候，他說：「爹爹昨夜生病了，一直在房裡……發出奇怪的聲音。」

當夜，我也留了下來。果然，那種呻吟聲像是抽筋剝骨似的，聽得人頭皮發麻。即使吼得再凶猛，都覺得那還是人聲，可是當淒厲的鳥啼、尖銳的獸吼跟著人聲混在一起打架時，會讓人不自覺想像著——真的有個人在房裡被鳶人拆吃著。

佐大人身上有傷、有病，心中也有太深的急躁與憂愁，不斷消耗著他身為「人」的意志。先把自己給吃了——佐大人是用這種方式、這種覺悟把精力發洩完，才能控制住自己不被獸性牽著走。即使再恨那些保密吏，他也不想成為那隻差點在島外吃了您的鳶人。從那之後，我不再相信人的意志可以像鋼鐵一樣無堅不摧，將所有困境迎刃而解，人的意志要如此堅定，要付出多大的代價。佐大人就是付出了這樣的代價，才不讓自己順著牧軍省的期望而走。

這是佐大人令人敬佩的地方，他為鳶人保留了一些尊嚴。但是聽著他那樣痛苦地哀嚎，我總想，把自己當成畜牲一樣順著本能去發洩，不是比較輕鬆嗎？

然後，真是該死，我這個想法便成讖了——他真的變成想要吃人的鳶人，於是他撲倒了您。

之後，佐大人消失了十數天。您可能以為他是為了報復您而對您漠不關心。

當然不是，夫人，請千萬不要這麼想。

他像歷經翻山越嶺、長途跋涉的艱辛，好不容易才恢復人身，對曾經可以於瞬目之間在人鳶之間轉換的佐大人來說，這次的變身是何等狼狽。但真正讓他感到痛苦羞愧的，是他竟然用鳶身傷害您。

他覺得他背叛了您的信任，他不再相信自己的意志，理解到牧軍省的恐怖。如果再繼續待在懸州，任何一點刺激都會把他這吃人的引信點燃。

「婉之一直在警告我，阿閔。」他紅著眼睛告訴我：「我這混蛋，還跟她說是她多心了，不對啊！怪物就在她眼前啊！我就是那頭吃人的怪物啊！」

所以，他要退役，離開牧軍省對他的掌控。

雖然意識到自己的危險，但是他從沒想過要推開您，他知道這不亞於傷害您的痛苦。因此最好的方法就是向牧軍省提出退役，遠離這個充滿火藥的地方，當一個平平凡凡的百姓。

我有問過他，他是鳶人，在牡國，鳶人的唯一出路就是這支鳶軍。他如何融入平民百姓的生活？他甘於平凡嗎？甚至是……低下？

他竟然天真地說：「總有我能做的事情，你少操這個心。」他還說，要他擔著菜籃沿著耕市叫賣他都願意，只要他能帶著家人離開這危險的地方，過著不再讓家人提心吊膽的生活。

天真到我幾乎相信他會成功。

夫人……您說，為什麼佐大人會這麼天真呢？在這一點上，我還真是恨起了他，如果他讓自己精明一點、世故一點，不要衝動地硬闖，他何苦受這些折磨？

牧軍省怎麼可能讓他退役呢？他是隸屬高穹軍的菁英之一，他知道太多牧軍省的盤算，即使他只是一枚棋子，但牧軍省寧可毀了這枚棋子，也不願讓棋子有自主的思想。

保密吏說：「上回囚了妻子，這回囚了丈夫。這對夫妻可真迫不及待想與我們打交道啊。」他們狠狠地把佐大人虐待了一頓。對，您最後看到的那些傷，都是那些傢伙的傑作。但那些看得到的傷痕都是小事，令人觸目驚心的傷是藏在衣服裡的，事情都過去這麼多年，夫人也不必知道這些慘無人道的往事。

總之，即使他們怎麼逼迫佐大人改變心意，佐大人的回答還是肯定的——他要退役。

其實詳細的情況我也不是很了解，我根本靠近不了佐大人，只能在大廳外頭做些對事實毫無益處的求饒。這些事情都是聽一個在囚房清潔的老頭兒說的。

結果有一天，保密吏的衙廳出現了許多整裝待發的武裝士兵。我忙抓個人問怎麼了，他們鐵青著臉說：「囚在裡頭的怪物吃人了！」

事後，那老頭兒說：「囚房回聲隆隆，我聽得不是很清楚，只依稀聽到『妻子』這個詞，嘩——就傳來慘叫了！現在想起那慘叫還是讓人睡不著啊。」

我想，肯定是保密吏用了老招，用囚犯最珍貴的東西威脅他們就範。可是他們錯了，他們所威脅的棋子已經被他們訓練成以吃人為樂的兵器了。

最後，被制伏的佐大人被「裁念」了。

夫人當然不知道裁念是什麼，我那當下也不甚清楚。是這幾年任了侍從參謀，才知道牧軍省私底下在玩的把戲。

所謂的「裁念師」，是我大牡特有的術師。每個人腦中的記憶會被操控夢魘與意識的侍魘師編造成冊，收入國庫存檔，而裁念師便是以這些「帳冊」為本，來進行篩選與裁除。鑾儀衛為求我們國民思想的「進步」，遇到特殊狀況，特許裁念師裁去有害於人民意識的記憶與念頭，只剩下對國家、社稷有意義的正向思考。為了有效控制懸州軍民，這些帳冊也早就送上懸州來了。

他們裁去了佐大人許多的……記憶。只要讓他忘了他想要退役的原因，他就不會再執著於這個無稽之談了。而佐大人確實就這樣被鎮壓住。據說保密吏都很後悔沒有早點想到這個方式，讓他們白白犧牲了好幾條人命。

佐大人是第一個被「裁念令」處罰的人。之後，他們都是這樣對付發狂的鳶人或對作戰有所保留、不願賣命的鳶軍。讓裁念師裁去多餘無用的人性，比如懦弱、害怕、身為人的自覺，甚至是對自己與家人的記憶，就可以滋長野性，讓化成鳶人的鳶軍更為勇猛……

可是，被動過手腳的鳶人就……

不，沒事，先不說這個。

所以，我想說的是，我希望夫人不要對懸州的最後一刻有任何憎恨——當然，我知道很難，因為太過難堪。可是被裁念的佐大人，已經被保密吏硬生生地剝除了他的生命價值。那時坐在您面前的男人已經不是佐大人，而是一具早忘了家人是他的一切的行屍走肉而已。

行屍走肉，真是難聽，不是嗎？可是這是佐大人曾經親口對我說的。他說：「阿閔，真不敢想像人生在世，怎麼可以沒有與你相羈絆的人呢？那不是跟黑虛之海的無軀一樣，是行屍走肉了嗎？」

他還說：「我差點兒也要變成一塊行屍走肉，還好我有婉之和夏和。你說，我是不是很幸運呢？」

真是諷刺。然而保密吏就真的這麼硬生生地，把您和夏和從佐大人的腦海中挖走了……

我為松閔準備的飯菜都涼了。他專心地說，我專心地聽，沒人有機會動上一口。時間不早了，松閔得回衙門報到，只好匆匆地將雛雞給吃了。

「阿閔。」他臨走前，我叫住他，說：「我從來沒有恨過你的佐大人。」

「夫人……」

「這些年，我想起他……很奇怪，總是想起好事。想著想著，都會笑。」我笑了一下。

松閔見我笑，鬆了口氣。「是嗎？那太好了。」他一直很害怕我承受不了，見我還能笑，便以為是歲月已沖淡了許多情緒。

也是，我也覺得自己掩飾得很好，畢竟不可以讓別人為我擔心。

「謝謝你今天替我證明了，無論如何，他始終都在為了我們而掙扎。知道這些，就不遺憾了。」我揮揮手。「那，明天見。」

我說得雲淡風輕。

雖然，我聽了都快要心碎而死。

怎麼會不遺憾呢？怎麼可能無所謂呢？

入夜了，我卻睡不著，睜著眼躺在炕上只會讓我感受到失眠的痛苦。我決定起身披衣，坐在門口的台階上，跟還掛在門柱上的甜乳花作伴。

我在期待什麼？不，我什麼都不該期待。他都被裁念了，都忘了我、夏和還有春孅，可以這樣若無其事地看著我們離開懸州，任自己變成行屍走肉，我怎麼還能奢望他仍記得甜乳花的香味呢？

越想，越覺得這寒天如此刺骨。越是刺骨，胸口的疼痛越是無以復加。

我終於無聲地哭了出來。

原來有一種傷心，是比聽到丈夫陣亡的消息還要令人絕望。因為那曾有希望。

如果……我不該這麼想，但是如果——羽郎當年退役成功，我們或許真的能在耕市挑著菜擔沿街叫賣，過著貧窮但知足的生活。

日子再怎麼苦，羽郎也一定會說：「怕什麼呢？有我啊，娓之。」但他一定會以為我跟著受苦而感到赧然。那我更會說：「怕什麼呢？我們都在一塊啊。」安孤營的苦都吃過了，離開懸州、離開軍職，那又怎麼樣？

那又怎麼樣呢……

可惡，你真可惡啊，羽郎——我哭著哭著，又憤恨起來——為什麼要讓那幫沒血沒淚的傢伙去碰你的記憶呢？那是你和你兒子的寶貴記憶，你說過你兒子是你世上第一個有血緣的親人，你會用生命保護他！可是你那天卻用陌生人的眼神瞪他，讓他以為你不要他了——你為什麼要讓你兒子這樣誤會你呢?!

還有，我簡直變成了傻瓜，這些年竟然用你給我的美好回憶沾沾自喜著，可是當你生命走到最後一刻時，你還記得我什麼？你什麼都不記得了，你就這樣讓那群傢伙奪走我給你的所有羈絆，讓自己變成可悲的行屍走肉，你怎麼可以讓這些人這樣對你?!你又怎麼可以這樣丟下我——

因為恨，我哭到肺腔都要裂開似的疼痛。

對，我跟松閔一樣，甚至恨起羽郎了。只是因為對他有太多的捨不得。

我捨不得羽郎受到這些痛苦。捨不得他最後在世的這幾年竟然活得這麼孤寂，連一點屬於我們的記憶都沒有了。

為什麼你總是為了我們而讓自己悲慘呢？羽郎。

最後，我連清醒的力氣都哭盡了，便縮在門檻的窩縫邊睡了。

我知道這種寒天睡在外頭足以讓人凍死，可是那一剎那我卻覺得無所謂。

真正該死的，是讓羽郎受這種苦的我啊。

懷著這種想法入睡的我，還以為不會再見到隔日的曙光。但我仍感覺到日光刺穿我的眼皮。我惺忪地睜開眼，發現自己不再維持坐姿，而是倒在台階上入睡的。

腰酸背痛的我艱困地爬起，忽然聞到一股獸物的腥臭味。我一愣，抬起手臂聞了聞，果真是發自我身上的。而這一動，更抖落了白紛紛的「雪」。

下雪了嗎？

落地的短羽告訴我不是。而且我看得更清楚了，那短羽失去陽光的照耀後，便不是白的，而是灰的。

我再抬頭。然後，甜乳花又不見了。

即使如此，正午一到，我還是為松閔準備了午餐。我為他備了牛湯鍋佐蔬菜。有了昨天的經驗，為了不讓菜涼了，有炭火一直煨著的湯鍋應該挺適合的吧。

松閔看到我的面色與眼睛，臉上苦得說不出話。

我努力地笑：「沒事，你不可能要求我對你說的話都無動於衷吧。」

「是，很抱歉。」

「我不要你道歉。我只要你毫無保留地告訴我……」說完，我忍不住咳了一聲。

「夫人？」松閔緊張。

「嗓子哭啞了，真不好意思。」我說謊，肯定是昨晚痛哭時著涼。然而熟睡後，我竟沒有絲毫寒冷的感覺。

是那短羽溫暖了我。

對那短羽，我該有什麼想法呢？我一片恍惚。

而松閔再度為我「帶回」羽郎。

被裁念後的佐大人後來進入新的編隊，離開駐島，派往前線，擔任高穹軍的攻城先鋒。這支編隊的隊員有一個共同點——都是被裁念過的鳶人。牧軍省或許是要審核牠們的戰鬥能力，也可能是要監控牠們、以防失控，因此會有專職監督的鳶員隨隊前往，每兩名高穹軍各配一名隨員。

我這時還是佐大人的副官，但無法跟隨他上前線，因此留在原有的駐島，暫調他職。而這支高穹軍一出征，就是半年。

這半年的情況，我是向那位監督員打聽才知曉的。他說佐大人的效率好，戰績輝煌。這輝煌怎麼計算呢？當然就是「吃人」的數量。有些劣質的高穹軍一嚐到血、開了戒，便是就著畜牲的本能、毫無目的地吃，有時吃的目的不是為了攻擊，而僅僅是大快朵頤，卻誤了軍機，甚至遭敵人宰殺。但監督員說佐大人快狠準的程度，連他看了都毛骨悚然。

牠不只吃敵鷲，也吃婦女，更吃小孩。說吃或許不夠準確，因為佐大人並沒有把他們吞下肚，牠只是快速地咬掉他們的頭而已，像鸚鵡咬掉瓜子殼似的。

呵，夫人的表情和我當時一樣，不可置信。佐大人竟然連藏在窩縫裡的小孩也掏出來吃。那個在當年的鷲軍事變中為了保護自己的妻兒而甘願折損自己的手臂的佐大人，難道忘了那種親人在面前領死的恐懼嗎？如今牠怎麼成了那恐懼的來源呢？
牠可以這麼優秀，是因為沒有感情。雖然牠醒著，牠活著，可是我覺得牠其實是「昏迷」的——失去任何屬於人的情緒、反應。監督員也說，結束任務後，佐大人就像「昏」過去似的，睜著眼，卻一動也不動，那呆滯的表情好像作夢一樣。不過比起吃肉吃上癮而陷入抓狂的鳶人，監督員對佐大人的「寧靜」評價並不低。
半年後，先鋒隊移師回駐島，整備休息。能夠回駐島的鳶人都是仍能受到控制的「良品」，「劣品」則早已在前線被解決了，但落場仍是嚴陣以待，火銃隊、裁念師、刺師等隊伍都埋伏在一旁候著。
您說為何要有刺師？我本來也以為刺師在牡國的用途是將鑾儀衛的耳目魂絲刺入晝中，擺置於百姓家中監視其一舉一動、防止任何反動的情事發生，但刺師既能將人獸的魂絲取出，也可透過魂絲來控制人獸行動。牧軍省被吃了好幾十個人之後，早制定出一套治災程序，一旦有鳶人失控，他們就會派刺師取出牠們的魂絲牽制牠們，好像牛馬的韁繩。
還好那天的移師，一切和平。
我恢復佐大人的副官官職，迫不及待要見到他。我來到落場，看到陸陸續續降落並恢復人身、開始著衣的鳶員，卻發現角落的火銃隊和刺師騷動起來，緊緊跟著一隻巨大的鳶人。那隻鳶人沒有攻擊意圖，只是拖著滿是血汙的羽翅、漫無目的地往前走，指導員在前方揮旗吹哨示意牠恢復人身，牠都充耳不聞。
我直覺上前喊了一聲「佐大人」，牠沒反應，眼看火銃隊要趕我走，我再喊：「羽郎！」牠才震了一下，往我看來。雖然牠還是繼續走，但身形漸漸回復人身，大家都鬆了口氣。只是佐大人就這麼裸著身要走出落場，嚇了我一跳，我趕緊替他披上衣袍，帶他去沐浴。他身上都是傷口、血汙、藥漬，可是水盆在前，他也拙於清潔，我只好替他打理。

我不知道那些裁念師到底裁去了他什麼東西，竟讓他也遺忘了身為人最基本的羞恥。

因為先鋒軍要時常移防，加上佐大人已恢復單身，因此他原本居住的眷舍被撤銷了——沒錯，就是您與夏和之前居住的那所眷舍。之後他就一直隨先鋒軍遷移，和其他同僚居住在落場附屬的通鋪房中。

他回來的那晚，我和他說明了牧軍省的這項新安排，他點了頭，便開始撿拾自己的行囊。不過最後還是由我替他打包，因為佐大人好像也喪失了條理、規則，越幫越忙。我只好讓他坐在角落吃菸，等遇到難以取捨的東西再去問他。

對，佐大人本來沒有吃菸的習慣，這習慣是出征的時候養成的。那是用朱砂、琥珀燻出的藥菸，據說有助穩定裁念後的鳶人，所以最後變成一項慣例的配給，像馬肉一樣的必需品。

面對那些待處理的家什，大多數時候，佐大人都是這麼說：「扔了，我不需要。」

而那些東西都是曾經沾染著夫人與夏和的生活氣味與記憶的物事。

不過，我最後翻到了夏和那盒長塵的毛猴大兵，還有……夫人還記得嗎？佐大人曾經買來討好您的那匹紅牡丹花布。你們和好之後，佐大人曾經眉開眼笑地跟我說：「春嫩怎麼還不出生呢？我等不及要看她們母女穿上這套紅牡丹衣啊。」

此刻的佐大人卻仍是無神地看著這兩樣東西。

他說：「那不是我的。」

老實說，我很失望，因為那果然證明了我大牡裁念師的優秀，連一點碎片也不留下。我只好繼續默默地投入收拾。

我將雜物拿到外頭扔了以後，再回來時，卻看見佐大人從角落坐到了桌前。

他打開了那盒毛猴大兵，自己玩了起來。然後，他的肩上披著那匹紅牡丹花布。他玩得沒有任何聲響，而一個大男人披著鮮豔的花布，畫面確實很詭異，那當下我真是「咦」了一聲，卻是又驚又喜。

即使發現我回來了，佐大人也只是沉靜在自個兒的世界裡，一點也不覺得自己可笑。

「那，它們可以留下來嗎？」我上前問他。

他點點頭，攏緊了布匹，繼續讓毛猴大兵大戰。

之後，只要下職，他就把自己關在房裡，這麼玩著，不與任何人對話。但那兒是大通舖，所有人都看得見他，「把毛猴當成朋友、把花布視為愛人的瘋子」的傳說就這麼傳開了。有人同情他，也有人笑話他。輕視佐大人的人永遠不少。

而有些人就是特別齷齪低級。尤其他們被裁過念後，更是失去了自制力和同理心。可憐的傢伙，在部隊中太過壓抑，只好把別人欺負他的氣用在戲弄他人來發洩。

就這樣，出事了。

有一天，佐大人一如往常回到通舖，我替他張羅晚飯後也跟著進來，卻發現他直直地立在走道中央，瞪著前方。

「佐大人，怎麼了？」

他不回話，仍是吊著眼瞪著。那眼神看似呆滯，卻有股銳利抑在裡頭。

「嘿，在找這個嗎？」被佐大人瞪著的地方，是他隔壁榻上的同僚，他拿著那匹紅牡丹花布，還有好幾隻毛猴大兵，耀武揚威著。

我不知道這個人跟佐大人有何冤仇，為何要羞辱他？我們就這麼眼睜睜看著他把佐大人心愛的毛猴大兵扔在地上，接著像跳舞一樣，有節奏地將毛猴大兵一個個踩碎。佐大人依舊不動如山。

那傢伙似乎對無法激起佐大人的反應感到生氣，最後他甚至……抱歉，對夫人來說這實在很猥褻，可以不說嗎？……是，我答應過夫人要全部坦白。總之……那噁心的傢伙變本加厲，拿花布往胯下磨蹭，做著男女交合這種不雅的動作。

佐大人終於安靜地走過去，安靜地化成了鳶身，安靜地咬住那人的頭，最後安靜地把那個人給吃了。像貓捉耗子一樣，無聲無息。這一切來得太快，那個人甚至沒來得及叫出聲。毛猴大兵的碎片、扔在地上的花布，都染上了血。

事發之後，佐大人再度被裁念。

您說這很嚴重嗎？同袍相殘，要不要判軍法？其實，每一座駐島幾乎每隔一陣子都會發生這種意外，這已經被牧軍省列入必要的損耗了，他們漸漸習以為常。

但是，佐大人那種安靜、沒有任何徵兆的暴力，確實令人害怕。

而且裁念並不是長久之計，是一種無可挽回的折損，就像把部分腐爛的瓜果一下又一下地削掉那樣，最後堪用的地方絕對是越來越少……

被裁念後，佐大人關入禁閉室。上級也判定他的精神狀態已無法領兵，所以被降為兵籍。兵籍沒有副官，我也被解職，在駐島閒置了兩個月，才得到調回內地的調職令。

不過我還是一直去探望佐大人，雖然禁閉期間碰不上面，但聽說他很平靜，我就放心了。而且真是諷刺，同為兵籍，我的年資級別甚至比他還高，但他永遠是我的佐大人，即使別人總是笑話我這麼稱呼他。

大概半個月後，佐大人被放了出來，並且馬上歸隊，又要往前線移防了。我趕緊去找他，帶著被洗得褪色的花布，還有殘存的幾隻毛猴大兵，想讓他帶在身上。

他坐在落場候令中，挺著背脊，目光直視前方，看起來與常人無異。但我感覺得到，他比之前「昏迷」得更深。

因為我將這些曾經被他視為寶貝的東西交給他時，他只是搖頭，客氣地說：「這不是我的。」這次，我想，真的無救了。佐大人的記憶被裁得更澈底了。他連看著我的眼神都像是一個路人。我只好將還帶著血漬的布匹、毛猴扔了。

隨著裁念的鳶人越來越多，每天落場都像戰場一樣。裁念的副作用逐漸出現了，鳶人失去人的自覺，忘記自己是人，很多鳶人回防時都無法順利變回人身，甚至以為自己還在空國前線，周圍都是要吞吃的敵人。只好讓刺師粗暴地拉出牠們的魂絲，像使役牛馬那樣將牠們驅進獸籠關著。

就在佐大人隨先鋒軍移防不到旬日，我聽說落場又被封鎖了，因為有幾隻鳶人不受控制，被退下前線、遣送回來。我聽到是佐大人的番隊，更說其中一隻是那位曾是鳶佐的羽郎，不過他們已經不稱呼牠的名字了，而是用天干地支的方式替牠取了番號「甲卯」——「那隻甲卯」，他們竟然是這樣呼喚一個曾當過軍官的人。

落場封鎖前，好巧不巧，我那天在街市上遇上了甜乳花。那是花販好幾天前從內地運上來的，無人聞問，都已經萎黃乾枯了。花販還認識我，便說：「自從您不再光顧後，這花好像就沒價值了。真想念您以前總是一大早就敲著門向我討花呢。對了，您長官還好嗎？」問得我啞口無言，只是默默地將甜乳花全部接收了。

我想也不想，就帶著甜乳花，趕緊去落場一探究竟。

落場已經解了封鎖，我看到一群人正在圍大帳，將幾個獸籠子圍起來。可能剛被刺師用粗暴的方式拉扯過魂魄，不少翥人都躁動不安，衝撞著獸籠，咧著血紅的牙齦和利齒，嚇唬所有靠近的凡人。我問其中一位刺師，這些翥人要怎麼處置？

「如果兩個時辰之後還不能變回人身，上級說要以『裸翥』處置。否則根本沒地方關牠們。」

「裸翥」是什麼，那時候我無權過問，是回到內地後，進入牧軍省銷毀過去的奏報時才從中得知的。

被裁念後的翥人一旦澈底失去人的自覺，為了避免傷及同軍，就得做削去翅骨、拔掉利齒、毀其利爪的處置，然後編入輜重隊，下放為拉車的畜牲。有些難以駕馴的，甚至會被挖去眼睛。什麼都失去的翥人，就叫「裸翥」。要盼裸翥變回人身，已毫無可能，因此會直接上陣亡名單。事實上，也很少見過長壽的裸翥，長期勞動，已無利齒食肉，營養不良的結果確實只有死亡一途。

多麼自私自利，簡直將翥人的生命視為炭屎，不斷地利用、消耗，直到剩下殘渣才滿意。

什麼都不知道的我，當時只能愣愣地看著這些獸籠，想著作為翥人的悲哀。而那悲哀僅僅止於——曾經是人，如今卻被當成畜牲一樣關在臭烘烘的獸籠裡。卻不明白翥人真正的命運還不只如此。

在這些獸籠中，卻有一隻翥人特別安靜。那就是他們說的「那隻甲卯」。

我想要過去看看牠，刺師提醒我：「別看牠不吵不鬧，小心牠就安安靜靜地扯下你的頭顱。」

看來佐大人「無聲的襲擊」已經威名遠播了。

他們不讓我久待，因此我只有放一朵甜乳花的時間。放下了甜乳花，他們便催我離開，我趁大帳圍起時再回頭看了一眼佐大人，牠依舊「昏迷」著。

四周一時無聲，只有牛湯鍋咕嚕沸著蟹泡的聲音。

經歷了只有自己知道的千迴百轉的思緒後，我盡可能平靜地說：「夏和已經去懸州將近一年了，我卻是現在才知道鳶人作為鳶軍的下場，不只是變成吃人的怪物而已。」

松閔像是自己犯下了滔天大罪似的，低首向我道歉：「真的很抱歉，夫人。」

他或許覺得什麼都不知情的人才是最幸福的。如果就這麼相信自己的丈夫是英勇地戰死沙場，而不是像炭屎一樣任自己的同胞糟蹋拋棄，確實是一種幸福。

我看著祭龕裡的那封陣亡令，有些恍惚了。

但奇怪的是……我沒有特別悲傷。甚至是有一股力量正在溫暖著我。我的腦海裡就只有每天早上出現在門口前的「恩惠」，消失的甜乳花，還有……今早殘留在我身上的灰色碎羽。

這代表了什麼呢？

不過，這些話，我並不打算和松閔說。他是個快要扎紅頭根的人了，就像他以為的，人在不知情時是一種福氣，不該給他造成負擔才是。

「夫人……」他以為我無法承受這些殘酷的事實，擔心得甚至忍不住起身想查看我。

我回過神，淡淡地笑著：「現在寫信要夏和回來，也來不及了吧。」

「這是不可能的，夫人……」

「我知道，這種信怎麼可能上得了懸州呢。」我還有點理智，當年保密吏給我的教訓也還殘在我的身心裡，才能讓我此刻如此淡然。
我替松閔夾了牛肉，說：「繼續說，阿閔。」

不久後，我的調職令來了。

我以為自己回內地前，再也沒機會見到佐大人還是人身的模樣了。我真希望趕緊下島，離開這讓人傷心的鬼地方，可是想到佐大人還在這兒，便又不捨了。日子就讓矛盾給折騰了過去。

結果在我下島的前三天，卻有人到宿舍找我。我一看來人，不可置信地怔在原地。是佐大人。是像個正常人一樣的佐大人。他穿著乾淨的戍衣，扎了整齊的髮髻，襟口上別著早就枯黑的甜乳花，就站在宿舍的候廳裡頭等我。

他看到我，笑了一下，卻生疏地叫著我的名字。

「松……松閔。」他不叫我阿閔，卻叫了我的全名，而且叫得很艱難，好像好不容易才記起我的名字似的。

他瘦了，看起來很累，甚至可以說是老了好幾歲，但看到他的眼睛，我知道他是醒著的，他終於醒著了。我想問他好多事情，想問他何時變回人身的，想問他之前到底「去」了哪裡，想問他知不知道找回人身的訣竅，可不可以一直維持著我所認識的佐大人的模樣……不過最後我都沒問。

「請，」他說：「請幫我。」

因為我感覺得到，佐大人是好不容易才醒來的。自主自個兒的事對他來說，是必須全力以赴的，他已經沒有太多精力和時間應付其他事了。

他帶著我上了錢莊，抖著手交給我一張面額很大的錢票。之所以抖著手，是因為從我見到他開始，那味嗆的藥菸就從沒離開過他的手。那種用朱砂、琥珀燻出的藥菸雖然有助鳶人定性，但硃砂有毒，藥性又極冷，吃上癮後，會讓身子骨像浸在雪水中似的寒。

他要我幫的忙，是替他領出錢莊裡的所有積蓄。

「沒機會花了。」他說：「拿出來吧。」

在路上，佐大人的話很簡短，短得有時讓人摸不著頭緒，他也常常話說到一半，就忘了要說什麼，或是走著走著卻踟躕了，不知目的地在哪兒，甚至我叫住他時，他會驚懼地看著我，一時想不起自己為何會跟這個人在一起。這樣的佐大人，怎能獨自處理自己的積蓄呢？

我替他向錢莊辦理了手續，他只在必要時簽名。看他簽名的筆畫，也知道每一筆都是艱難的。

然後，他要我把錢分成兩份。

「這份，幫我，給烙字的。」佐大人說。

裸鳶在編入輜重隊之前得烙上番號，方便辨識編隊。佐大人很清楚，下次若再回不了人身，就真的是折翅拔爪、一輩子做畜牲的時候了。

「請務必，烙上，這個。」他再給我一張紙條。

上頭寫著「㶿」字。對，就是春㶿的㶿字。我心中很激動，問他為什麼，佐大人只是笑而不答。不管他明不明白這字的由來，至少記著它已成了他的本能。

我答應他下島前，絕對會幫他辦妥這件事，那是唯一可以證明裸鳶甲卯曾經是人的證據。即使只是個打烙印的工兵，但賄賂就是大罪，曝光後，自己也可能會遭殃，但那又如何？

另一筆錢，他則要我收下。

他說：「讀書。」

我愣了好久，一時無法反應。

他再說一次：「去讀書。」

我很驚訝。我以為佐大人已經遺失了很多東西，可是他卻還記得這件事。

那年我剛當上他的副官，我倆聊天，聊到了對將來的打算。我說自己是基層兵員，是領著徵兵紅紙直接上來的，根本沒念過什麼習字堂或義塾，連字都是在島上識的。本來以為沒了翅膀之後可能就這麼做著地勤兵，直到軍隊發了退俸與田地、趕人為止。

可是佐大人卻常常跟我說：「你腦筋好，不去讀書，不是很可惜嗎？」

我以為他是在跟我說客套話，在懸州待久了，能活命就謝天謝地，還奢望什麼？何況腦筋好的人就能讀書嗎？我都這把可以娶妻生子的年紀了，讀書還靈光嗎？更現實的問題，我去讀書了，哪來的收入維持生計？結果反而是我自己都忘了要上進的事了。

最後，卻是佐大人一直為我記得。

「謝謝，這些年，辛苦你。」他笑了笑。「好好地，出人頭地吧，長官。」

他甚至叫我長官，我當下真想笑，笑他太看得起我，笑他把成功看得太容易，笑他把我的將來想得太美好，笑他……

……

但我終究笑不出來，我只想哭。

這句話，我到死，都不會忘記。

松閔說到這兒已是泣不成聲。

他覺得難堪，起身到角落躲了一會兒。

我則是看著那口牛湯鍋，即使用炭火煨熱著，終究無法讓人下嚥，我不禁為松閔的用心感到可惜——他也不過是想為我找一個吃頓澎湃的藉口，不料誰也沒心情吃下。

聽著他在角落壓抑的抽泣聲，我自己也得緊緊握著拳頭、繃著手臂，才能讓身體不這麼冷、不這麼抖。我甚至得稍稍憋著氣，只要不呼吸，就不會透過氣息發現自己的情緒如此激動。

但我可以撐多久？面對這股貫穿我全身的悲傷。

羽郎啊。

我看著祭龕，心中喃喃自語。

你為何總是在我看不到的地方傷痕累累的呢？

松閔回到座位上了。他為自己的眼睛仍紅著感到赧然。「抱歉，我失態了。」

我要他不要一直跟我道歉。

「今天我能夠穿著這身官服在牧軍省中工作，是佐大人給的，夫人。」松閔深吸口氣，直視我。「而這份資助，本該是屬於夫人和夏和的。」

我對心底的預感皺了眉。

果然，松閔再度遞出了錢票。

我提醒他。「這三日午飯的費用，你已經給過了。」

「懸州當時嚴加管制這些遭到裁念的鳶軍動靜，書信、匯兌這些對外往來的事宜一概禁止，所以佐大人根本無法將他的積蓄交給您，而我厚顏使用了這份資助才有今日的成就，卻讓您與夏和這些年過得如此清苦……我說什麼都無法視而不見……」

我退回那張錢票。

「那是羽郎對鳶人的照顧，跟家人一樣，那也是他的信念。家人與同類之間，從沒有犧牲與成全的問題。」

「夫人……」

我看看天光。「你也該起身了。」我開始收拾桌面。

松閔這次有他的堅持，他也不動那張錢票。

「阿閔，你太謙卑了，謙卑到都低估了自己的分量。」我說：「是我要感謝你們，是你們這些在懸州飛翔的鳶人讓羽郎終於不用為自己而感到自卑，是你們一起共患難才撐起我們家人得以團聚的那數年歲月。所以我認為羽郎的這點道謝是應該的。」

「所以，」我板起臉：「把錢收起來，否則明天我不會歡迎你，阿閔。」

終於將松閔與那張錢票勸走了。他很驚恐，說什麼也不願放棄這最後一天的機會。而我也不捨就這麼切斷與羽郎的「相處」——即使羽郎總是用最不堪而殘破的一面面對著我，令我心如刀割。

松閔離去後，我這才發現身上的異熱、痠痛與疲憊。我想我真的是染上風邪了。但我沒讓自己休息。入夜了，我不睡，我熬夜。

我在等著那個「恩惠」的主人。

松閔說，「那隻甲卯」撿起了甜乳花，別在襟口上，然後努力地用羽郎的模樣走到他的宿舍裡，請求他幫忙。不論是那隻甲卯還是羽郎，都還記得甜乳花——這件事讓我不再像昨天一樣絕望。

空氣冰凍，每吸一口氣都在割著我的喉，我忍著咳嗽，不讓一點風吹草動嚇跑外頭的動靜。

大概在子夜過了三刻左右，我看到窗外的影子了。雖然早有心理準備，知道這影子絕不是人形的，心口還是猛地一突，接著絞痛。

在聽到像瓜果一樣的物事落地後，我屏息，躡著腳尖，來到門前，拉開了把手——

不料也僅僅是這麼輕微、如溝鼠踢到石子的聲響，竟讓那影子像驚弓之鳥、一下彈飛得無影無蹤。

當門扉全開時，我只來得及看到鑽入巷頭的殘影。

不過牠走得匆忙，牠扔來的玉瓜、水茄還在地上轉著圈，連門柱上的甜乳花也沒來得及拿走。

我鼓足氣，追了上去，即使跑得一顛一顛讓腦勺欲裂。

即使沒有翅膀了，牠終究還是靈敏的生靈，更何況牠有強健的四肢，不是我這病弱之人可以追上的。等我追到了巷頭後，只有屋宇靜靜的影子，連風都是乖巧的。

我不放棄，堅持把這條巷子走完，盡頭就是樹林了，說不定牠躲入了樹林裡，或是這巷子的任何凹縫裡。

不過那裡的濃黑彷彿想吃了我，我不敢再走。

跑了這一趟，身子是熱了，卻渾身無力。

我抱著發冷的胳臂走了回去，撿起了地上的恩惠，正要開門，抬頭一看——

啊，甜乳花早被拿走了。

我不禁想起小時候的安孤營。從來都是羽郎安分地待在我身邊，但如果我真要追上他，簡直難如登天，因為他是個善跑的人，擁有翅膀後更是。

我曾經想過要追上他嗎？我最後有沒有追上他呢？話說……他曾有逃離我的時候嗎？

我無力再回想，只曉得自己得使點技倆了。

下次，我會把甜乳花拿在手上。

歸兮

隔天，松閔一看到我的臉色，就知道我病了。而我也確實沒力替他準備像樣的飯菜了。連一早買來的甜乳花都得勞他替我掛在門柱上。

他連忙替我請了大夫來，藥譜的診費、煎藥的工錢也都默默地替我付清了。我沒力氣阻止他，只想著以後一定得還他才行。

送走大夫之後，他站在我臥房的門口，拘謹地問：「那個……夫人，我方便進去嗎？」他謹記男女有別，更何況我是他前任長官的妻子，更不適合直接闖入夫人的臥房。就連為我的病情追問大夫，他也得隱忍到大夫出房的時候。

「進來吧，沒關係。」我坐起身，披了一件厚衣。

他端著藥碗進來，放在床旁的小几上，然後退到門口邊。

我虛弱地說：「抱歉，最後一天，我竟然食言了，沒能為你準備這一餐。」

「夫人，您別這麼說。」松閔一臉愧疚。「是我……」

「你可千萬別說是因為你的關係才讓我大病這一場。」我阻止他。「我……其實很高興，你為我帶回羽郎。否則我永遠不知道自己的丈夫最後的日子是怎麼過的。身為妻子，不但有權利知道這些，也得有勇氣承擔吧。」當然我不會跟他說，我是既高興，又悲傷的。我也得騙自己，這場病跟羽郎一點關係也沒有。我沒這麼脆弱。

松閔點點頭。

我笑得落寞。「只是，錯過這天後，我們就沒有機會再這樣深談了，對嗎？」

松閔又紅了眼眶。

「我現在才發現你挺愛哭的。」

他難堪地笑了。「真是抱歉。」

「不過，我還是希望你有機會經過潭壤時，可以讓我為你煮頓餐食。」

「當然，一定會的，夫人。」松閔篤定地說。

接著，松閔又趨上前來，雙手遞出了一只用綢紙包妥的片狀物。我接過後，他又馬上退回門口。

「請您打開，夫人。」

我依言打開紙包，裡頭包著的是一葉薄薄的金鎖片。

「你——」

我以為那是錢票的另一種形式，正要橫眉豎目，松閔打斷我。

「這是很重要的東西，夫人。」他說：「是我前幾天託金名師打造的，裡頭儲著我的記憶。」

有一種叫金名術的術法。可將人言、思維、記憶化為銘文，雕於金、銀、銅、鐵及玉寶等「承器」上，用作記事、傳話之途。

松閔再解釋：「那是……我下島前一晚，所看到的佐大人的記憶。我默默地看著他，沒去打擾他，畢竟……他好像已經不認得我了，即使只過了一天。」

我的手一震，不知是否因風邪的關係，喉頭有顆丸子，怎麼也嚥不下，一嚥就痛。

松閔說他請官衙裡熟識的侍魔師替他取出這塊記憶，先固存在髮根上，再託請金名師將蘊有記憶的髮根化成銘文雕刻於鎖片上。當然，擅取記憶、甚至傳遞這種事在牡國是犯法的，百姓的記憶是大司命的資產，不可妄動，更何況在處處都有秘密的時局下，這種行為更會引起保密吏嗜血殘暴的天性。

我很擔心松閔的處境。「你不應該這樣的……」

「它們放在我身上沒有任何意義，那是屬於您的。」松閔深吸一口氣，再說：「我們之前都以為，裁念師早就從佐大人的心中奪去了您、夏和和春爝的存在，即使他對某些物事還有反應，可能也只是迴光返照，一會兒就倏忽即逝了，抱著希望反而是痛苦的開始……」

原來松閔也經歷過跟我一樣的矛盾折騰。

「但我們都錯了，等夫人感受這葉鎖片的記憶後，您就會了解這錯誤多麼離譜。」他的眼睛有神地發著光：「我們都小看了佐大人的毅力了，對他而言，你們不只是他記憶的一部分而已，你們的存在早就深根在他的血肉裡，成為一種……生存的本能。」

後來我才看清楚，松閔又哭了，那是淚光。

「能成為佐大人的家人，我覺得是一種……驕傲和幸福。」

我撫摸著鎖片。

「我從沒有懷疑過這個事實，阿閔。」我說：「但謝謝你，這麼努力地為我證明。」

離別前，他再度朝我作了一個深而恭敬的揖禮。或許他也在向他的長官敬禮。

從此以後，我們倆不可能再談論羽郎了。

我喝了用新鼓、生麥、乾地黃煎成的蔥白湯，身子溫暖了，頭不疼，但變得極沉，我只好躺下。睡前，我將金鎖片串了繫繩，鬆了襟口，將鎖片貼在胸口的肌膚上，然後按緊，鎖片上的刻文便也烙在我身上了。

我闔上眼，隨著藥性的發揮而入睡。

我來到像夢一樣的地方。光和聲音一開始都糊糊的，像在水面下似的，等我也跳進了水裡，一切都清晰了起來。

這地方看起來像是破陋骯髒的馬廄，我遇上了一群人，穿著懸州島上鳶員執勤用的戍衣，聚在一起喝著一樽樽的酒、吃著一缽缽的生馬肉。不過看仔細後，那群人並不能稱之為一群，而該說是兩撥。

其中一群像茹毛飲血的蠻族，喝起酒來毫無節制，杯子與碗都已不能負荷他們的豪爽，他們只好直接就著瓶樽痛飲。而那缽缽的生馬肉……吃得他們滿嘴滿身的腥血。舌根一沾上腥血，他們的眼瞳便興奮地瞠著，瞠得又圓又大宛如銅鈴，就像——

真的，就像野獸。

而另一撥人馬則是無聲無息地看著他們飲酒，偶爾幾個醉漢作勢搭上去對他們瘋言幾句，他們竟緊張地操起一旁的火銃嚴陣以待。他們嫌惡、高傲卻略帶害怕的表情顯示著自己凡人的尊貴身分，跟他們這群「怪物」是不同的。

那是羽郎還是平民時，我們常常在市井中遇見的表情。我以為上了以鳶人之力為傲的懸州後，就不會再看到這種歧視的眼神了。

我聽到凡人的他們這麼竊聲滴咕……

「操，我以為他要吃我。老子如果是用這種方式為國捐軀，死也不瞑目。」

「放心啦，助營士說過，酒母可以麻痺他們化身的血氣，讓他們喝醉還比較安全呢。」

「最好喝死他們，臭烘烘的，一坨糞，不堪用。」

「別這麼說，明日攻城先鋒還得靠他們呢。」

「靠他們送死，說得真對，哈。」

「哼，鳶人終究是鳶人，大司命陛下讓他們當了官，也壓不了他們體內的獸根。想學人當官，早得很呢。」

「是啊，以前做鳶官多威風，踐得好像懸州沒他們就會滅亡似的，老被他們欺壓，呵，現在也得淪落到這境地了。」

「這話小聲說，懸州還是他們鳶人在當家。」

「唉，也是，鳶人不上懸州就沒半點價值啦，到平地還真是一坨糞呢。想想也可憐，能耍特權、過點像人的生活，也只有在懸州嘍。」

沒想到，打從開戰以來，即使所有的鳶人為懸州與牡國做了這麼多，依舊有凡人是這樣看待鳶人的。如今鳶人被犧牲得更不如人了，又怎能奢求他們對鳶人慈悲呢？

另一頭傳來躁亂的聲音。

「啊啊，那傢伙已經亂七八糟了，喂，別讓他脫衣服，我可不想看到他醜陋的身體。來幾個人，把他押進柵欄裡。」

一雙兵員順手拿起耙糞用的鏟子，像趕牛馬似的，把那醉瘋的鳶員趕進柵欄裡邊囚著。而那鳶員確實也忘了自己是人，渾身脫了精光，四肢著地，如獸一般在柵欄裡頭闖鬧。

我看著一切，難以呼吸。

然而其他鳶人卻完全無感，只是繼續鬧著：「喂！我們還要酒！」

「酒！酒！快給老子拿來！」

「馬肉也再來呀！」

「只要肉跟酒，就給你們換來一座座城壘，多划算啊！」

「還發啥愣，快去！」

兵員各個皺上眉頭。

「馬的，醉了還要跟我們耍官威？」

「怎麼辦？還要給嗎？」

「給吧給吧，誰知道明天『牠們』還是不是人呢！」

「明日攻城，說不定就死在空國啦。」

「好，那我再去拿。」

「聽說喝了酒、配馬肉，『牠們』隔日就會衝得特別勇猛，所以上級才解了禁酒令啊。」

「我們就好好為『牠們』『餞別』吧。」

松閔說，鳶人像是消耗品，被損耗到即使只剩炭屎一樣的價值，也要用盡。實地實景，親眼目睹，又更震撼了。

我出了一會兒神，良久，才發現這群酒醉的人之中，有一個人特別安靜。他並沒有拿著瓶樽直接就口，仍是很斯文地含著酒碗裡的酒水。

然後，他的戎衣挺挺整整，鬢與髻都梳得緊實，下巴無渣，整個人看起來仍是堂堂正正的，就像是個大有可為的青壯年軍官。儘管瘦了一些，但他還是……

我記憶中的模樣。

我忍不住叫出聲：「羽郎……」

他的身體一怔，我以為是因為我的呼喚，但他只是異常專注地看著那些把酒水、生馬肉送進來的人。

一群人上前爭奪著，像一群瘋狗，醜態百出，羽郎依舊靜靜地坐著。當他放下酒碗時，我看到了那欃別在左胸上、已經乾黑的甜乳花。花已扭曲得像焦黑的枯枝，已經沒什麼香味了吧。

有一個看起來老實的兵員見他一個人被晾在角落，不知是憐憫同情還是出自公事公辦的心態，便拿了一樽酒壺過去，問他：「……要來一點嗎？」

羽郎看他一眼，還沒回答，兵員就被拉走了。

「混帳！別惹他！」老兵員警告：「他就是『甲卯』啊。」

「咦？就是那隻傳說中的『甲卯』？」

「對，小心你一回身，頭就不見了。」

「我見他還人模人樣的，應該不至於……」

「人模人樣才可怕啊！」這些人大剌剌地喊著，也不怕羽郎都聽見了。

羽郎站起身。

所有兵員整齊劃一地後退五步，甚至又有人操起火銃，連引信都作勢要點上。

羽郎只是輕輕地問：「我們，能回房嗎？」

「……什麼？」

「我們累了，想睡。」

「我們？」兵員歪著頭：「你跟誰啊？」

羽郎正要回話，卻被發酒瘋的鳶員撞了一個踉蹌，這又惹得兵員一陣緊繃。幾個鳶員搭上羽郎的肩，噴著酒氣吼道：「欸！鳶佐你不夠意思喔！怎麼不跟我們喝呢？」

「喂，他現在不是鳶佐啦。」兵員自以為是地糾正。「還有，別惹他！」

「是嗎？管他的，我們和他待在同個駐島，同期的高穹軍，叫習慣啦！」

「今晚可能是最後一次了啊！」
「明天是不是人都不知道！」
「喝！喝！」
羽郎安安靜靜地搖頭，撥開對方的手，就要離開。可他又被抓了回來。
「喂什麼意思?!啞巴啊！」
「啊啊，他被裁的念比我們還多，不大會說話啦！」
「少來！因為你曾當過鳶佐，所以覺得我們不配跟你喝酒嗎?!」
羽郎還是垂著眼，面無表情。
「來，喝是不喝？不喝就是瞧不起咱們！」
羽郎終究搖頭。
「孬種！根本就是孬種！」那酒瘋之人竟竄起身，一把扯過羽郎的衣領。「你怎麼這麼孬！都快死了還是這麼孬！怕死隊的頭頭，你到底有沒有勇敢過?!啊？啊?!」
兵員趕緊將兩人拉開，鳶員卻一把扯掉了羽郎左胸上的甜乳花。
羽郎瞠著眼，看起來很憤怒。
那撥兵員一見羽郎變臉，火銃的槍口甚至提起來瞄準他了。他們多麼恐懼羽郎，因為他們很清楚羽郎的安靜不是懦弱或妥協，而是更強大精明的掠食者的欲擒故縱。他是有案底的。
但羽郎沒有發作。
當那鳶員也被趕進柵欄後，羽郎蹲下身，撿起那欉沾了馬肉血、且已被踩得碎爛的甜乳花。他還是很珍惜地將花收在衣襟裡。

「我們可以，回房嗎？」他再問一次。

兵員依舊不懂他說的「我們」是誰。

他們不耐煩：「好了好了，你走吧。」

「謝謝。」羽郎點了點頭，然後回身輕喚：「走了，孍孍。」

所有兵員結實一愣，傻傻地看著羽郎空無一人的身後。

羽郎走得很慢，似乎後頭真有一個走不快的人必須讓他等著。

有一個兵員嗤了一聲，不屑地敲敲自己的腦袋。「他真的有問題，對吧？」

但那聲「孍孍」卻讓我有些不知所措。想相信什麼，又害怕著什麼。他剛剛不跟任何人起衝突，是不是因為他後頭真跟著「一個人」？是「那個人」讓他心生顧忌，讓他還惦記著自己是一個父親，而不是一頭野獸？

我忍不住跑了起來，跟著他走。他走入了一片黑暗，我看不到他，急慌了，四處大叫他的名字。

「我回來了，娓之。」

我猛地一震。這是……羽郎的聲音，是他每次回到家後最期待向我喊的一句話。

前方亮起了燈石，我終於看到了羽郎。他坐在燈石前，掏出那欉甜乳花的殘骸，竟開始拼湊著，還用濕布擦拭上頭的腥血。

他能說話了，口齒條理清晰，不像松閔所說的已忘記了言語，也不是方才在廄房時吝於跟任何人對話、而被罵成一個高傲的啞巴。

但詭異的是，他就這麼自顧自地說著，好像他以為——對面坐著我一樣。

「喝了點酒，但我還好。」

他還笑了笑。

「別這樣看著我，我酒量變好了，沒事，明天還是可以準時出勤。」
「今天天氣可冷了，空氣更薄，喝了風乳汁沒有？」
「再苦也要喝，別讓我擔心，嗯？」
「對了，妳今天怎麼沒有穿那件衣服呢？」
「就是我買的那匹牡丹布啊。妳還跟春孅做了一套母女裝，不是嗎？」
「每回天寒，妳都會穿的。」
「妳現在……可以穿給我看嗎？」
「嗯，對，我想看。明天便要出發了，什麼時候能回來也不知道，我想看，再好好地看看。」
「春孅今天也穿了這套不是嗎？妳們倆站在一起，肯定是一朵朵漂亮的紅牡丹。即使出征在外，想著也就不寂寞了。」
我呼吸困難。他在說什麼……他到底在說什麼？
從剛剛的「孅孅」，到現在的「春孅」？到底是哪來的呢？
羽郎偏著頭，陶醉地看著前方的虛無，好像真在欣賞著美麗的牡丹花。
良久，他才說：「……我很喜歡這匹布，妳知道的。」
「因為那是我知道妳懷了春孅之後，特地去大街剪的牡丹布。」
「是日壤的名織。對，我知道妳想那塊布很久了，妳省家計，不捨得給自己買，那我買給妳啊。」
「妳不要以為我什麼都不知道。」
「我什麼都知道。」
「所以我們有陣子才常常吵架，不是嗎？」

「妳甚至想丟下我，帶著夏和一走了之，老實說，那時候，好傷心，可是又不想讓妳知道。」

「妳不要老想著拋下我，不要老想著我會受傷，更不要覺得我被留下來會過得比較好……」

「我就是跟妳一樣，只希望妳過得好好的。妳好好的，我就好好的，即使讓自己苦一點，也無所謂。」

「這是我一直想跟妳說的話。可惜妳以前都不讓我說，說了妳也不聽。」

「妳有在聽嗎？嗯？」

松閔提過，羽郎的心智因為裁念的關係而完全潰堤。我以為他所謂的潰堤，是像剛剛那群發酒瘋的傢伙一樣，陷入「昏迷」，忘了記憶、忘了人性、忘了自制而已，就像當年他趕我們下島時所露出的那冷酷無情的模樣。

卻不知道真正令人傷心的潰堤，竟是發生在他最「清醒」的時候。

我們離去後的每一晚……他都是這樣跟「我」對話嗎？

我深吸一口氣，聽羽郎繼續說。

「真的呢，娫之，這套母女裝，妳們穿起來，真好看。」

「春孅長得就像妳，娫之。」

「笑起來一模一樣呢。每次看她笑，就想到妳還在安孤營的時候。」

「結果孅孅這小姑娘呢，盯久了她，她害羞，老嚷嚷著『爹爹不要看』。」

「哈哈，她悶起氣來的樣子也跟妳好像。」

「妳別擔心，春孅沒哭，氣很快就消，春孅一直跟著我，不怕我，抱一抱，就睡了。」

「……我真慶幸，我還記得妳跟我說過的話。」

「妳忘了？妳真是的。妳對我說了好多好多的話。」

「妳說，妳一定要當我的妻子。」

「妳說，妳要和我生好多好多的小孩。」

「妳說，大夥在一起，家才會溫暖。」

「然後，第一個兒子的名字要熱情如夏，好對抗這北方的寒冬。」

「如果是女兒的話，就要像春天一樣，美美好好的。所以，我們的女兒一定要叫『春孅』。」

「妳還說如果孩子哭的話，要唱川道的蘆葦兒謠給她聽，因為妳很喜歡這首歌，說是傷心的時候都會唱給自己聽。那兒謠就像陽光下的蘆葦穗一樣柔柔的、暖暖的，唱著唱著痛也就不疼了。」

「所以春孅一哭，我都會唱給她聽。她跟妳一樣，也愛聽這兒謠呢。」

「……」

「是啊，我都記得呢！我自己也很驚訝……」

「明明，很多東西都從我的腦海裡不見了。」

「可是有些事，還是記得很清楚。就像記到了骨頭裡。」

「我想，就是因為春孅吧。她老是跟著我，上上下下，鬧著我抱。」

「有時候變回人好辛苦，很多時候都想放棄。」

「但一想到還有我們家的孅孅，就一定要變回人，必須是人的手才可以好好擁抱孅孅。否則我們家孅孅嚇哭怎麼辦？爪子傷到她怎麼辦？我可不想讓她經歷夏和那年的夢魘。」

「唉，妳放心，春孅沒有受過傷，生過病，我把她照顧得很好。」

「真的，婗之。是真的。」

「對，就是想等著妳，來看看她。」

我得摀著嘴，才能阻止自己大叫——沒有春孅！春孅死了！羽郎，春孅被我殺死的！你忘記了嗎?!

「對了，娓之……我還要告訴妳一件事。」

羽郎收起了笑。

「我，已經找不到甜乳花了。」

方才談起春孅、談起我們的兒時，他笑得就像春天的花田。不過一瞬，花田全枯了，枯成嚴寒不見天日的蕭索冬夜。

「松閔要走了，再沒有人幫我了。」

「想央其他人幫忙，可我一靠近，他們就退得老遠。」

「我想自己找，但怎麼找，都找不到甜乳花。」

「我什麼事都可以忍……」

「可是，沒有甜乳花，怎麼忍。」

「怎麼忍啊？娓之。」

「沒有甜乳花，我就不能跟妳喊一聲『我回來了』。」

「會不會下次就變不回人了，會不會下次就抱不了春孅了，會不會下次妳就認不得我、永遠不跟我說話了呢……」

「妳別不跟我說話啊……我受不了。」

「怎麼辦？」

「娓之……怎麼辦？」

「我好怕。」

「我很害怕，真的，好害怕……」

羽郎的聲音越來越低，直至無聲。

我眼睜睜地看著他靜靜地流著眼淚——就連悲傷，他都是如此安靜。

而我已不知如何是好，看到很少在我面前示弱的羽郎在我不知道的地方向我求救，我卻無能為力，心痛得就像要爆裂似的。

燈石的光在風中搖曳，晃動著孤寂的光影。這兒的光並無法為人帶來光明或溫暖，只是更凸顯了在懸州深夜中獨醒的形單影隻。

不知過了多久，羽郎的心情平撫了些許，甚至忘了剛剛自己曾如此失落、恐懼。裁念使他的悲傷像懸州島上的雨雲，來得快、去也快，等個一會兒，太陽總會在雲後露臉的——所以他也打起了精神、恢復堅強，繼續與「我」對話。

「如果說，到時妳已經認不出我了……」他笑：「妳別擔心。」

「這就是為什麼我不讓孅孅去找妳的原因。」

「抱歉啊，娊之，我一直這麼自私地留著她……」

「留著她，我不寂寞。」

「如果妳也認不得我了……」

「那麼，請妳看看我們家孅孅。」

「妳看到她，就知道，那是我了。」

「好嗎？娊之。」

「嗯？妳說我嗎？我會去找妳嗎？」

「傻孩子，妳在說什麼傻話？」
「會啊，我當然會。」
「我會找到妳，無論天涯海角。」
「妳問為什麼？」
「妳又問傻問題了。」
他抬起頭，微微地側過臉，與我對上了視線，深深地看著我。
這隔了將近十年的相望，不管是不是真的，都讓我掉下了眼淚。
「因為，」他笑著輕輕地說：「我愛妳呀……」

我醒來的時候，屋裡只剩下月光了。
那些雜亂無章的對話仍在我的腦際嗡嗡作響。我無法動彈。
然後，我又從窗上看到了不是人的影子，像獸一樣地奔過月光。
我渾身一繃，連衣都不披，衝下了炕，跑向門口，開了門的第一件事，就是將掛在門柱上的甜乳花握在手中。我的餘光可以看到一個巨大的影子從月光中機警地跳回了黑暗找掩護。
我緊握著甜乳花，瞪著黑暗，喊了一聲：「羽郎。」
起初我以為自己眼花，我眨了眨眼，才看清楚——黑暗裡真的藏著一雙會發光的獸眼。
我再喊。「羽郎。」喊完，我忍不住，重重地咳著。
那獸眼閃爍了一下。
我朝牠走去，獸眼還在原地。於是我越走越快——

獸眼卻再度離我而去。

「羽郎！」我也奮不顧身地跑了起來，就連盡頭那黑得像黑虛之海的樹林也奔了進去。

「羽郎！羽郎！羽郎——」

我發現，我每喊一聲，那雙獸眼就會回頭看我一眼。所以我一直喊、一直喊，喊得牠根本無法專心逃跑。

這時，我腦海裡又響起了這段話。那是仍是孩子的我的聲音——

羽郎、羽郎……

不要跑！等我——

我不怕，你跳，我也可以跳！

我跟著記憶張口一起喊：「羽郎，不要跑，等我——」

途中我跌倒了很多次，然後我又發現，那雙獸眼會停下來盯著我，甚至會靠近我幾步。當我咬著牙站起來，牠便又退開了，繼續往前跑，我只得繼續追。

最後我們奔出了樹林，樹林外竟是一口吹著冽冽寒風的懸崖，我看到那影子輕輕巧巧地就躍過了懸崖，卻扔下了我。

甜乳花被我握得更緊了。

「我不怕！」我大叫：「你跳，我也可以跳！」

我幾乎沒有思考，跟著躍下了懸崖。

就在那下墜的瞬間，我終於想起來了。

妳知道的，娩之。

只是妳忘了。

——為什麼當時要躍下懸崖了。

原來，我曾經這麼勇敢地追著羽郎。曾經這麼努力地要跟他在一起。

為什麼上了懸州之後，什麼都忘記了呢？

我以為自己必死無疑。

當我驚奇自己還張得了眼，我又聞到了那股獸物的腥味，而身體正安安穩穩地躺在濕冷的泥土地上。但我渾身的氣力都被剛剛躍下懸崖的勇氣還有此刻皮肉的疼痛給抽光了，四肢竟動彈不得。

我想，我躍下懸崖的那刻，除了想追上那影子之外，其實還想著「死」吧——如果追不上牠，就死了吧。在目睹過羽郎獨自承受的那般孤寂之後，我不知要如何發洩這股哀傷，似乎真的只能往懸崖一跳——

我為這深藏在心底的歹念感到顫慄，身體終於感到冷了，無可抑止地發抖。

可是，我很快就暖和起來了。我這才注意起那股腥味的來源。四周很黑，我什麼也看不到，只感覺自己正被一簇一簇的羽毛堆緊緊地攏著。

我的手更被喙嘴一般的東西輕輕地頂著。它很執著地，想要拿走我手中的甜乳花。我不想讓它拿走，拿走之後，牠是不是就會拋下我，棄我不顧了？

我終究不是那靈巧的喙嘴的對手，沒兩下，甜乳花就被叼走了。

「不要……」我哭了出來。「不要離開我，羽郎……」我想起身抱住這頭獸物，無奈我每一處關節都刺痛著，連抬起手臂都無力。

最後，我並沒有被遺棄。

那充滿腥味的羽毛，反而更像正在哺乳小崽子的母獸一般，細密溫柔地貼蹭著我。這懸崖底下應該是很冷的，可是我竟連一絲風都沒被吹到。

我安心地吁了口氣，就這麼抓著牠的羽毛，昏昏沉沉地睡了無夢的一夜。

神奇的，翌晨，我在自己的屋裡醒來。炕旁圍著鄰坊與大夫。他們說今天一早莫名地聽到一聲聽不出是鳥還是虎的獸啼，連隔街的人都被驚醒了，以為是山上的獸物跑下山來找肉吃。當大家帶著棍棒鋤頭查探時，就發現我全身泥巴地躺在自家門口。

大夫替我檢查了全身後，只有幾處輕微的擦傷，風邪倒沒有深入體內，躺在這種寒天外能夠無恙，他們都嘖嘖稱奇了。

不過我依舊是旬日後才得以下炕。在炕上的日子我始終掛念著家中的門柱，我告病這段日子，無法上耕市購買甜乳花，是不是因為這樣，使我即使鎮夜醒著，也找不到那抹影子呢？那我可不能再躺著了，得趕緊做好這每日例行的工作才行。我興奮地期待著，有了個盼望，身體復原得很快。

下炕的第一天，恰好是初春暖陽，是個可以看到天空的朗天。我買了一簇足以蓋滿雙手的甜乳花，放在門柱上、祭龕裡，家中的瓶瓶罐罐紛紛出動，讓整個屋子裡充滿甜乳花清甜的香氣。

然而甜乳花卻在等待的日子中逐漸枯黃、凋謝了。

天氣回暖的某些夜裡，我也手捧著甜乳花，坐在門口候著。最後累了、靠著門柱睡了一夜，早晨卻是被冷醒的，身上沒有腥臊的餘溫，門前沒有恩賜的農作，甜乳花更沒被拿走……

我是不是驚動到牠了？讓牠連甜乳花都不敢來拿了？

人生最害怕的是，期待落空之後的空虛與無趣。潭壤美好的春天就這樣過去了。

直到有一天，從後山的獵戶傳來的一個消息，讓這座始終安寧到接近死寂的坊區沸騰了起來——在這兒住了將近十年，我這陣子才知道原來這坊區還是有些人煙的。

鄰坊紛紛爭相走告，說獵戶在後山的一口戰備隧道找到了一頭很奇異的怪獸。

沒有翅膀，卻有鳥喙，鳥喙裡有長齒的肉齦，卻坑坑洞洞，只剩幾顆鈍齒；四肢像鷹爪，可前端無趾，只有像融鐵的肉疤；體毛粗糙，又灰又臭的短羽，雖然四肢著地，但沒有虎豹驚心動魄的體態，倒像不會飛的雞禽似的；只有那顆頭，看起來有點像是鳶……總之，連以山為家的獵戶都不知道這是什麼怪獸。

我睜著眼聽著，心口狂跳。

「為什麼那獵戶看得這麼清楚？」有人問。

「因為牠死啦。」

幾個鄰坊好奇，成群結隊要去後山開眼界，我安安靜靜地跟在他們後面。

後山的戰備隧道已廢棄許久，據說是百年前應湯國戰事的需求而開鑿的，當大司命成功地從河伯手中挖到了比潭壤更北的土地，這口不再有輜重隊行走的戰備隧道也就日漸荒廢。

洞口前圍了一大群人，指指點點著，我試著擠進去，卻只看到那獸物像融鐵般扭曲的趾爪。牠的腿上有一口被獸夾扯出的大洞，蠅蟲紛飛，還有短白的蛆不斷蠕動鑽出。

我聽到有人說：「聽說那獸夾是東角官田的，上頭有烙印為證。官田的白菜特肥，特別要進貢給日壤的，被偷了好幾回，官衙只好派人設置獸夾。」

「是嗎？我聽東角的村人說那裡不只種白菜，還種了昂貴的沼澤藥薑呢，那藥薑吸飽了千年沼澤的養分，據說切片吃可以治百病，是大司命陛下賞賜有功之人的特級品哩。」

「不過東角可真遠，不是要翻過四座山頭嗎？」

「可見這怪物真識貨，知道要滋補呢。」大夥訕笑。

人太多了，有些悶，我退了出去。剛好看到那位宰殺怪獸的獵人與從旁村來支援的獵戶、還有零星想看熱鬧的鄰坊走進隧道裡，想掏這怪獸的窟，看有沒有藏著崽子，要一併殺掉，免得危害農作。我也跟了上去。

「嗚，這洞裡怎麼那麼嗆？什麼味道……」

「咱們可是用煙燻了五天，才把這龐然大物給燻昏啊，否則哪殺得了牠？刺了好幾槍都殺不了呢。最後只好砍下牠的頭，才結果了牠。」

「還好牠被獸夾咬傷了，才沒能讓牠溜走。瞧那時牠朝我們揮爪的狠勁，都昏昏入睡了，還這麼兇猛。牠若拔腿要跑，這點煙可能都困不住牠哦。」

「這種東西如果有利齒、利爪，可真是怪物了。」

「這也就是牠怪的地方，這些利器通通被拔掉了呢。」

「啊，這兒！這兒就是牠的巢，咱們進來吧。」

他們用火把照亮了這條支線道，東側的石壁被挖了一口洞，他們說這就是怪獸棲居的地方。

「咦？這是什麼？不是草啊。」

「是甜乳花乾啦。」

「這麼多，從哪兒來的？」

「天知道。」

「喂！我們再往前走吧，看看支線深處。」

我趁著他們的火光還照得到東側的洞口時，走過去看了一眼。

那洞窟大得可以躺下五個成人，而上頭鋪著的，是一大片的甜乳花海。

牠每天從我那兒拿走的甜乳花，都來到了這裡？就在我腳程約一刻鐘可達的後山裡？我顫顫地摸了一把花乾，最後卻覺得它們像火，在灼我的手，我只好捨不得地放手。

我不跟著獵戶前進了，回到了隧道洞口。這時圍著怪獸的人群也少了，聽說官府要派人上山勘驗，百姓都知道不要與官府碰面最好，省得被盤問質疑。

怪獸被一塊油布遮著，不再讓人看到身首分離的死狀。不過仍有幾個大孩子好奇地去掀布，用小手磨蹭怪獸巨大無比且扭曲變形的腳根。

我也趨上前去，掀開了遮蓋牠腹部的油布。我像在蘆葦叢中尋找溪河的人，翻撥著牠灰色的短羽。旁邊的孩子見狀，也學著我玩。

「咦？這是什麼？」有一個孩子叫了一聲。

稍大一點的孩子過去一看。「哦，是一顆字耶。」

我撇頭，默默地看了一眼。

是一顆「孍」字。

我想起來了，我被鄰坊撿回屋中、醒來之前，做了一個夢。之前離開懸州，我也做過類似的。但這個夢比較像是個答案。

小時候的我重病著，羽郎背對我而去，那些惡童嘲笑我，我終於被羽郎扔下了，再沒有人會保護我了。最後我也相信了，相信自己會在沒有羽郎的陪伴下悲慘地死去。

可是卻在我奄奄一息的時候，羽郎回來了。他滿臉瘀青，但表情是歡快的，一笑，就看到牙缺了一顆。原來，他不是扔下我，而是為我去偷解穢的避瘟丸，還有孤兒根本吃不起的龍眼肉與飴糖，當然，免不了一頓毒打。

我把我的不安哭給他聽，甚至不顧他身上的傷，打他洩憤。

他靜靜地任我打，等我氣消了，他更開朗地說：「傻瓜，我說過了，我不會扔下妳。說好的，我們要永遠在一起，不是嗎？」

是啊，他總是這麼說的。

羽郎

就在那下墜的瞬間，那段記憶終於回到我的腦海裡。
允諾我「不會扔下妳」、「我們要永遠在一起」的羽郎，確實有一次想過要離開我。
那是他成功蛻化為鳶人的第一年。他總是悶悶不樂的，不怎麼跟我說話。
一天，他的翅膀罕見地露在體外，甚至折成畸形的形狀。我連忙問他怎麼了。
好多年後，我們有了兒子，我才從他口中知道，那是被一個叫門甲的惡童給折壞的。因為他覺得是人就不該有翅膀，要做人還是做獸，自己選一個。
然而當時他什麼也不說，卻是狠狠地推開我。「不要碰我！」
我嚇了一跳。
「走開！離我遠一點！」他像受驚之犬，露著牙齦兇我。
羽郎從沒這樣對過我。
但我倔。「我不要！」
「妳是人，不也覺得我是怪物嗎？」
「我……我從沒說你是怪物啊。」
「總之，只要妳是人的一天，就永遠不要靠近我！」
「誰、誰說你是怪物，我去跟他拚命！」
豈料，他聽我這麼說以後，更兇了：「住口——滾！」
我不懂，我從沒嫌棄他的翅膀，當他在我的照顧和幫助下，完全蛻化成健全的鳶人之後，他卻要離我而去？我很不服氣。

說好的永遠在一起呢？食言的傢伙。

於是，我們開始了「捉迷藏」。

我每天起了個大早，都會去摘甜乳花。我喜歡這種花，甜甜的，像糕仔一樣美味，肚子餓的話，就聞一聞這小野花的味道果腹。

趁羽郎還在睡覺，我偷偷地用鐵絲將花朵串在他的腰帶內側。

我很自豪自己的嗅覺，長期的飢餓讓我只要是跟食物有關的氣味，都能鍥而不捨地追逐，即便只是風捎來的一絲絲可能，我也能抓住。

所以，無論羽郎走到哪裡，我就跟到哪裡。他再怎麼趕我、兇我——只差不敢打我——我都不退卻，因為我也很了解這傢伙，就像他了解我一樣。我知道，他很害怕寂寞，他不可能適應沒有我的日子。我有這樣的自信。

發現我就像果蠅一樣黏著他，他開始逃避我，而我也開始追逐他。

不論他躲在哪個角落，只要有一絲甜乳花的香氣，我就能抓到他！他不再露出厭煩或兇狠的表情，而是害怕——害怕我的如影隨形與出奇不意。

有一天，他在野外躲我，我像貓一般，矮身趨近他，他身上的甜乳花香很濃郁，他逃不掉的，我一定要坐在他旁邊跟他聊一整個下午的閒話。

忽然，他跑了起來！我一驚，不知道他是怎麼發現我的，趕緊追了上去。

「羽郎、羽郎……不要跑！等我——」

前面剛好有一口小山谷，就在我以為這是甕中捉鱉時，羽郎卻突然化成鳶人，振著翅膀飛躍了過去，安全地降落在對岸。

他連回過身看我一眼也不肯，就要這樣離開我的視線。

我咬牙，大叫：「我不怕，你跳，我也可以跳！」

不過他已經走了好遠了，聽不到我的話。

我倒退了二十步，開始助跑，果真跳了下去——

接著，我就不知道自己發生了什麼事了。

當我醒來，頭痛欲裂。可是我卻被羽郎緊緊地抱在懷裡。

「可惡！可惡——」他痛哭流涕：「妳這個笨蛋！妳這個笨蛋——」

「你好吵喔，羽郎。」我氣若游絲，伸手，摸摸他的臉。「啊啊，我終於摸到你了……」

他緊握著我的手，塞進自己的脖頸裡，像是要用自己最柔軟的地方感受我的存在。他又這麼哭了一陣。

我不知道他為什麼要哭得這麼傷心，是因為我差點兒摔死嗎？我的頭確實好痛，好像還流了血呢。

當他擦乾了眼淚，不哭了，他認真地看著我。

「妳怕不怕我？」

「……不怕，說了好多次了。」

「怕不怕我拖累妳？」

「……你沒有。」

「怕不怕因為我而受到更多欺負？」

「……哼，那我要跟他們拚命，我也可以保護你喔。」我本來想說得更有氣勢一點、帥氣一點，可是頭實在又昏又痛。

羽郎扯開自己的腰帶，把嬌小的我當成小嬰兒一樣，緊緊地固在胸前，準備帶我飛出這小山谷。起飛前，他用臉頰蹭著我的額頭。「那就……永遠不要跟我分開。」

我忍不住用力拉他的羽毛。「笨蛋，我一直都在這麼做啊。」

後來，我才從那些惡童的嘴裡知道，他們曾打算用我來要脅羽郎。他們知道我是羽郎的弱點，便想折磨我來逼羽郎就範。傻羽郎，以為只要離開我，就不會讓我受到欺辱。

他當然錯了，最先受不了的人就是他自己。

落地後，他替我包紮頭傷的時候，說：「妳以後，每天都要幫我扎上甜乳花。」

我驚。「你知道？」

他輕彈我鼻子。「妳以為就妳有鼻子？」

「你發現了，卻沒有摘下來？」

他五味雜陳地笑了一下。他可能想過要扔掉，可是他捨不得。

因為那是我們唯一的聯繫，如果他真的扔了，我就怎麼也找不到他了。

同樣的，他也會找不到我。若不是我手上還殘著甜乳花的味道，讓他在樹叢間找到我，我可能早死在山谷下了。

他握著我的手，鄭重地說：「娓之。」

「怎麼？要跟我說對不起了嗎？」

他笑了一下，溫柔地替我撥著額髮。

「我答應妳，這種事不會再有第二次了。」

「哼。沒錯，不能再有，凡人要追上鳶人很累的。」我占上風了。

羽郎任我占領，他只顧著對我許下承諾。

「我會變強，娓之。」那時他的臉上，已經露出了大人一般堅毅的表情，只是我還在逞著一時之快，沒多注意。「我會帶妳離開這個地方，去找到屬於我們的家。」

我嘟著嘴。「說好的喔。」

「嗯，說好的。」

我發現，他安靜地笑著的時候，很英俊。

他輕輕地擁著我的頸，讓彼此額靠著額，真實地感受對方的溫度。

「到時候，」他深深地望著我，說：「就換妳推不開我。」

「是嗎？」我俏皮一笑，伸手往他後背一抓，抓到了我今早幫他別上的甜乳花，然後推開他的臂膀，跑得遠遠的，等他來捉我。

他笑出了聲，掙開了潔白的翅膀，朝狂奔的我飛來，不過一眨眼，我便跌入了他蓬鬆的羽毛裡，果真怎麼掙也掙不出來，只是更加陷溺在他柔軟卻緊緻的擁抱中。

啊，羽郎就是羽郎，鳶人美麗的翅膀，一定能帶著我飛得更高更遠，找到一個屬於我倆的家。我看著湛藍無雲的天空，信仰一般地深信著。

——《鳶人》完

【作者後記】

謝謝你了，羽郎

我自己認為，《鳶人》不是自己寫得最好、最引以為傲的作品，畢竟在創作它的當下，因為工作壓力的關係，自己的身心狀態並不好；還記得那是二〇一四年的清明節連假，本以為難得的連續假期可以讓我好好爬梳娓之與羽郎之間的心結糾葛，結果反而是我自己陷入膠著，在床上翻了幾十圈的滾，不知抓下了多少撮頭髮，又無論把床鋪搥得多麼振振有聲——寫不出來，就是寫不出來。

對於狀態好到曾經可以在三年內、以每日一、兩千字的速度，寫完九十萬字的《誕降師》系列、《戀奴》系列的我來說，《鳶人》的誕生無疑是充滿了危機。我總要懷疑，自己是不是江郎才盡了，那種恐懼令我拔完頭髮後終於忍不住哭了出來，不只是頭皮很痛，更因為對心中的荒蕪感到害怕——我終於也要因為工作而成為沒有想像力的無趣大人了嗎？

為了逃避對自己的質疑，我封筆了，就停在娓之決定吃下胎蠶、背叛羽郎的那一刻。娓之很猶豫該不該殺了自己的女兒，我也很猶豫，該不該悶死這部實在令我不滿意的作品？總之，我和羽郎、娓之都走到了死胡同，不如將它束之高閣，回到現實，去做我自認為稱職的主管——事實上，那年的工作表現也差勁透頂了，完全不知道主管該有的分際是什麼。二〇一四，糟透的一年。

隔年新春，工作進入淡季，生活得了空，我動了念想，想寫輕盈的輕小說，天真地以為那種打哈哈的筆調正適合需要輕鬆調劑的我，於是寫完了《勇氣吏》第一集，裡面提及了娓之與羽郎的結局。現在，網路上已經找不到這部作品了，相信也沒多少人記得這種不認真、不負責的作品，真是萬分慶幸。雖然該版本的結局是娓之與變不回人身的羽郎重逢，並一起生活，是現代觀眾最喜愛的喜劇，但那衝擊的力道終究是疲弱許多，談不上合理，更談不上深刻。

我果然只能信奉悲劇，如同我果然只能咬著牙刻苦勵行，認真、用力地去思考每一幕的文字與畫面，即便痛苦得像溺水一般，也要將它們實踐出來。想要圖輕鬆、圖簡單，別妄想了，自己這一關根本過不了。

於是，二〇一五年，接續著，用苦行僧的腳步，一步一步地帶著娓之、羽郎將屬於他們的故事走完。過程中，感覺自己對文字的敏銳度、精準度一直下降，對人物的感情、情緒的同理心漸漸稀釋，對於回不到《誕降師》、《戀奴》時期的自己感到萬分焦躁絕望。可是一定要撐到結局的心情，大概就像都要看到玉山山頂的登山客一樣，如果就這麼放棄了，肯定很不甘心吧。人生已經有諸多無奈了，就連自己可以控制的事情都要留下遺憾嗎？

寫吧。即使那年工作繼續讓我在床上失眠、痛哭流涕，當神智清明的時候，依舊爬上電腦前，認命地敲下每一個自己也猶豫忐忑的文字。

可想而知，當自己睽違了一年，在作品文末打下「全書完」的字樣時，那是多麼令自己欣喜若狂的時刻？即使那時，我依舊認為它不是我最好的作品，也不知道這樣的悲劇作品能有什麼好的出路，但作品一旦生下來，無論美醜，都是自己最心愛的寶貝。

然後，就這麼過了三年。這三年裡，又歷經了更大的工作壓力與人事動盪，以及更多更多寫不出任何故事的時刻，因為週六日該屬於自己的時間都奉獻給了工作。如今回顧，都覺得二〇一四年所發生的空虛根本沒什麼。

就在我已經打算放棄寫作這條路的時候，《鳶人》入圍了金車奇幻小說獎的信件讓我看到了。我與同事的工作至少為四座城市辦過大小文學獎，通常都是我們發信去恭賀人家得獎，並請他們繳交資料、邀請他們參加頒獎典禮。這次真的輪到我了嗎？

我想起羽郎對婉之說過的話。他此刻也這麼對我說了：「總有我能做的事情，妳少操這個心。」

啊，那真是謝謝你了，羽郎。

李偉涵

釀奇幻25　PG2155

鳶人
——第四屆金車奇幻小說獎決選入圍作品

策　　劃　金車文教基金會
作　　者　李偉涵
責任編輯　喬齊安
圖文排版　林宛榆
封面設計　王嵩賀

出版策劃　釀出版
製作發行　秀威資訊科技股份有限公司
114 台北市內湖區瑞光路76巷65號1樓
電話：+886-2-2796-3638　傳真：+886-2-2796-1377
服務信箱：service@showwe.com.tw
http://www.showwe.com.tw
郵政劃撥　19563868　戶名：秀威資訊科技股份有限公司
展售門市　國家書店【松江門市】
104 台北市中山區松江路209號1樓
電話：+886-2-2518-0207　傳真：+886-2-2518-0778
網路訂購　秀威網路書店：https://store.showwe.tw
國家網路書店：https://www.govbooks.com.tw
法律顧問　毛國樑　律師
總 經 銷　聯合發行股份有限公司
231新北市新店區寶橋路235巷6弄6號4F
電話：+886-2-2917-8022　傳真：+886-2-2915-6275

出版日期　2018年10月　BOD一版
定　　價　280元

國家圖書館出版品預行編目

鳶人：金車奇幻小說獎決選入圍作品. 第四屆 / 李偉涵著. -- 一版. -- 臺北市：釀出版, 2018.10
面；　公分. -- (釀奇幻；25)
BOD版
ISBN 978-986-445-282-8(平裝)

857.7　　107015887

讀者回函卡

感謝您購買本書，為提升服務品質，請填妥以下資料，將讀者回函卡直接寄回或傳真本公司，收到您的寶貴意見後，我們會收藏記錄及檢討，謝謝！

如您需要了解本公司最新出版書目、購書優惠或企劃活動，歡迎您上網查詢或下載相關資料：http:// www.showwe.com.tw

您購買的書名：______________________________

出生日期：________年________月________日

學歷：□高中（含）以下　□大專　□研究所（含）以上

職業：□製造業　□金融業　□資訊業　□軍警　□傳播業　□自由業

□服務業　□公務員　□教職　□學生　□家管　□其它_____

購書地點：□網路書店　□實體書店　□書展　□郵購　□贈閱　□其他

您從何得知本書的消息？

□網路書店　□實體書店　□網路搜尋　□電子報　□書訊　□雜誌

□傳播媒體　□親友推薦　□網站推薦　□部落格　□其他__________

您對本書的評價：（請填代號　1.非常滿意　2.滿意　3.尚可　4.再改進）

封面設計____　版面編排____　內容____　文／譯筆____　價格____

讀完書後您覺得：

□很有收穫　□有收穫　□收穫不多　□沒收穫

對我們的建議：______________________________

____

____

____

請貼
郵票

11466
台北市內湖區瑞光路 76 巷 65 號 1 樓
秀威資訊科技股份有限公司 收
BOD 數位出版事業部

（請沿線對折寄回，謝謝！）

姓　名：＿＿＿＿＿＿＿＿　年齡：＿＿＿＿　性別：□女　□男

郵遞區號：□□□□□

地　址：＿＿＿＿＿＿＿＿＿＿＿＿＿＿＿＿

聯絡電話：(日)＿＿＿＿＿＿＿＿(夜)＿＿＿＿＿＿＿＿

E-mail：＿＿＿＿＿＿＿＿＿＿＿＿＿＿＿＿